Que nuestra alegría perdure

KEVIN LAMBERT

Que nuestra alegría perdure

Traducción de Robert Juan-Cantavella

RANDOM HOUSE

Papel certificado por el Forest Stewardship Council®

MIXTO
Papel | Apoyando la silvicultura responsable
FSC® C117695

Título original: *Que notre joie demeure*

Primera edición: enero de 2025

La traducción de esta obra ha sido posible gracias al apoyo del Canada Council for the Arts

Conseil des arts du Canada — Canada Council for the Arts

Printed in Spain – Impreso en España

ISBN: 978-84-397-4454-2
Depósito legal: B-19.237-2024

Compuesto en La Nueva Edimac, S.L.
Impreso en Liberdúplex (Sant Llorenç d'Hortons, Barcelona)

RH 4 4 5 4 2

otros dos días, otras dos noches en que las fiestas continúan, otros dos días, otras dos noches, esta tarde, Madre vería desde el pabellón de un muelle a la garza blanca y sus regios andares entre las olas mientras, estirando el cuello, posaría con lentitud advertida una pata delante de la otra en los reflejos de la luna sobre el agua oscurecida, y Madre oiría también las voces de Samuel y de Venus rasgando la noche al cantar aunando sus voces oh que mi alegría perdure, oh que mi alegría perdure.

MARIE-CLAIRE BLAIS, *Soifs*

Tenemos la obligación de proteger los intereses de las minorías, y los ricos son siempre menos numerosos que los pobres.

JOHN A. MACDONALD,
Conferencia de Quebec, 1864

I

Las conversaciones de las aceras se arremolinan y reptan por la escalera de emergencia, llegan al primer piso y luego al siguiente y siguen subiendo, atraviesan las puertas de un ascensor que se abren ante una pareja con la ropa arrugada por el viento, las dos invitadas se dejan llevar por la corriente de aire, se arreglan el atuendo y al salir ya están en el sublime apartamento, techos altos, molduras de madera, suelo de mármol blanco, normalmente para activar el botón del último piso hace falta una llave, pero esta noche el apartamento está abierto y ahora lo barren unas rachas de viento que se inmiscuyen por los pasillos, percuten en las puertas cerradas de habitaciones y despachos decorados con esmero, capillas apagadas a mayor gloria de unas divinidades a quienes ya nadie reza y donde cuchichean los corderos a la espera del sacrificio echados sobre las camas, los sofás, tumbados a veces sobre el parquet, acomodando la curvatura de la columna vertebral sobre las gruesas alfombras mientras negocian un acuerdo financiero o amoroso, la sonrisa, la mirada, la risa impetuosa hacen las veces de oferta o de concesión en estos nuevos adolescentes que, pasados los cincuenta, beben abrazados y conspiran contra un mundo que pronto caerá en el olvido mientras leen el tono airado de un mail escrito demasiado tarde que ensalza el amor y la esperanza, esos poderes arcaicos que mueven y moverán montañas, dicen, cuchichean sin perder de vista el brillo ambarino que se filtra por debajo de la puerta, tengo miedo de que nos oigan, una risa ahogada como de niño que abusa del permiso que le han dado, melodía de una alegría inmortal que los trasciende y los reúne en ese nidito de amor.

Junto a ellas brillan las luces del pasillo que dejan trinar en la sala fragmentos de un placer repentino y fugitivo. Más allá, cuando el espacio se abre, el aire se derrama en cascadas sobre un enorme salón entrecortado de corrientes contradictorias, de profundas depresiones y frentes fríos que alumbran tormentas furtivas, la corriente de aire lame el suelo de piedra blanca y agita los gruesos cortinajes que enmarcan unas ventanas más grandes que las paredes, formidables escaparates con vistas al monte Real, desde aquí parece tan cercano y a la vez tan lejano, uno diría que puede tocarlo, negar los diez o doce kilómetros que nos separan, una montaña al alcance de la mano, macizo negro que interrumpe la constelación de calles estrelladas, la borrasca golpea el interior de la ventana, se zambulle pero no se estampa y vuelve enseguida al salón de iluminación perfecta, hace tintinear los miles de cristalitos de la inmensa araña que cuelga del techo, el viento pasa entre los grupos humanos y corta la discusión, mueve palabras nauseabundas, impregnadas de un olor de alcohol y de carne, que toman la forma de horrendas mariposas llevadas por la brisa, flotando por un momento en el aire pesado para ir a caer a su lado.

Céline.

¿Descansa o agoniza? Cientos de pequeños cadáveres de insectos vanos, muertos a su alrededor, no llegan a rozarla, no perturban sus párpados pintados hasta las cejas, parcialmente cerrados. Céline se adormece en un sofá vacío, amodorrada por el humo de cigarrillo que pica en los ojos y hace resonar la música y las risas, en sus sienes ensortijadas de finos cabellos atravesados por las patillas de sus gafas late una percusión desagradable, la mano se aferra al sofá, un arrebato de pánico, sus ojos se abren: respira, como si acabara de llegar a la superficie tras una larga inmersión, mira a su alrededor, nadie me ha visto, espero. Yo ya lo tengo, un sitio donde dormir, debería marcharme, si me quedo dormida a saber qué se inventarían sobre mí, se dice mientras saca del vestido una fina cajita de plata, y fuma, ella también fuma, prende su cigarrillo para escaparse un segundo del instante, de la serie de palabras que se van desarrollando de una bobina previsible, para aletargar un poco el dolor de cabeza, ese cansancio, da una calada al du Maurier, llena los pulmones y se acaricia con el dedo la sien izquierda, que palpita salvajemente. Se masajea las sienes adoloridas y sigue fumando, el olor de los dedos que sujetan el cigarrillo le da náuseas, su perfume, Poivre de Caron, del que no lleva más que unas gotas en las muñecas, los brazos, los hombros, ya se ha disipado, aireado, mancillado por aromas de comida y de jabón, le gusta que su cuerpo emane ese perfume singular que anuncia su llegada varios segundos antes de que ella llegue, un perfume vetusto, demodé, que no pasa desapercibido. La comida consistía en un sinfín de delicados bocaditos paseados sobre unas de esas grandes bandejas de cristal que te obligan a comer con los dedos –Céline lo detesta, un hombre desconocido con quien compartía conversación se ha pasado la noche chupándoselos, no lo ha mirado ni una vez a los ojos porque le revolvía el estómago–, entre cada refrigerio va al baño a lavarse las manos, da una calada, el sabor del tabaco le hace cosquillas en el paladar, se pasa los dedos bajo la nariz, siguen oliendo a atún rojo, a bisonte asado, a tempura, a vinagre, ni siquiera el áspero olor del esmalte azul noche que se ha aplicado esta tarde en las uñas rotas aromatiza ya sus manos finas, inhallable el olor de clavo y sándalo de su esencia favorita, las manos le apestan a comida y jabón. Una ráfaga de viento le golpea el rostro y libera algunos mechones de su peinado, ella vuelve a colocárselos con horquillas de fin de velada, durante la fiesta la han felicitado muchísimas veces por su melena plateada, natural, por su nuevo corte, de buen gusto, clásico pero a la moda, su flequillo cuadrado, el resto largo y recto, «es Michel, yo de estas cosas no entiendo... ¡solo sé que es el mejor peluquero!», responde sonriendo, acomodándose la línea del cabello, en una noche como esta las conversaciones pueden llegar a ser muy espesas, todo el mundo tiene por lo menos un posgrado, todos y todas hemos recorrido el mundo, la lista de invitados selectos incluye artistas, políticos y políticas, dirigentes de empresa importantes que conceden entrevistas de doble página a los periódicos más serios del planeta, y todo para reunirse a hablar de peinados, del tiempo que hace o del último espectáculo del Cirque du Soleil, como siempre, el poder de la multitud todo lo embrutece, cada vez que entra un invitado nuevo en un grupúsculo hay que rebobinar necesariamente la conversación, y así van retrocediendo todas hasta regresar a la nada de la que surgieron, luego servirse otra copa de champán, prepararse una raya de cocaína, las sustancias vuelven voluble y a Céline le encanta sentirse llevada por las drogas y el alcohol, pierde la capacidad de seguir las más insípidas declaraciones sobre política internacional declamadas en voz alta por algún señor con déficit de atención, y eso le complace, sí. A estas horas los fijadores ya no aguantan, los finos cabellos de Céline han perdido su volumen, desordenados por el extraño Sahel de interior que lleva toda la noche persiguiéndola y echándole a la cara su aliento frío e inodoro, un viento seco y constante, se ha estirado sola en el largo sofá que hay colocado en una plataforma ligeramente elevada, más allá de la piscina, al fondo de la gran estancia abierta en que tiene lugar la fiesta que ella analiza sin placer, ahora ve a un antiguo socio que se aleja de la multitud y se dirige hacia ella, y ella sumerge su mirada en su copa. Él se desvía, ella se bebe el último sorbo de vino. Mientras le procuraba una gran copa de cristal, un camarero le ha dicho: «es un excelente pinot bordelés, señora, un vino poco común», «inencontrable», ha añadido el hombre que se chupaba los dedos, una buena cosecha, una buena añada, ella fuma para enmascarar los ásperos taninos, francamente demasiado ásperos para un pinot noir, a qué viene ese azúcar, ese cacao, esos taninos, un sabor mal equilibrado, la gente se traga cualquier cosa con tal de que se lo vendan en una botella de cristal, de todos modos el alcohol no le hace ningún efecto, da una calada más fuerte del cigarrillo que pende de la punta de sus dedos temblorosos y deja un poco de lápiz de labios en el delicado cilindro blanco.

Cerca de ella se deshacen populosos grupos de invitados, hay quien se ha quitado los zapatos y se remoja los pies en la piscina, aún prendados por las conversaciones banales como insectos por una bombilla, los intercambios de miradas y de chistes malos alimentan la gran rueda de las relaciones mundanas, la gente emigra a veces hacia la cocina y su islote longilíneo echando una mirada rápida a su teléfono para buscarse otra copa de champán, hay cuatro personas absortas en la contemplación de una escultura correcta junto a la piscina, la Bañera, como la llama Dina cariñosamente para apropiarse un poco de este apartamento en el que no vive casi nunca porque se pasa la mayor parte del tiempo entre Dubái y Hong Kong, ocupándose de la vida social de su marido, gestionando las invitaciones a cenar, las recepciones y a los empleados domésticos; por lo menos ha sido Cai quien se ha encargado de organizar la fiesta de esta noche. Antes de abrazar sin reservas la vida doméstica que aún corresponde a las mujeres ricas, que aún perdura como un doloroso anacronismo, Dina era una gran emprendedora, y eso, el hecho de haber renunciado al éxito que le esperaba, a Céline le rompe el corazón, Dina era una de esas mujeres que podrían haber dejado huella en su especialidad, cada vez que lo piensa Céline se agita un poco; en los albores de la cuarentena, su amiga vendió su empresa de informática mundialmente conocida –una de las primeras fundada por una mujer– para irse a vivir a Hong Kong, hace cinco o seis años la compañía fue comprada a un precio altísimo por Apple o Google o Amazon, una de esas, lo que sí recuerda es que Dina, para justificar su mala decisión, le confesó que se sentía abrumada por las incesantes novedades tecnológicas, en el momento de la venta estaba convencida de que su destreza estaba a punto de expirar y que le iba a tocar volver a las aulas si es que quería entender los nuevos retos de un futuro que ya no le pertenecía, el mundo de las tecnologías no tiene nada que ver con el de las artes o el de la moda, replicó Dina ante la torpe comparación de Céline, en *nuestro* mundo todo va muy deprisa y nada vuelve, jamás, eso es así. Tú sí elegiste bien tu especialidad. Salvo que el futuro acabó quitándole la razón y dándosela a Céline. Estuvieron reñidas casi un año por el cabreo de Céline, que le levantó la voz a su amiga con el claro propósito de hacerle daño –de eso ahora no había duda, y bien que lo lamenta ella, se siente avergonzada de haber reaccionado con tanta emotividad–, de zarandear sus certezas a base de palabras afiladas como navajas de afeitar, Céline culpaba a Cai de todos los males, describía a Dina como una mujer manipulada y sumisa, y cuestionaba unas decisiones que no obstante eran juiciosas, una de las mejores mentes de su generación destruida como tantas otras por amor y sumisión, sí, por *sumisión* a un hombre. ¿Acaso la Bañera no contenía todo eso? Un nombrecito para acallar la sensación de Dina de estar viviendo en el más impersonal de los hoteles…

Lo que ha sido todo un logro en la osada integración de esa piscina en la enorme estancia de techos ornamentados, lo que más le gusta a Céline de la escandalosa presencia de esa extensión acuática, lo que mejor funciona en el diseño de esa parte del apartamento, y en especial de la piscina, es que no parecen haber concebido nada para tratar de aislar la presencia de la piscina, para hacer de su atípica existencia algo más orgánico, más natural, más coherente con el resto de la decoración, en medio de ese salón, grandioso como una catedral; y al igual que una catedral, dotado de una tribuna, antes de irse Céline debería subir a ese altillo. La piscina no pide perdón por estar ahí, nada a su alrededor combina con ese gran prisma de agua rectangular que perfora el mosaico monocromo y que, un poco más allá, cede su lugar a unos amplios listones de madera cubiertos de gruesas alfombras, seguramente traídas de Dubái. El entorno confiere al agua calma y luminosa de la Bañera, en la que parecen flotar piedras preciosas rojas y verdes y azules, una apariencia casi inquietante: el agua y su violenta humedad podrían provocar que se hinchase todo, el cloro y su química tóxica podrían roer las paredes. El agua, piensa Céline, es la única sustancia capaz de devastar las más sublimes construcciones; nuestras sociedades, tras siglos de ser recurrentemente aniquiladas por mortíferos incendios, han llegado a dominar, por lo menos en las ciudades, esa última fuerza de la naturaleza que representan las llamas enfurecidas, si fuese por ella ese es el tipo de conversación en que entraría esta noche; como nadie está en condiciones de darle la réplica, murmura su discurso encendiéndose otro cigarrillo, hace menos de un siglo aún desaparecían ciudades enteras en violentos incendios que se lo tragaban todo, las casas y los castillos, los bosques y los hoteles, incendios que mataban a miles de personas torturadas en un fuego que arrasaba territorios enteros, pero ¿no ha logrado la ciudad contemporánea controlar la acción destructiva del fuego? Es el fundamento mismo de las ciudades modernas, completamente rediseñadas con el objetivo de neutralizar la propagación y la alimentación del fuego, hoy en día solo el agua tiene la capacidad de retorcer, de ahogar y de hacer que nuestros materiales ignífugos se hinchen y enmohezcan sin dejar ni rastro, sin alarmar a los habitantes de la ciudad con una inmensa columna de humo negro, interrumpir la temible labor de una corriente de agua no es nada fácil; si pasara algo, el agua que contiene la Bañera podría causar serios desperfectos en este lujoso apartamento, Céline pasea su mirada por el salón y empieza a calcular los cientos de miles de dólares que costaría aunque solo fuese un pequeño desbordamiento, espero que Dina tenga un buen seguro, ¿es consciente su amiga de que los vapores, esa humedad clorada, corroen el hormigón de todas las escuelas de la provincia, de todas las piscinas públicas? Aquí nada está húmedo y el aire no huele a cloro, está seco, terriblemente seco, Céline tose, es el humo de cigarrillo llevado por la corriente de aire, que no deja de acariciar su cara y le reseca la respiración, una brisa aún más inquietante que la posibilidad de un siniestro. ¿De dónde puede venir ese viento? De una ventana abierta, tal vez, en el piso sesenta y tres se notaría el aire infiltrándose en el rascacielos.

Phyllis no ha venido, con Phyllis sí que podría haber charlado de ese tipo de cosas, burlarse amablemente de los otros invitados, ya casi no se ven, su amiga ahora está mayor, de todas formas una no puede ir a todas las fiestas, con Dina formaban un trío realmente bueno, tres mujeres de lo más *in* en los círculos de negocios de Montreal, Céline aún no ha conseguido hablar un momento con Dina desde que ha llegado, observa de lejos a su amiga que parece haber sido secuestrada, que es lo que siempre pasa en un evento organizado en tu honor, sus risas y sus reacciones están calculadas, Dina está actuando, tratando de saludar a todo el mundo, concediéndoles a cada uno y a cada una, incluso a aquellas y aquellos a quienes hubiese preferido no ver en su cumpleaños, por lo menos un saludo, una pizca de conversación, la atención necesaria para que se sientan acogidos y acogidas calurosamente, Céline sabe que la noche llegará a su fin sin disponer de un solo instante a solas con Dina, ayer ya se vieron y en los próximos días volverán a verse, cuando Dina y Cai vayan a pasar unos días a su casa de Estrie, Dina debe interpretar su papel de anfitriona, dar vueltas y más vueltas entre la multitud, descomponerse en innumerables migajas que desparramar a unos hambrientos invitados que se darán codazos por saludarla, abrazarla, saber de ella, devorar su pequeña parte inútil, recibir el pedacito que creen merecer, temerosas de que las consideren maleducadas, irrespetuosas si llegan a marcharse sin haber mantenido su pequeña charla con la homenajeada. Al irse Christiane, Céline se ha quedado sola, toda la primera parte de la noche la ha pasado con ella bebiendo vino tinto y charlando apasionadamente sentadas en ese sofá un poco aparte, creando una burbuja exclusiva que nadie estaba invitado a penetrar, ni siquiera ese conocido actor que andaba merodeando por los alrededores con la idea de inmiscuirse en su conversación, pero no, era algo entre Céline y Christiane, esa mujer es vibrante, iba como siempre toda vestida de negro, y aunque en la habitación no hacía sol llevaba gafas oscuras, qué pretende esconder, se ha preguntado Céline, sospechando de entrada que Christiane había recurrido a la cirugía estética, no hay nada de vergonzoso en ello, pero a veces durante los días siguientes a la intervención la gente no se parece a sí misma; o puede que sencillamente Christiane sea fotosensible, tratándose de una mujer de la televisión resultaría irónico, quién sabe si no será sencillamente una excentricidad tipo Anna Wintour, no se lo ha preguntado pero era evidente que algo quería esconder, Christiane, con esas gafas y con su vendaval de preguntas, nunca ha abandonado su papel de entrevistadora que tan bien le ha ido durante toda su carrera y quería saberlo todo sobre el Complejo Webuy, sobre cómo había reaccionado a la polémica de los últimos días, ella ha pasado por encima cortésmente, notando su malestar al preguntarle sobre los rodajes y los otros proyectos que tiene en marcha. No se habían vuelto a ver desde que Céline dejó el consejo de administración del Museo de Bellas Artes a finales de los noventa, Christiane la invitó tres o cuatro veces a su programa, Céline siempre mantuvo una distancia profesional con la presentadora porque no acababa de fiarse, una nunca sabe lo que acabará diciendo esa gente de los medios cuando habla contigo en directo en su programa, en su territorio, Christiane tiene un carácter impredecible que hoy en día, piensa Céline, en el paisaje mediático quebequense, tan pobre intelectualmente, se echa en falta, era capaz de inmiscuirse sin previo aviso pero sin causar escándalo en la vida privada de sus invitados, y eso, gustase o no, generaba excelentes momentos de televisión. Aunque mientras estaban en el aire nunca acabó de confiar en la presentadora, en el CA del Museo de Bellas Artes tenía en ella una aliada, no coincidieron allí mucho tiempo, pero no tardaron en darse cuenta de que compartían los mismos intereses y preocupaciones, Céline empezó a sentir un cierto aprecio por esa dama de la televisión que, visto ahora desde la distancia, siempre supo mantener intacto un lado oscuro esencial, la exposición pública no envileció la personalidad de Christiane, que en cierto sentido se parece a ella, Céline tiene la impresión de que la entiende un poco mejor desde que ella ha hecho también televisión, un medio que Christiane confesó que no le gustaba.

La presentadora sabe sobrevolar por encima de las cosas, puede hablar de cualquier cosa, desde los temas más frívolos hasta los más espeluznantes pasando por la filosofía, las artes, la política internacional y la literatura, su conocimiento de la actualidad y de los fenómenos de nuestro mundo parece infinito, pero siempre permanece en la superficie, su barco nunca se hunde, como si la mujer de televisión hubiera aprendido cuál es la dosis exacta, la que permite abordar los temas más violentos y los aspectos más elevados del espíritu manteniendo una distancia que le permite que no se la traguen, con ella delante la conversación nunca llega a resultar desagradable, sí, Christiane ha sido tocada con ese don precioso de la frivolidad que a Céline le causa envidia, Christiane consigue ser profunda, dejar que las palabras de los demás le afecten sin hundirse en la negatividad ni el letargo afectivo, y eso Céline lo admira, ella que se deja llevar tan a menudo por emociones pesadas, que no tiene el menor acceso a la frivolidad, y que puede sufrir un ataque de ansiedad y verse obligada a abandonar una velada si hay alguien que habla de maltratar a un animal, del odio contra una figura pública que le es querida o de la muerte de un niño, una sensibilidad camuflada de frialdad externa que le ha valido una reputación de mujer sin corazón, ultraje que siempre la ha sacado de sus casillas, y herido. El problema es que eso puede suceder en la conversación más banal, como si cada vez Céline pusiera en juego toda su subjetividad y no aceptara ningún tipo de protección psíquica; a veces se siente destruida durante varios días por una conversación sobre un asesinato, sobre un atentado, como si la locura asesina le resultara familiar y ella acertase a vislumbrar el camino –a veces un sinuoso sendero lleno de baches en un bosque frondoso poblado por criaturas nocturnas, otras veces la vía principal de una autopista nuevecita provista de carriles de adelantamiento– que lleva a una persona a desear la muerte de otra, a interiorizar la fantasía de la destrucción y luego pasar al acto, y esos pensamientos abren en ella un abismo al borde del cual, atraída por sus profundidades indescifrables, ha estado charlando muchas veces con Christiane sobre un acontecimiento siniestro cualquiera, un horrible parricidio ha sido por un instante como una linterna que alguien hubiera dado a Céline para iluminar el oscuro agujero de esa fosa impersonal, una luz demasiado débil que el vacío se traga de inmediato, pues la promesa de iluminación de la linterna resulta insignificante en comparación con ese abismo demasiado profundo, demasiado negro, una inmensa grieta insondable, pero cuyos bordes sin embargo resultan familiares, Céline tenía la impresión de que esa grieta estaba cerca del barrio en el que ella creció, en Roxboro, que la gente del vecindario hablaba de ello y que los niños que jugaban en el bosque al final de la calle muchas veces acababan cayendo por ese agujero que podía llegar a tragárselos, un agujero que los barrios nuevos han acabado rellenando, verdades ocultas sobre los seres que somos hormiguean en el fondo de esos agujeros que el crecimiento inmobiliario y la soltura oratoria de Christiane se apresuran a llenar de tierra y de arena, Céline ha aprendido alguna que otra lección de la contemplación parcial de ese abismo, pero sofocada por la angustia y distraída por el cigarrillo, el pintalabios, los bocaditos que les han ido sacando, se ha tragado con un sorbito de vino esas ideas informes que en potencia, si una sigue todas sus avenidas sin barandilla, si una despliega el potencial que contienen y deja que se exprese su carga profundamente disruptiva para el orden social, poseen la habilidad de hundir a cualquiera en el desasosiego.

Fumado el cigarrillo hasta el filtro y bebido el vino hasta el poso, aplasta la colilla en el fondo de la copa, se levanta y camina hacia la cocina. Muchas son ya las horas que han pasado desde el primer brindis por Dina, por su sexagésimo cumpleaños, mucha gente se ha marchado, se ha despedido y se ha metido en el coche que les esperaba en el garaje del sótano, no parece quedar más que un núcleo duro de fiesteros y fiesteras reunido alrededor de la isla, esa imponente pieza de mármol blanco que traza una fina línea entre la cocina y el salón haciendo curva hasta el comedor, hombres y mujeres que aprovechan el carácter privado del evento para dejarse llevar un poquito, ellos en sus cenas de negocios no suelen tener ocasión de hacerlo, ellas se aburren en sus consejos de administración, en sus reuniones de producción, Céline se arrastra hacia el corazón de la tormenta. La ropa que llevan los amigos de Dina esboza una arborescencia de cortes espléndidos, Céline deambula por semejante escenario museístico tratando de reconocer los estilos y las marcas, algunas creaciones quebequenses, algunos comodines inevitables e insípidos, un prêt-à-porter que saca de apuros, eso es cierto, nada menos a la moda que un surtido de telas que evocan una idea de la moda en su vertiente más estridente y más vulgar, la «alta costura» del frufrú y el patrón grosero, Céline conoce lo suficiente al ser humano (y la ropa) como para saber que las que llevan esos pingajos están absolutamente desesperadas, que esos señores estarían dispuestos a todo por que calificasen su estilo de atrevido o de original, las atroces monturas de sus gafas son prueba de ello, aquejados por una preocupante falta de imaginación. Otros invitados llevan algunas piezas en las que vale la pena fijarse, Céline reconoce algunas firmas famosas cuya sola marca evoca un prestigio y un lujo un tanto facilones, elecciones conservadoras, pero que tienen la ventaja de no resultar espantosas, Saint Laurent, algunos trajes Paul Smith, unos bonitos pantalones Alexander McQueen que ella estuvo a punto de comprarse en París, el hombre de Giorgio Armani es, cómo no, de una insuperable vulgaridad; a Céline esa firma no le gusta. Qué debe de llevar Pierre-Moïse, a ver si se acuerda de preguntárselo, puede que Haider Ackermann, no, parece más bien Comme des garçons, ese diseñador les encanta a los dos, Pierre-Moïse es muy guapo, y eso que hace mucho tiempo, cuando Céline lo contrató, desde el punto de vista de la vestimenta no lo tuvo nada fácil, un licenciado joven y sublime con el pelo trenzado (sigue siendo un hombre muy guapo, ahora se afeita la cabeza, a sus cuarenta y seis años parece tener diez menos), pero que no sabía vestirse, al punto de que Céline se vio obligada a comentárselo, él se rio sin sentirse insultado, ella se lo llevó dos o tres veces a comer y luego de compras, toda la tarde enseñándole los conceptos básicos de la moda masculina: qué es una camisa bien tallada, un traje bien ajustado, los colores, cómo conjuntarlos, todas esas cosas que nadie nos enseña; con el tiempo, Pierre-Moïse acabó interesándose por la ropa y desarrollando su propio estilo. Céline sigue admirando el hecho de que haya sabido librarse del típico traje negro con camisa blanca que tiene a los hombres secuestrados, una convención social que perjudica enormemente a la moda. Pierre-Moïse lleva una hoodie perlada azul noche y unos pantalones de lona, corte zanahoria, línea vertical, con botas militares brillantes. Ella lleva un viejo conjunto Marie Saint-Pierre sin una sola arruga, un vestido negro, largo, hecho a medida, ceñido y ajustado por la propia Marie sobre el cuerpo de Céline, Marie acababa de mudarse a sus locales en rue de la Montagne y en París causaba furor, un vestido negro con amplias mangas cuadradas y un abrigo blanco de lana cocida adornado con grandes botones, de la colección de otoño de Stella McCartney, abrigo que al entrar en el apartamento entregó con un generoso agradecimiento a la chica responsable del guardarropa.

Pierre-Moïse está un poco apartado, hace rato que Céline no habla con él, ahora ella se le acerca, intercambian una mirada cómplice, esta tarde han estado hablando por teléfono, a Céline le daba terror presentarse en la fiesta de cumpleaños, iba a encontrarse con mucha gente del mundo de la política y los negocios, quién sabe si despertarían viejas enemistades, rivalidades de origen turbio, exponerse públicamente en el contexto actual le parecía arriesgado, peligroso, no quería hacer el papel de enemiga pública, de intocable, que todo el mundo la evitara como si tuviera mal aliento, su socio temía exactamente lo mismo de esta mañana, hablar con él le ha servido para no sentirse tan sola, imaginando respuestas a eventuales comentarios descorteses, desactivar el tema con humor y luego pasar a otra cosa, esta noche no hay la menor posibilidad de que Céline entable grandes debates sobre el urbanismo de Montreal con el primero que se presente, las opiniones sobre su gran obra están divididas, especialmente durante las consultas públicas, pero Céline tiene derecho a su privacidad, a un momento de descanso durante la fiesta de su mejor amiga. «De momento he recibido once felicitaciones y ninguna crítica», le susurra al oído Pierre-Moïse. Céline sonríe. Se habían preocupado por nada.

Incluso Christiane la ha felicitado por ese proyecto tan ambicioso que es el orgullo de montrealeses y montrealesas, algunos espíritus obtusos berrean su disidencia, están en su derecho, pero el plan concreto encanta a la mayoría de los asistentes; eso a Céline la tranquiliza, aunque lleva desde que ha llegado esforzándose en pensar en otra cosa, aprovechando la velada para disfrutar y olvidar el trabajo, mañana a las cinco de la mañana estará de pie como todos los días, echará una ojeada a la Bolsa y luego a las alertas de Google para controlar las menciones de su nombre en los medios. Es pensarlo y tener que aguantarse para no ir corriendo donde la joven de comunicación que la acompaña esta noche a preguntarle si ha salido algo nuevo, Pauline está sentada en el vestíbulo, pendiente de las noticias, si sale algo sobre ella la avisa a tiempo real, puede que salgan otras personalidades dando su opinión a favor o en contra del proyecto, todavía se espera la reacción de los ministros provinciales y federales. Con el tiempo, Céline y Pierre-Moïse han desarrollado un lenguaje secreto, hace un rato ella le hacía una discreta señal desde la otra punta de la estancia para decirle «nada nuevo, todo va bien», que él descifra enseguida, cuando piensa en los veinte años que llevan trabajando juntos Céline se emociona, desde que llegó a la sede de Montreal Pierre-Moïse ha ascendido en la empresa de forma fulgurante, fue el asistente de Céline, luego lo ascendieron a socio y después lo nombraron vicepresidente, cuando Céline lo contrató le confió un contrato peliagudo, una escuela en el sur de Texas, con frecuencia se subestima la influencia del clima en la arquitectura, cuando vienes de una ciudad nórdica como Montreal adaptar tu manera de pensar a un ambiente diferente es un desafío, un clima casi desértico, calores secos y sofocantes, un sol demasiado fuerte, el joven arquitecto se desplazó varias veces sobre el terreno, Texas nunca le había atraído, no sabía nada de ese estado del Sur, los informes de investigación que preparó su equipo fueron impecables, más tarde servirían como directrices para otros proyectos en climas similares, el nivel de exigencia de Céline era legendario, de ella se decía que era difícil de impresionar, y el júnior tuvo la desagradable sensación de estar jugándose la carrera. Al presentarle los planos, Céline quedó conmovida por la John Tyler High School, por la generosidad de aquella estética que respondía a la perfección a las exigencias casi carcelarias de los clientes, confiriéndole una auténtica sensación de libertad; mediante un juego de luces y sombras, el techo de claraboya, hecho de varias capas de un entramado de polígonos de aluminio de diferentes tamaños, reducía el calor en algunas zonas comunes dejando penetrar los rayos del sol, que proyectaban una melancólica lluvia de retazos luminosos que cambiaban de forma y de color según la hora del día, ese año el edificio ganó el premio del Instituto Real de Arquitectura de Canadá, categoría «Relevo», y apareció en un número especial de *Metropolis* dedicado al «New School Design»; echando la vista atrás, apenas ahora Pierre-Moïse empieza a apreciar aquel primer gran proyecto del que durante mucho tiempo se avergonzó, pues le encontraba todo tipo de torpezas e imperfecciones, a ella la pasión del treintañero que fue, su energía audaz, virginal, le resultan enternecedoras, de estar en su mano se inocularía un poquito de aquella ingenuidad disolviéndola en su copa de vino, besaría a ese muchacho en la frente, le daría consejos, frases verdaderas y honestas sembradas de palabras como «confianza», «juicios» y «dudas», que el joven no escucharía porque odia que le digan lo que tiene que hacer y le parece que no tiene cabida en su visión de las cosas. Ese joven estaba loco por los arquitectos japoneses, balbuceaba cuando estaba estresado y año tras año se abonaba a todos los teatros de la ciudad, Pierre-Moïse se reconoce a medias en ese retrato, a los treinta era de una timidez colosal, nunca decía una palabra de más y había aprendido a tragarse tanto las rabietas como las ganas de reír. Algunos colegas ya le han comentado que malinterpretaban tanta reserva y la tomaban por reproche, pues con su sola presencia en las reuniones Pierre-Moïse dejaba en evidencia las excusas que daba la gente para tratar de justificar la pereza o las ideas inconsistentes; luego esa misma gente se preguntaba qué estaría él pensando mientras ellos se enredaban en frases huecas, siempre turbadas por su silencio atento. De niño había descubierto que en las formas que uno dibuja puede expresar sufrimientos jamás mencionados. El misterio de Céline lo cautivó, antes incluso de conocerla presintió que tenían en común cosas que aún desconocían.

Una noche la invitó (un acto impulsivo, una entrada de sobra) a una representación de *L'Éden Cinéma* en el teatro Usine C, los llevó el chófer de Céline, la función había empezado, llegaron a sus asientos en medio de la oscuridad, tropezando con los bolsos de los asistentes. Después de la obra, Céline pagó la botella de Sancerre. Al enterarse de que su joven empleado salía con un chico y que aquella invitación no formaba parte de una maniobra de seducción se sintió aliviada; después de veinte años de matrimonio con otro arquitecto, se había jurado no volver a mezclar el amor con el trabajo. Céline debería haber intuido la orientación sexual de su protegido; con los homosexuales, muy numerosos en su entorno, siempre había sentido una especie de complicidad natural, magnética. Pero nunca hubiese dicho que... no tenía pinta de... en todo caso. Pierre-Moïse señaló amablemente sus desatinadas observaciones. Céline rio con él, se burló de sí misma, pero se pasó una semana sintiéndose culpable. Pidieron más copas. ¿Qué puede haber visto en mí? Debía de tener amigos mucho más interesantes que ella. ¡A su edad y saliendo por bares! Lo más seguro es que siguiera quedando con ella hasta que consiguiera lo que fuese que estuviera buscando y luego la dejaría tirada como un trapo viejo. Pierre-Moïse le confesó que era de temperamento solitario, salía los jueves, le interesaban el cine y la música electrónica, hacía footing y se cortaba su propia leña en su cabaña de los montes Laurentinos; no, con su familia no estaba tan en contacto como le gustaría, sus hermanos y hermanas tenían un regimiento de bebés que volvían los encuentros ruidosos, cacofónicos, y sus padres no tenían ojos más que para los niños. Sin embargo con Marielle, su hermana menor, sí mantenía una gran relación. En su tercer encuentro, Céline quedó gratamente sorprendida al descubrir que el padre de Pierre-Moïse había sido su cirujano, el que le operó la rodilla, cuánto adoraba a ese médico, un día tendríamos que quedar los tres para comer; era normal que no hubiese hecho la conexión, en Haití el apellido de ellos era tan común como «Tremblay» en Quebec. Céline escuchaba regularmente al padre de Pierre-Moïse en la radio, hablando sobre todo tipo de temas, su hijo lo describía como un intelectual a la antigua, un humanista romántico, crítico con la medicina actual, en su círculo de amistades había más poetas, historiadores y novelistas que científicos, incluso llegó a publicar algún que otro poema en la revista *Dérives*. Sus padres se habían instalado en Montreal a principios de los años sesenta, llegaron huyendo de la violencia de Duvalier cuando su madre estaba embarazada de su hermano mayor; su tío había sido un alto funcionario cercano al poder, luego fue apartado y acusado de traición de forma absolutamente arbitraria, tuvieron que exiliarse todos de un día para otro. ¿Qué hacía su madre? Nunca había trabajado; Céline le dijo que criar a cinco hijos era un trabajo a tiempo completo. Ir al teatro se convirtió en un pretexto, luego en una tradición, cuando Céline estaba en Montreal iban a fiestas benéficas, hacía que los invitasen a los ensayos generales y a los estrenos, se convirtieron en admiradores del trabajo de esa directora a cuyas obras no faltaban jamás, rendían culto a sus Koltès, a sus Müller, a sus Norén, todos los autores que más les gustaban. Esa artista visionaria no tenía nada que envidiar a los directores de los teatros más prestigiosos a los que acudía Céline cuando estaba en Europa o en Nueva York, un día, le prometió a su joven empleado, irían juntos a la Schaubünhe o al Stadsschouwburg. En el transcurso de una conversación, Pierre-Moïse habló de su «amistad» y Céline se sonrojó.

Pierre-Moïse le desliza un «ahora vuelvo» y desaparece en la cocina. Céline se queda sola otra vez. Dina está sentada en una mesa allá al fondo, le gustaría rodear a la multitud para llegar hasta allí, pero su amiga le está susurrando algo al oído a una mujer a quien no conoce, como si no quisiera que la oyeran, y Céline prefiere no molestarlas. No muy lejos, en el núcleo de una aglomeración que pulula por la cocina, Cai está enzarzado en un extravagante debate con algún antiguo primer ministro en pleno juicio por difamación contra el gobierno de Quebec, que lo ha investigado por un caso de corrupción, varios hombres y mujeres escuchan su ruidosa conversación, a diferencia del político con el que habla, Cai es un hombre distinguido y culto, su inteligencia y sensibilidad son impresionantes, haciendo un esfuerzo, en cierto modo Céline puede entender que Dina se enamorase de él, recuerda cuando le explicó detenidamente las distintas capas de significado que reviste una escultura monumental de Ai Weiwei expuesta en Los Ángeles, desvelándole pacientemente cómo cada dimensión de esa obra barroca habla a la conciencia occidental al tiempo que comporta toda una red simbólica basada en la cultura china tradicional, un doble discurso que solo puede dirigirse a los dirigentes instruidos del país que tantas veces han condenado al gran artista, aquel día la inteligencia de Ai Weiwei y la de Cai interpretándola dejaron a Céline impresionada, salvo que después de tantos años Cai debería haber aprendido francés, hace treinta años que está con Dina y sigue siendo incapaz de mantener una conversación real en el idioma de su esposa, semejante falta de respeto es lamentable, sobre todo viniendo de un hombre que habla un inglés tan hermoso, mejor que la mayoría de los estadounidenses, y que se apaña en otros cuatro o cinco idiomas pero no en francés y ese tipo de cosas irritan a Céline profundamente. Su discreta llegada a la cocina provoca una ligera turbulencia, algunos murmullos, algunas miradas por encima del hombro, aún no se habían dado cuenta de que estaba en la fiesta, una crepitación, al principio ligera, se nota en el aire convirtiéndose en un largo escalofrío, Céline rodea el círculo de invitados, Gabriela nota enseguida la sutil variación en la atmósfera, como si el cielo se hubiera puesto a dorar las últimas horas del día y la luz hubiese virado a rosa sangre, las miradas de la gente con la que está conversando se vuelven involuntariamente hacia Céline, la escudriñan sin dejar de guardar las apariencias, no tiene que notarse que la están mirando ni hay que darle demasiada importancia. Céline hace su entrada en la cocina, ligero desgarro en los fabulosos encajes a través de los cuales se abre camino, cuando pasa cerca todo el aire cambia, llevado por ese extraño viento, ese viento que sopla desde el primer minuto de la fiesta y que probablemente morirá con ella, el paseo de Céline, sin destino aparente, su gélida sonrisa que no reacciona ante lo que sucede a su alrededor, ni ante las conversaciones que interrumpe ni ante las miradas que concita, tiene algo de fascinante, casi sobrenatural, como si a cada paso renaciera de sus cenizas, la suya es una *presencia* especial, es algo que se dice mucho, un magnetismo que recuerda al de las grandes actrices inglesas, basta con verla en un cóctel o en los camerinos de un plató de televisión para tener la inmediata sensación de que esa mujer va más allá del envoltorio humano en que la encerraron los dioses, al verla por primera vez en carne y hueso se nota enseguida que está hecha de la pasta de esos seres superiores, y que cuando llegue la hora, si es que llega, volverá con ellos. «Mira quién llega», los que la ven por primera vez se callan y entran en un éxtasis embebido de alcohol; Céline, por fin la conozco, es ella, la dama elegante con su vestido negro, su pelo blanco, impecable, esos pómulos bajos, los ojos tristes, acaba de aparecer al final de la barra, una la reconoce enseguida aunque sea la primera vez que se cruza con ella, algunas prueban suerte y la saludan discretamente bajando los ojos, cómo no resultar ridícula, seguro que le ha parecido penoso que dude, que me sienta insegura para saludarla con la cabeza alta, la sonrisa franca, se preguntan qué pensará de nosotros, de nuestro trabajo, de nuestra empresa; ¿sabrá siquiera quién soy yo? Hasta que Céline se acerca. Que levantamos la mirada, que posa su mano en nuestro hombro y estira el cuello para abrazarnos. Le importamos. Pronto nos sentimos ridículos por haber pensado que era una especie de robot frío y calculador, nos hace preguntas mirándonos a los ojos, se emociona sinceramente al ver las fotos de los bebés que le enseñamos en nuestro teléfono, hace bromas pesadas sobre hombres considerados intocables que hablan fuerte a pocos metros de nosotros; rápidamente le confías tus proyectos, tus deseos, tus alegrías y pesares, todos se jactan de tener a Céline como confidente, da consejos de una exactitud abrumadora, a veces ligeramente hiriente, los distribuye en su entorno más inmediato, tiene una habilidad única para penetrar el alma, para leer en nosotros, ya te lo habían dicho y ahora tú también lo sientes. Alguien se acerca y le da una palmadita en el hombro para decirle algo, ella se aleja y tú adviertes con vergüenza que Céline no ha hablado de sí misma ni una sola vez, que no le has hecho ninguna pregunta, y te invade una oleada de culpa debido a tu egoísmo, porque ha salido de ti. Lleva el pelo blanco rematado por un moño en el que parece haber clavado a ciegas algunas horquillas que sobresalen, de sus orejas cuelgan dos perlas de madera. Una empresaria de veintitantos tiembla cuando Céline barre la sala con su mirada; el actor conocido al que puede verse en televisión, que todos los años interpreta papeles importantes en los teatros más concurridos de la metrópoli, se pone a llorar de rabia y humillación cuando le lanza su sonrisa más encantadora y Céline aparta la mirada; todos y todas la odian, la temen y la odian, pero todas y todos se arrancarían el corazón con sus propias manos para ofrecérselo en sacrificio, para depositarlo en un altar en su honor, ella es mucho más que ese rostro, que ese cuerpo, que esos huesos, es el sentido de nuestras existencias que se hubiera transmutado en carne, si hubiese que escoger entre Céline y la vida escogeríamos a Céline para dejar que nuestras vidas se hundiesen en la desesperación y el dolor, que son sus constantes más fieles, sus rasgos más vivos, los únicos que se harán presentes en el momento de nuestra muerte, almas sin valor, víctimas de la peor tragedia, la de no existir más que una vez, solo una; Céline tiene el temple reservado a las inmortales, aquellas a quienes consagran monumentos, capillas y cultos, sucede que la creen sobrehumana y que eso no es del todo incierto, muchos no saben lo que ha hecho *concretamente* para llegar donde está, se conocen algunas de sus hazañas más famosas –los rascacielos en Nueva York y en Tokio, sus lujosos apartamentos en Montreal y en otros sitios, su serie en Netflix–, pero su leyenda supera el tedioso conocimiento factual. Sondeamos con fervor la magnitud de nuestra ignorancia, vasta como un templo en el que cada una de sus inimaginables faltas espera solamente la luz adecuada para revelarse en toda su furia y su belleza. Más tarde, hablaremos mal de ella a sus espaldas para librarnos de esta fascinación que se ha apoderado de nosotros. Mientras tanto, en nuestras cabezas explotan algunos conceptos clave: Céline la decana, Céline la pionera, Céline la todopoderosa, Céline la que propulsa carreras y las destruye. Y es de aquí, de Montreal... una de las mujeres más influyentes del mundo. A eso hay quien añade que si el mundo no lo hizo ella misma no lo hizo nadie.

Poco a poco vuelve el alborozo. Céline susurra «buenas noches». Se ha detenido en la entrada de la cocina ante unas treinta cabezas que la miran y ha susurrado «buenas noches» para aliviar la tensión, una sonrisa naciente en la comisura de unos labios a los que se agarran los invitados, dispuestos a obedecer cualquier orden que de ellos pudiera salir, haríamos lo que fuera para que nos quisiera un poquito, para que al menos se fijara en nosotros. Su voz se abre paso de nuevo, rompe el silencio con el cuidado y la paciencia de un enfermero que pincha un absceso, esa voz que no sube un solo tono ni para pedir otra copa, tinto, eso es lo que quiere, champán no, whisky no, tinto: «¿Dónde está el tinto?», pregunta con su falso acento francés, apretando los labios para luego callarse y mostrar sus dientes blancos, su sonrisa mesurada, y entonces saltamos a por la botella más cercana. «¿Este le parece bien?». Ella asiente ceremonialmente, luego alza la copa en la que centellean tres sorbos de un vino rubí y, como minúscula adenda al desarrollo de la noche, exclama: «¡Por Dina!». Y mira socarrona a su amiga por el rabillo del ojo, consciente de que la está molestando, de que está interrumpiendo la conversación en la que se hallaba inmersa, sí, es a ella, Dina, a quien se dirige la sonrisa de Céline, son buenas amigas, eso dicen, cómo se convierte una en amiga de una mujer como

Céline, qué hacer para que se interese por ti, para conservarla en tu entorno, qué hacer para que una reina te quiera, una diosa, a los invitados que se saben de antemano condenados a los infiernos les parece aún más inaccesible que el propio paraíso, la mayoría de los ricos creen que les esperan unas sillas de madera pequeñitas e incómodas en un palacio de torturas, y nada nos dice que se equivoquen, por eso disfrutan mientras están entre sus semejantes, por eso tienen grandes sofás y sillones bien acolchados, una culpa insaciable corroe pacientemente sus cadáveres, los ricachones están dispuestos a todo para distraerse de los suplicios venideros, unos suplicios que no cejan en el horizonte de sus pensamientos a la mínima que ellos aflojan la despiadada disciplina que ejercen sobre sí mismos. La fiesta se reactiva, «¡por Dina!», se repite alzando las copas. Céline se la lleva a los labios y se la bebe de una vez, vierte ostensiblemente el líquido en su boca, no deja una gota, una mujer al verla estalla en carcajadas. Céline la mira a los ojos y, levantando su copa, dice: «¡Más vino!». Y eso basta para que brote la alegría, la ligera locura de Céline introduce un germen de despreocupación en los cerebros que relaja los nervios y adormece el pudor, Céline se está divirtiendo, quiénes somos nosotros para negarle esa felicidad. Desde que trabaja para Céline, Gabriela se ha acostumbrado al efecto que provoca su jefa en los lugares públicos, en los restaurantes, en las fiestas, en las ruedas de prensa, incluso en sus propias oficinas, donde pudiendo utilizar la puerta lateral, la que conduce a la escalera de emergencia, siempre entra por la puerta grande, cada vez que ella pasa los empleados de la planta baja quedan electrizados, hacen como si no la hubieran visto para no quedar en evidencia delante de sus colegas; hablan de forma más animada, hacen gestos teatrales, impostan lo que ellos toman por una expresión seria y laboriosa teñida de una ligera exuberancia que podría sugerir algún tipo de genialidad; si por pura casualidad sucede que tienen que levantarse para ir a tomarse un café o salir a fumar y se cruzan con ella en la escalera, se permiten mirarla a los ojos y sonreírle, a veces incluso un discreto «hola» en honor a aquella reunión en que estuvimos juntos, o a aquel grupo de trabajo en que alabó una de nuestras ideas, en que aplicando su impredecible revelador dio con un tono particular. Con el tiempo y la cercanía, esa admiración que en su día sedujo a Gabriela se ha ido adormeciendo, llevan tres años trabajando en un proyecto en que Gabriela tiene la tarea –ardua, castrante, estimulante– de conformar en relación al código modelo del edificio. Mientras estudiaba arquitectura, Gabriela, como todo el mundo, vivió fascinada por el estudio de la creadora montrealesa, eso fue hace más de diez años, Céline aún no había alcanzado el nivel de fama que tiene hoy en día, aunque por aquel entonces ya gozaba de una proyección radiactiva en el sector de la arquitectura internacional, una magnificencia que obviamente en Montreal era omnipresente y que atravesaba los muros de hormigón de todos los departamentos universitarios, dejando una profunda marca en la esperanzada imaginación de los jóvenes y las jóvenes estudiantes. Lo que hoy en día no saben tantos es que durante mucho tiempo Céline fue una perfecta desconocida para el público en general, pero eso fue mucho antes de que el padre de Gabriela le enviase un mensaje en francés a su hija durante la emisión de *Todo el mundo lo comenta* a ver si conocía a esa arquitecta que se llama igual que la cantante, y es que en 2011 –año marcado por el inicio de las obras de una treintena de proyectos importantes– el programa acabó invitándola, después de que consiguiera tres de los mayores contratos de su carrera, que se convirtieron en algunos de sus edificios más míticos, la famosa Decco Tower de Nueva York, el Media Center de los Juegos Olímpicos de Londres y el Museo Guggenheim de Abu Dabi, que acaba de ser inaugurado precisamente ahora, sí papá la he conocido, el verano pasado trabajé con ella, si algún día te la cruzas prométeme que no se te ocurrirá mencionar a la cantante :) y los padres de Gabriela, cero interesados en la arquitectura, por una vez le vieron sentido a los estudios abstractos de su hija, puesto que le habían permitido conocer a una mujer que salía en la tele. Al día siguiente, de eso no hay duda, la madre de Gabriela les hablaría a sus compañeros de oficina de las amistades famosas de su hija.

La conversación en la que anda metida junto con Pierre-Moïse, una presentadora de la radio, una joven actriz y una antigua ministra federal empieza a decaer, la aparición fugitiva de Céline ha desorientado a todo el mundo, la gente llena el vacío, «ah sí» y «hummm» para que parezca que aún se prestan atención, pero lo cierto es que Gabriela se ha quedado hablando sola. El día de su entrevista de trabajo en los Ateliers C/W, Gabriela todavía estaba bajo el hechizo, si todo iba bien tal vez tuviese la oportunidad de trabajar para una de las arquitectas más importantes del mundo, antes de la entrevista estaba muerta de miedo e intentaba abrir el candado de su bicicleta sin mancharse las manos, ya no era ella misma, al moverse parecía estar actuando, calculando, tenía la sensación de que cada uno de sus gestos era vigilado por la mirada de Céline, que ella imaginaba intransigente y mordaz, Gabriela llevaba una blusa blanca que no podía ensuciarse bajo ningún concepto antes de la entrevista, se sintió estúpida por no haber puesto un poco más de Jig-A-Loo, estaba estresada, y cuando está estresada es dura consigo misma, maldijo aquella cerradura y acabó candando su fixie en uno de los aparcabicis libres que había en la acera, unos prácticos soportes diseñados por el estudio que te encontrabas casi por todas partes en la ciudad y que condensaban todo cuanto el equipo de Céline mejor hacía en términos de diseño urbano: una hermosa simplicidad, un ligero clasicismo y una discreción que no entorpecía el campo de visión, un simple semicírculo sostenido por un rectángulo, un soporte para bicicletas de metal negro que evocaba la forma de una letra griega y en el que podían aparcarse y candarse fácilmente dos bicicletas sin que se tocaran. Por lo menos aquel día de junio no hacía demasiado calor, aun así, antes de subir a la entrevista, Gabriela pasaría por el baño de la planta baja, conocía bien el lugar. Los Ateliers C/W están en el edificio de una antigua fábrica de abrigos de la Petite-Patrie, rehabilitada en su parte exterior con mucho respeto por el aspecto original de un edificio centenario de ladrillos americanos color tostado, en la fachada este aún se puede descifrar el nombre de los primeros propietarios del edificio, LA CIE. C. H. CATELLI ILLIMITÉ, los de la pasta, sí, adquirido en 1948 por Samuel Shiff, el imponente edificio de cuatro plantas había cambiado de función, pasando de la fabricación de fideos a la de ropa para la SHIFF AND COMPANY INCORPORATED, el nombre de la nueva fábrica había tapado la inscripción blanca del señor Catelli, produciendo un palimpsesto que Céline decidió conservar, una discreta franja de letras medio borradas fundiéndose las unas con las otras. Como la mayoría de los estudiantes de diseño y de arquitectura de la metrópoli, en su primer año de universidad Gabriela visitó los Ateliers C/W. El empleado responsable de las visitas escolares les dio el mismo tour guiado que a todos los otros grupos, el mismo tour guiado que ella iba a hacer al verano siguiente, poco podía imaginar durante la visita que pronto le iba a tocar aprenderse de memoria el interesante y divertido sermón, salpicado de «¿sabíais que…?» y datos curiosos que les estaba soltando aquel hombre alto y rubio de ojos negros y sonrisa perfecta, él iba a ser quien, llegado el verano, le explicaría a Gabriela todas las etapas de una visita al número 305 de la calle Bellechasse: una cálida bienvenida, luego una breve introducción (en el exterior si hace buen tiempo) con un rápido recorrido histórico del barrio, su urbanización a finales del siglo XIX una vez que se hubo instalado un tranvía que conectaba Montreal con Ahuntsic, lo cual propició la progresiva industrialización de las zonas al norte de la antigua estación de Mile-End, cerca del actual mercado Jean-Talon, donde se habían establecido las sucesivas olas de inmigración italiana. Y fue así como Gabriela, como ya hiciera antes el chico rubio y guapo –durante el verano iba a conocer su nombre de pila, Philippe, así como muchas otras cosas sobre él–, trataría de armar un relato con los hechos más destacados del edificio, construido en 1900 por Catelli para albergar su fábrica y vendido luego a Samuel Shiff para mayor empalago del grupo de estudiantes de secundaria que se aburriría escuchándolo, y que así se lo haría saber. El señor Shiff («¿el tipo se llamaba Fif, señora?», preguntó un chaval usando ese término coloquial para marica, entre risas de sus compañeros) transforma el inmenso Centro del Macarrón (esta vez era Gabriela intentando una broma, sin éxito) en una fábrica. ¿Sabíais que los abrigos Sh...?, y ahí se contuvo, no se atrevió a repetir la palabra que hacía que aquellos idiotas se tronchasen de risa, ¿sabíais que los abrigos que se cosían aquí eran concebidos y producidos de principio a fin en Montreal, en los locales que tenéis delante? Eran prendas muy conocidas, muy populares en todo Canadá e incluso en Estados Unidos, y eso hasta el cierre de la compañía en los años noventa, cuando la globalización se impone y se empieza a producir en China o en Bangladesh para aumentar los márgenes de beneficio. Recordad que los abrigos Shiff («¡Jajajaja, fif, señora!») son de antes de que existiera la idea de los *productos locales*. Hoy en día nos parece muy importante reducir nuestra huella ecológica mediante un consumo responsable, pero en esa época producir las cosas que necesitábamos cerca de casa era algo natural. Los abrigos eran realmente bonitos, y hoy son muy vintage, podían verlo ellos mismos en la vitrina que Gabriela siempre enseñaba a su audiencia, diciéndoles, con un último rayo de esperanza por captar su interés, que si buscaban bien todavía podían encontrar alguno en las tiendas de segunda mano –y la mirada de algunas curiosas se iluminaba por un instante–. En 1991, mucho antes de que vosotros nacierais, Céline compró el número 305 de la Bellechasse. Todos la llamaban familiarmente Céline, casi nunca mencionaban su nombre completo, Gabriela ignoraba por qué, incluso sus profesores de la universidad solían hablar de «la influencia *de Céline* en la arquitectura contemporánea», solo muy de vez en cuando de «tal edificio de los Ateliers C/W», ¿no era ese un tipo de familiaridad que la gente se permitía demasiado a menudo con las mujeres?, solía preguntarse Gabriela, como si todas fuesen siempre vagamente conocidas, incluso cuando llegaban a la cima de su disciplina. En aquella época, Céline Wachowski ya estaba en pleno ascenso en el mundo de la arquitectura, le encargaban edificios por todo el mundo, y la señora Wachowski buscó un local más grande para su estudio (ahora era la profesora acompañante la que quería saber), que antes estaba en el centro histórico de la ciudad. Céline adquirió el edificio y luego acometió una importante reforma, ejecutada sobre los planos que ella misma había diseñado. Todo cuanto veréis hoy ha salido de su cabeza. En los últimos años se han llevado a cabo otras obras, como el aislamiento de las paredes y la restauración de las fachadas en 2007 (inmenso desinterés del grupo, excepción hecha de un padre acompañante a quien aquello le pareció extraordinario, tal vez trabajase en el sector del aislamiento, pensó Gabriela). Este verano se celebran los quince años del 305. Estamos en el corazón del sitio en que nacen, se elaboran y se diseñan todos los edificios famosos que acabo de enseñaros en el vestíbulo y que habéis visto en las películas, en la televisión. Ahora venid conmigo, subiremos para seguir con nuestro recorrido.

El día que regresó por primera vez al Bellechasse 305 para pasar su entrevista de trabajo fue mucho después de esos memorables veranos trabajando como guía para Ateliers C/W, unos veranos llenos de amistades incipientes, noches interminables, mañanas de dolorosa vigilia y de una historia de amor con Philippe, el guía guapo y rubio, que no terminó bien. (Gabriela consideraba que durante ese periodo había «vivido su juventud», poniendo distancia y cristalizando a la vez en esa expresión una secuencia de la vida a los veinte años que debería haber vivido, que lamentaba no haber vivido y que fue imperativo que viviera según una cierta progresión, un conjunto de esquemas narrativos establecidos por el rumor social y las historias picantes de su entorno, una cuota de peripecias que sus amigas compartían con entusiasmo tomando una cerveza, lo cual minaba sin proponérselo la confianza de Gabriela, quien deseaba ardientemente tener algún día recuerdos que contar como tenían ellas, pues se temía que durante mucho tiempo esos preciosos momentos le habían pasado por alto, necesitaba experimentar esa dulce ligereza, el moderado extremismo de la abnegación que caracteriza el auténtico final de la infancia, el que cae a mediados de la veintena). En el vestíbulo de Ateliers C/W no parecía que hubiese cambiado nada importante, y sin embargo todo le parecía ligeramente diferente, como si hubieran arrasado todo el conjunto y luego lo hubieran reconstruido de forma idéntica. Por mucho que Gabriela intentara encontrar el elemento nuevo, el que motivaba esa sensación de extrañeza, más allá de algunos muebles, los pothos y los grandes ficus más espesos que antes, no lograba identificar qué habían deshecho y vuelto a hacer en los últimos cinco años, ya fuese en la realidad o en el recuerdo, lo que se había transformado lo suficiente como para darle la sensación de estar redescubriendo como en sueño el estudio improbable que aparecía ante ella como un holograma, despertando sensaciones primitivas e infantiles. La arquitectura de Ateliers C/W suscitaba el mismo placer que los espacios imaginarios y utópicos descritos en las novelas fantásticas, pero ilustrados de forma decepcionante, que Gabriela leía de niña, donde la representación visual nunca estaba a la altura de aquellas sublimes fortalezas en los árboles, de aquellas ciudades construidas en la ladera de una montaña o de aquellos vetustos castillos ornados con una torreta espeluznante con vistas a un reino perdido en que abundaban las cuevas, los bastiones aislados, los cementerios secretos y las cabañas. «Gabriela Lopez-Lachance, tengo una entrevista de trabajo», le dijo al empleado de recepción, un chico de veintimuchos insoportablemente guapo, bastante amable pero sin falsos modales, seguramente gay –los heteros de su edad no trabajan como secretarios– que se apresuró a telefonear y le dijo por señas que se sentase donde le pareciera. A su alrededor se afanaba una fauna un poco cliché como la que hay en todos los estudios de arquitectura y diseño del mundo, especie de la que Gabriela sabía que formaba parte: gente guapa, bien vestida pero no demasiado chic, mayormente jóvenes, reunidos en grupos de tres o cuatro en los espacios de trabajo disponibles aquí y allá, en largos sofás, alrededor de grandes mesas de madera o sentados en los bancos del islote central, donde había un pequeño café. A Gabriela le gustaba que el vestíbulo de los Ateliers fuese un espacio público, que la gente del barrio pudiera trabajar en él como en cualquier otro café de la zona, ella misma había venido a menudo durante su licenciatura, para una empresa es bueno estar abierta a la comunidad, ser accesible, para la gente de la Petite-Patrie hay algo de estimulante, de exótico, de cool en poder ir allí a pasar el rato entre técnicos de arquitectura, becarios y aprendices –el resto del personal tiene espacios aún más agradables (y privados) en los pisos superiores–. Su despacho, desde donde hay unas vistas magníficas del sur de la ciudad, está arriba del todo, delante de un altillo desde donde puede observar el vacío que la separa de la planta baja, tan bulliciosa como una pequeña ciudad vista desde un helicóptero. Los techos altos y el tejado de cristal en el centro del edificio despejan la vista, ventilan el espíritu y elevan las ideas. Céline ha hecho un trabajo notable diseñando sus oficinas, de entre todas sus creaciones puede que esa sea la preferida de Gabriela, ciertamente menos portentosa –sobre todo desde el exterior– que los grandes proyectos icónicos de la firma, que están casi todos en el extranjero y suelen ser agradables pero a veces también muy llamativos, a Gabriela le costaría explicarlo pero el Bellechasse 305 le parece más honesto, allí una siente que la grandeza y el virtuosismo están puestos al servicio de lo funcional, que consiste en ofrecer un espacio de trabajo agradable e inspirador. La primera vez que visitó el lugar con su clase de la universidad, su mejor amigo del insti, Louis (que ahora vive en Berlín), le hizo notar ese ligero feeling *Jurassic Park* que te asalta al entrar; y tenía razón, es verdad que observando los cinco pisos que se levantaban por encima de ti tienes un poco la sensación, se dijo Gabriela, de estar descubriendo un misterioso portal allá al fondo de una selva perdida que da a las ruinas de un antiguo templo cuyo techo habría sido corroído por el tiempo, una especie de enorme patio interior rodeado de muros majestuosos intrincados de balcones bizantinos y escaleras que flotan en el vacío. El edificio es bastante típico del estilo y el enfoque de Céline, algo que Gabriela explicó muchas veces a los distintos grupos para los que hizo de guía: una decoración y un diseño que poseen un carácter casi barroco, más ornamentado que la mayoría de las creaciones actuales, que tienden más bien al despojamiento; la conservación y rehabilitación de un lugar con una gran sensibilidad por su historia social y material; minuciosos procesos de destrucción; una mesurada estética de la ruina, con paredes parcialmente derrumbadas; una «arquitectura de reducción», como la llaman los especialistas, tomando la expresión del mundo de la escultura para definir un proceso tendente a conferir a ciertos elementos un aspecto inacabado, deconstruido; grandes balcones de formas irregulares sobre una pared de hormigón quebrado, como si el vestíbulo hubiera sido excavado directamente en el edificio con una retroexcavadora, llevándose por delante grandes superficies de suelo; sensibilidad ecológica y social, implicación en la vida del barrio y numerosos eventos gratuitos organizados para educar en arquitectura. No hay que descartar que Céline, como ya hiciera en la Decco Tower o en la New Opera de San Francisco, haya querido crear para sus Ateliers ese «sentimiento escatológico» que caracteriza su producción de los años noventa y dos mil, tal como afirma una de las especialistas en su trabajo, profesora en Princeton y autora de *Building the End to Come: Postmodern Spaces at the End of Times*, imaginando esta entrada cinematográfica que ofrece una vista casi panorámica de los espacios de trabajo de las entreplantas, todo bañado en la iluminación natural que proporciona el impresionante techo de cristal concebido por los mismos artesanos que la vidriera del Museo de Bellas Artes de Ottawa, un cariñoso guiño al arquitecto Moshe Safdie. El vestíbulo lo adornan ocho de las enormes columnas que servían para sostener la estructura original y que han sido conservadas con fines ornamentales. Como podéis observar, están parcialmente demolidas, cada cual a una altura diferente, y cubiertas de plantas trepadoras. «El típico sitio –dijo Louis– en que no te extrañaría ver a un pterodáctilo posándose sobre una columna inferior mientras mordisquea la cabeza de un contable». A Gabriela la imagen la asqueó, pero soltó una risita para disimular su malestar.

Por fidelidad a las desilusiones de su infancia, Gabriela quiso convertirse en arquitecta y seguir arrastrándose por ese camino sufriente donde la imaginación libre y voladera tropieza con la concreción del diseño y los límites de los materiales y de las capacidades humanas. En cada uno de sus proyectos escolares, sintió la misma traición de la realidad a la imaginación –diluida ahora en los volúmenes más importantes de su madurez– que cuando de adolescente se sumergía en una serie de novelas inspiradoras ambientadas en mundos formidables. Su mundo era tan aburrido, sus padres tan patéticos, los otros niños tan malvados, que entre los diez y los dieciocho años Gabriela vivió solamente para esos personajes, magos y guerreros de tierras fabulosas a quienes quería más que a su entorno y con quienes descubrió un sinfín de castillos imposibles que ella acostumbraba a recorrer con los ojos cerrados y a dibujar con los lápices de madera de calidad que le había regalado su primo ilustrador. Poner sobre el papel lo que percibía en su cabeza con tanta claridad no era sencillo, las cosas de lo visible no se correspondían con las de su corazón. Más que los intrincados entrelazamientos de los argumentos, lo que hoy conserva de aquellas lecturas de adolescencia son los lugares a los que se transportaba y que le habría encantado visitar cada vez que cerraba entre sollozos el último volumen de una serie que le gustaba, viviendo el difícil duelo de una aventura que llegaba a su fin, la auténtica guerra de aquellos héroes no tenía como enemigos la vida cotidiana, la estupidez de los amigos del colegio, los deberes, la inseguridad entre el francés y el español, las conversaciones que le tocaba mantener durante la cena con unos padres a los que no había elegido, que no se interesaban por la lectura y que a veces llegaba a despreciar abiertamente, insultándolos y yendo a encerrarse en su cuarto. Si el día que la contrataron Gabriela parecía fuerte, una joven confiada, que caminaba erguida por la entrada de los estudios tratando de enganchar el casco de la bici en la correa de su bolso de cuero vegano, si se la veía capaz de vencer a todas las criaturas desagradables, revestida como iba de aquella armadura de lino europeo procedente en un 50 por ciento de cultivos sostenibles, si semejante seguridad en sí misma llegó incluso a asustar a sus colegas cuando por primera vez una mujer cuestionaba la idea perezosa que ellos creían genial, es porque al cumplir los veinte, y tal como hacían los entrañables degolladores que poblaban el imaginario de su infancia, se hizo con una daga con la que matar a aquella chiquilla que ella había sido, colándose en la habitación de la pequeña Gaby de las gafas sucias y el pelo lleno de nudos que se pasaba las horas en la cama devorando aquellos libros gordos en los que casi siempre se encontraba un mapa geográfico de las tierras imaginarias en que se desarrollaba la historia, para ponerle la mano sobre el hombro y clavarle el filo en el cuello, sin piedad, con dos llantos sobrios rodando mejillas abajo. Tal como ha demostrado en incontables ocasiones, Gabriela puede ser tan cruel como los peores genios de las novelas de Gaby, exorcizados con gesto violento.

Lo demuestra asesinando las ilusiones de cuando era niña, lo demuestra obedeciendo a esa necesidad que según ella tiene de negar sus esperanzas y sus sueños, y lo sigue demostrando con ese nivel de exigencia a veces sádico que ejerce sobre ella misma, no contentándose jamás con una victoria discreta, no durmiéndose jamás en los laureles, no aceptando jamás un cumplido, no pensando jamás que ha logrado lo que quería ni aun teniendo el dinero en un plan de pensiones REER o en una cuenta CELI casi llena, un dúplex cuyo alquiler produce ingresos y se revaloriza año tras año, una experiencia de trabajo positiva y algunos valiosos amigos con los que va a comer al Vin mon lapin o al Beaumont cuando hay una buena noticia que celebrar o cuando Louis está de paso en la ciudad y tienen que ponerse al día. Nadie se da cuenta, pero Gabriela corre, tiene que mantener un cierto ritmo, cruzar una línea desconocida, y sus adversarios son muchos. En la vida, es inviable eliminar a tus enemigos de un espadazo, librarse de los que te perjudican, de los que te retrasan; Gabriela guarda su energía para pulverizar los obstáculos que le conciernen, los que se han entremezclado con su comportamiento a base de malos hábitos y renuncias diarias. Su purga la ejerce contra sí misma, y trata de mantenerse zen con todo eso.

Dice que no al queso que ha venido a ofrecer un joven a la pequeña aglomeración en que está metida, le encanta el Comté Marcel Petite curado, el Sainte-Maure de Touraine DOP de leche cruda y las burratas importadas en avión privado directamente desde Apulia, pero considera que ha comido suficiente e intenta cortar por los lácteos; de todos modos otra copa de vino sí se tomará. Un blanco, por favor. La conversación ha recuperado su vigor, la presencia de Céline hace vibrar el aire con un nerviosismo efervescente, no habla fuerte y su voz queda enterrada por la de la exministra, un tanto borracha, inmersa en un monólogo que aburre a todo el mundo excepto a Pierre-Moïse. Él la escucha con una atención y una paciencia que Gabriela no tiene. Si no lo conociera, casi podría creer que el interés de Pierre-Moïse es auténtico, pero seguro que en el fondo le parece agotadora, más tarde, entre dos sorbos de vino, se lo deslizará con sutil ironía. Pierre-Moïse es del tipo de personas que deja que alguien diga tonterías por mera amabilidad, puede que por crueldad; a Gabriela la asusta la forma que tiene de dejar que la gente se hunda en su propia mierda sin tenderle la mano. Pierre-Moïse no presta tanta atención al CV del que la mujer lleva diez minutos alardeando de manera desvergonzada como a ese tono de orgullo tocado de indiferencia que otorga una especie de valía a la simple enumeración de su currículo; no se atreve a cambiar de tema por miedo a incomodarla, Gabriela podría acudir a su rescate y librarlo de esa sanguijuela, pero prefiere alejarse sin dejar de observar el silencio de Pierre-Moïse, que imposta un aire sensible e interesado, eso a Gabriela la pone de los nervios, que su colega quiera complacer y evite incomodar, es algo que en el trabajo, en el día a día, ralentiza los procesos de toma de decisiones. Lo que más la irrita es que sabe que algo tiene que aprender de él, de su forma de abordar con delicadeza las situaciones más difíciles, presentando la decisión que está encargado de aplicar como la evidencia más natural y razonable ante los empleados a los que despide, él que a saber por qué sortilegio consigue hacer entender a su interlocutor las razones de su despido, convencer a quien pone de patitas en la calle de que es la mejor decisión para todos. Gabriela toma una botella de agua mineral del mostrador y escanea la sala con su mirada. Es la primera vez que ve a Luc Plamondon en persona, está hablando con una pareja de su edad; queda ligeramente impresionada. No conoce a nadie, regresa donde Pierre-Moïse con la sincera esperanza de sacarlo del atolladero. Al ver que Gabriela se acerca, la exministra cambia bruscamente de tema, debéis de estar estresados por las consultas públicas, ¿no? Es la cuarta vez que le sacan el tema esta noche, está un poco cansada de volver a ofrecer cada vez la misma respuesta neutra y mesurada, pero la exministra no espera a que tome la palabra y pasa enseguida a su propio análisis, las críticas son de una estupidez mayúscula, cosa de parvulitos, yo cuando lo vi me sentí indignada, tomarla de esa forma con una de nuestras mayores emprendedoras, con un proyecto tan excepcional... En cualquier caso, si queréis mi opinión, yo que he vivido otras «polémicas» (y hace las comillas con los dedos mientras sostiene su vaso, cae al suelo un poco de tinto), todo esto es una tormenta en un vaso de agua, durará unas semanas. Cuando el proyecto se apruebe, después de las consultas, todo volverá a la normalidad. En realidad los quebequenses no son así, no hay cabida en su forma de ser para ese tipo de maldades, de acusaciones falsas y... y... Pierde el hilo y vuelve a preguntar, pero vosotros, ¿cómo lo lleváis? Gabriela deja que responda Pierre-Moïse, a ella le cuesta dar con una forma alambicada que le permita no decir lo que piensa.

La fiesta, cuerpo alquímico, está en su momento de dispersión, de evaporación, las partículas se alejan unas de las otras después de los últimos servicios, entre los invitados pasa una corriente de aire desagradable, una brisa que seca los ojos, se limpian las pequeñas lágrimas con un pañuelo de seda, Cai intenta apagar la ventilación pulsando todas las teclas del panel de control electrónico, pero sigue soplando esa corriente de aire que nos molesta, repartidos como estamos en los salones, en el comedor, en el altillo, en los despachos y en las habitaciones, alrededor de la piscina. Siguen sacando vinos y digestivos, «estar mucho tiempo de pie sobre el mármol blanco desgasta las rodillas», cuenta el actor que hace menos de un año se hizo operar en una clínica privada, se lo está explicando a un busboy que no se atreve a responderle que él lleva de pie desde las tres de la tarde. La gente busca una silla, un sofá, se sienta en el suelo sobre las gruesas alfombras para continuar con sus conversaciones y abrir otras nuevas. El tedio hace su perversa aparición, sin aspavientos, a la entrada del apartamento, y ahí se instala, ese viejo tedio que se presenta en todas las fiestas, que a menudo llega tarde pero en el que casi siempre se aprecia el mismo perfil torcido, ese anciano que arrastra sus botas sucias sobre las alfombras color crema y se acaba el culo de las botellas entre toses, se lo ha visto merodeando aquí y allá, llega al salón principal y se deja caer sobre un sillón orejero junto a una biblioteca. Toma un grueso volumen de la Pléyade nuevecito, se pone a leer viejos poemas sin gracia. La música ha ralentizado el ritmo, los músicos se vuelven más lánguidos, sus notas suaves dejan en el aire más espacio y la palabra circula mejor, las conversaciones, a veces rotas, dispersas, perdidas, se regeneran, adoptan un destino más lineal y, cuando experimentan grandes giros, nadie se siente expulsado. Las hay que todavía arman jaleo junto a los restos fríos de la cocina desierta, aunque no tienen hambre engullen unos inmensos adoquines de queso que sin apenas masticar van a parar al fondo de sus estómagos acidulados. Mañana contarán las calorías, llamarán a su entrenador personal y se entregarán juntos a unos bailes sudorosos. En algún lugar, un hombre cuya camisa se ha salido de los pantalones le pide a una camarera pasmada que le haga un masaje, los hombres de su alrededor se ríen divertidos del aire ofendido de la joven y de la grosería de su colega. Mañana harán operaciones abstractas en sus ordenadores que crearán puestos de trabajo y enviarán a gente al paro. En el salón se habla de justicia social, un asunto que a Pierre-Moïse le interesa. Un periodista jubilado con una trayectoria ideológica inusual, que avanza a contracorriente desde el centroderecha de su juventud hacia una izquierda casi extrema al final de su larga carrera y que, a decir verdad, se siente culpable ante el agradable fasto del cumpleaños de esta noche, menciona en el curso de una reflexión el nombre de Marx; queda claro que lo ha leído. Un hombre mayor que creció en un régimen comunista del Este para luego emigrar a los veinte años a Canadá y amasar una fortuna en el negocio de la aviación suelta una carcajada indignado mirando hacia otro lado, pues no tiene energía para responder a ese periodista idiota que ha hecho mucha radio y posee la evidente ventaja de la expresión oral; le hace una señal a una camarera y se toma otro bourbon almibarado.

En la fiesta ya no hay nada que divierta a Céline. Flota en el comedor, donde hay grupos de desconocidos que la miran de arriba abajo sin disimulo, luego pasa al salón adyacente, donde se encuentra la Bañera. El sofá de antes está ocupado. No puede cazar a Cai ni a Dina, que están inmersos en conversaciones, pasea su mirada por el gentío y mira con desdén a los invitados que quedan, no le apetece charlar con nadie, solo quedan ancianos hacedores de poder, pequeños y mediocres potentados económicos y un puñado de personalidades casi mediáticas que despiertan en ella un arcaico desprecio por Quebec, sus recriminaciones contra la provincia son numerosas y el dosier de pruebas en el caso que está preparando está lleno de indiscutibles documentos probatorios, esa guerra secreta que libra Céline tiene orígenes profundos, todo empieza con una agresión de Quebec contra ella, el Quebec que la ignoró durante tanto tiempo, ahora, tras más de cuarenta años de carrera, trabaja en su primer proyecto de envergadura, y las consultas públicas, como era de esperar, están siendo tempestuosas. Estaba claro que Quebec no podía acogerla sin otra de sus miserables polémicas, después de haber completado con éxito centenares de grandes proyectos en todo el mundo sin contar las obras residenciales, la rehabilitación de locales de trabajo y comercios, la restauración de edificios históricos, los parques y el plan de urbanismo en Chicago, Los Ángeles, Lyon y Berlín, los rascacielos en San Francisco, Nueva York, París, Tokio y Sidney, diseñados y ejecutados por su equipo, y eso sin contar los cientos de planes, de ideas, de proyectos que nunca verán la luz por falta de financiación o de osadía estética, cuántas veces no habrá participado, aun cuando los proyectos no fueran los más atractivos, en concursos que acabaron coronando a arquitectos extranjeros, a empresas técnicas y generalistas mediocres, o peor aún, a colegas locales sin la menor visión. Los contratos que le han ido denegando a lo largo de su vida y que se han saldado en increíbles desastres son innumerables, la Orquesta Sinfónica, la Plaza de las Artes, el Museo de Arte Contemporáneo, en los archivos nacionales debe de haber cajas y más cajas de proyectos que lleven su firma, Ateliers C/W propuso sin éxito bocetos de edificios ingeniosos y bonitos para los proyectos más espantosos, con el fin de que en esta provincia degenerada y enferma no faltase belleza, mientras aquí se le negaba ejercer su arte y su talento obedeciendo ciegamente a la ley de la licitación más baja, en Delhi, en Dubái, en Abu Dabi, en Londres, en Filadelfia se peleaban por hacerle propuestas, allí ha construido edificios que ya son legendarios y pueden verse en películas y folletos turísticos, un día Pauline, su directora de comunicación, le enseñó en Twitter el *#DeccoTower*, el *#NewOperaSF*, el *#GuggenheimAbuDhabi*, hombres y mujeres de todo el mundo sueñan con tomarse un selfi con sus creaciones de fondo, pero en la miserable provincia en la que nació, poblada por analfabetos que ya han votado «No» en dos referéndums sobre su soberanía, no consideraron su trabajo lo bastante convincente, lo bastante conforme con las normas y las expectativas de los banqueros y los médicos que aquí nos sirven de líderes, las ideas de Céline son demasiado originales, demasiado «artísticas» le dijeron una vez, «no queremos contrariar a los contribuyentes», cuántas veces habrá escuchado esa frase en boca de diputados y ministros que decían hablar en nombre de un pueblo al que se suponía debían representar, pretendiendo encarnar la voz de la razón al mismo tiempo que usaban los fondos de su ministerio para pagar viajes y prostitutas, todo indicaba que la población quebequense admiraba fervientemente el trabajo de su firma, pero en Quebec, pensaba Céline, se busca un consenso fantasmagórico e inalcanzable al que siempre se llega matando el arte de raíz, eligiendo el proyecto menos costoso, el más barato, cuántos talentos de artistas, y especialmente de *mujeres* artistas, se habrán visto arruinados por la estupidez de un contable elegido en alguna circunscripción bárbara que se niega a gastarse un centavo. Que Quebec vuelva estos días a insistir en sus rabietas contra el Complejo Webuy no le ayuda precisamente a seguir disfrutando de la velada, poblada por personas que le siguen dedicando las mismas negativas desde hace treinta años. En una esquina, un hombre mayor lee un libro gordo, sin duda un hombre culto que prefiere la lectura a la conversación con sus congéneres. Céline está cansada de hablarse sola, quién sabe si ese caballero entenderá su rencor hacia el mundo. Camina arrastrando una silla y se sienta junto al viejo tedio.

El desinterés de Céline por sus semejantes despierta su amor por ella. En el salón, su nombre sigue flotando, susurran información sobre ella, lanzan turbias conjeturas sobre sus ocupaciones actuales, sus amistades, su vida, sus lutos y sus combates mientras que ella debería ir marchándose, mañana tiene un vuelo, pero a Céline le queda decir unas palabras en el homenaje que ha preparado Cai en honor de Dina, a qué hora tiene previsto hacerlo, ese homenaje, empieza a hacerse tarde, Céline quiere retirarse, menos mal que este fin de semana no trabaja; hace apenas diez años decir algo así habría sido un milagro, jamás se tomaba vacaciones, excepto algún que otro día especial, el día de Nochevieja, el de Año Nuevo, e incluso en vacaciones se pasaba el tiempo colgada del teléfono, pendiente de los mails, de la evolución de sus acciones, la de Céline había sido una de esas vidas consagradas al trabajo, una de esas vidas currando setenta horas a la semana, desde hace unos años se lo toma con más calma, los domingos no trabaja, todo el mundo está formalmente advertido, no contactarla en domingo salvo en caso de emergencia; y responde con un tremendo mal humor. Con el crecimiento casi monstruoso de sus empresas, se ha producido un extraño fenómeno que ha vuelto su papel prácticamente prescindible, sus subalternos ya no la necesitan, en los puestos decisivos de cada una de las ramas de su imperio hay mentes solventes, colocadas cuidadosamente y mucho más conscientes que ella de los desafíos del día a día, de los contratos en curso, de la fase de desarrollo de cada proyecto, no hay necesidad alguna de exigir su concurso salvo para los planes maestros y las decisiones importantes, Céline se ha librado de las responsabilidades más pesadas, las delega en aquellas y aquellos que de verdad tienen hambre, con el paso de los años, esa dimensión de su carrera que antes era fundamental, ese placer que experimentaba comandando como un general, preparando el siguiente ataque y desplegando sus tropas sobre el terreno consciente de que la última palabra siempre sería la suya y no le costaría imponer su punto de vista y su voluntad, se ha ido atenuando. Entró en Bolsa, vendió una parte importante de sus empresas. «Mis compañías han pasado del despotismo ilustrado a una democracia de idiotas», le cuenta Céline entre risas al grupito al que finalmente se ha acoplado. En la relación de Céline con el dinero sigue habiendo un viejo odio, un fondo de cinismo social cimentado cuando tenía veinte años, en Quebec la filosofía nunca ha tenido mucha prédica, aquí se valora una relación directa con el mundo, sin mediación, pero los seminarios sobre Kierkegaard o *El ser y la nada*, en París y en Yale, le permitieron tramar preciosas e inesperadas amistades, tejer sólidas complicidades; a veces resultaba insoportable, pretenciosa, cruel con los estudiantes de su programa que no estaban interesados en los pensadores franceses de moda, que apenas tenían el asomo de una idea de quiénes podían ser Jacques Lacan y Gilles Deleuze (internet no existía, hoy en día todo el mundo puede ampararse en una cierta cultura general sin haber leído el texto del autor referido), sentía un placer perverso explicándole a quien quisiera escucharla y como si de una evidencia se tratara a qué se estaba refiriendo Lukács con «totalidad social», o desgranando al detalle los auténticos motivos de la querella entre Foucault y Derrida, los libros amarilleados, de austera cubierta y páginas manchadas de café e impregnadas de olor a cigarrillo, esos libros subrayados y anotados con fórmulas mágicas y eslóganes sibilinos que la han orientado con la prosa enrevesada, confusa y exuberante de los intelectuales, esos libros iluminados con un trazo elegante que esbozaba estrellas y flechas, destacaba conjuntos o sancionaba un descarado signo de interrogación en el margen se habían encastrado en un rincón de su memoria, de las teorías no conservaba un recuerdo demasiado preciso, pero rememoraba con nostalgia el asombro que sintió en su día, la satisfacción de reseguir los hilos entrelazados de aquellas reflexiones exigentes y no siempre muy pedagógicas que ella consumía como otros leen biografías de gente famosa. Luego, a veces, en el transcurso de una conversación, para marcar su desacuerdo con alguna idea que le sorprende, le viene un fraseo, un ritmo y un arsenal que le sirven para condimentar la charla con alguna fórmula leída seguramente en algún lugar que nunca explica: «es una fantasía de persecución, eso es puro Lacan», «pero el lenguaje siempre es fascista», «ya se sabe, algunos discursos funcionan no sobre una búsqueda de la diferencia, sino sobre su eliminación», «la gente dice cualquier cosa, todo excepto lo que piensa, obviamente», «el Capital agota tres cosas: la naturaleza, la fuerza de trabajo y mis nervios». Lecturas que ha incorporado al viejo fondo de armario que una se prepara a los veinte años y luego usa una y otra vez en todas sus recetas, su aroma no es fácilmente reconocible, pero el caldo sigue estructurando sus salsas y sus adobos; a ella le proporciona una actitud, una manera de situarse ante los acontecimientos del mundo. Cuando en una entrevista le preguntan sobre su fortuna, ella responde humildemente: «Son cosas que simplemente llegan, lo mío nunca ha sido el dinero, el éxito llega cuando eres fiel a lo que quieres hacer. He desarrollado una perspectiva personal contra viento y marea, he mostrado apertura y capacidad de escuchar, el resto es suerte. El mérito no es mío, hay mucha gente notablemente más dotada que yo que debería estar en mi lugar». En su famoso perfil de Céline Wachowski, publicado en 2011 en *Harper's Bazaar*, un artículo de medias tintas atravesado por un aprecio confeso y una cierta condescendencia, Joan Didion cita a Céline: «You do your business, you pursue your artistic reflection, you work, you work, and then one day, you wake up millionaire. Despite you! –She laughs–. It's about like that it happens. Quite scary to go from an indebted student who comes from a fairly poor family to a multimillionaire public figure, there are reflexes you have to get rid of. It's a new learning and, yes, in a sense, on a strictly personal level, a burden».

Respondiendo a una pregunta de un joven empresario, Céline intenta explicar a su pequeña audiencia cómo la entrada de accionistas en el consejo de administración de Ateliers C/W ha atenuado la influencia de la reina-filósofa que ella fue durante tanto tiempo, ahora le toca encajar las imposiciones de unos financieros con corbata que representan a tal o cual trust y que de arquitectura no saben gran cosa. Desde que en su agenda han aparecido nuevas funciones que han transformado su vida, obligándola a dejar de lado los aspectos más estresantes de la gestión empresarial, las palabras que utiliza para referirse a sus tareas ya no tienen tanto sentido; a principios de los años noventa se libra de labores fastidiosas como el desarrollo de la cartera de clientes, las finanzas o los recursos humanos; ahora mismo ocupa un puesto que está más o menos a medio camino entre la directora artística y la mascota. Así es como define su auténtico rol, para mayor deleite de los invitados con quienes comparte esta anécdota como haría una diosa indolente que concede un milagro al pueblo solícito que hace en su honor un sacrificio tras otro. «An artistic director crossed with a mascot». Con esa fórmula que tanto ha divertido otras veces, en otras veladas, les arranca a sus interlocutores una sonrisa, y lo hace con su particular acento francés, ¿o acaso su acento francés *quebequense* no es uno de los ingredientes decisivos de la adoración que suscita en todo el mundo, ese acento que maltrata su inglés y que, entre otras cosas, convirtió su programa en Netflix en un éxito rotundo, en una emisión de culto desde el minuto uno? Curiosamente los americanos siguen viendo en el acento francés un signo de buen gusto, Céline, que pasa tres meses al año en París, no lo acaba de entender. Netflix, la televisión, los medios, todo eso por supuesto forma parte del ámbito «mascota» de sus actividades, un universo que sigue siendo mucho menos rentable que las finanzas –y el actor, que se ha unido al pequeño caucus, asiente– y donde te explotan, tanto a ti como tu imagen, tus frases, tu estilo, todo el rato, es inimaginable, las apariciones en la tele, las entrevistas de unos minutos en que hay que ser ligera y al mismo tiempo profunda, divertida y seria, y para las que a veces hay que aprenderse las réplicas que te escriben los guionistas del programa, por no hablar de las fotos, en todas partes, para revistas y periódicos pero también en el cine, en la alfombra roja de los Golden Globes o de la MET Gala, en las veladas caritativas, a la mínima que pones un pie en la calle –y en L. A. o en París todavía es peor, la gente conocida (y al decirlo excluye deliberadamente de esa categoría a aquellos y aquellas a quienes se dirige, el actor incluido, por mucho que hace poco haya pasado por el programa 7 *Días*) en Montreal aún está a salvo–, por no hablar de esas parodias a veces desagradables en SNL o en otros programas cómicos rumanos o austriacos, y de esas imágenes humorísticas que circulan por las redes sociales y ella sigue sin entender por más que Pauline se las enseñe y la tranquilice: «Se llaman memes, son tendencia y nos convienen, hay que saber jugar con el sarcasmo y el carácter ambiguo de las publicaciones de Instagram, no sabemos si Dolly Parton entendió realmente el *#dollypartonchallenge*, pero a nadie le importa porque es un auténtico triunfo. Aumentó su audiencia en unos grupos de edad que ni siquiera sabían de su existencia». Céline también detesta las t-shirts, esas horribles t-shirts no autorizadas en las que imprimen sin su permiso frases que no recuerda haber pronunciado acompañadas por versiones degeneradas de su retrato, groseramente esbozado a lápiz, que la esquematizan y la reducen a unos pocos rasgos, como si no fuera más que un corte de pelo y unas gafas cuadradas –ella que posee más de treinta pares de gafas y solo usa las cuadradas muy de vez en cuando–; cuántas veces no le han desaconsejado iniciar recursos judiciales contra esas empresas que parasitan su imagen pública, asegurándole que iba a ganar cien veces más al transformarse de simple icono de un ámbito básicamente anónimo en toda una diosa de la cultura popular y del home design, una transformación que al principio estuvo en manos de un alegre grupito fascinado por sus comentarios mordaces y los atractivísimos modelos treinta años menores que ella con que suele presentarse en las alfombras rojas (en paralelo, no dejan de especular sobre su sexualidad y de inventarle relaciones lésbicas), y que llegó a su culmen en enero de 2018, cuando presentó el Golden Globe Award for Best Actress y soltó aquella pulla sarcástica y asesina en el contexto del movimiento *#MeToo*, del que había oído hablar, contra los infectos productores que agreden a las jóvenes actrices, hacedles sitio, no tardarán en ocupar vuestro lugar, y esa broma, que había escrito ella misma y soltó con indiferencia, provocó una carcajada en la sala (en la secuencia se ve a Robert Downey Jr. y a Meryl Streep llorando de risa, a Lady Gaga llevándose la mano a la boca y a Quentin Tarantino ahogando una risa mirando la alfombra), y ese corte, así lo atestiguan todas las webs de show-business, coronó su transformación popular y le valió varios millones de seguidores más en su cuenta de Instagram. Una increíble ola de alusiones en las redes sociales confirmó el entusiasmo de todo el mundo por esta mujer de sesenta y siete años de aspecto un tanto punk –esa noche llevaba ropa Vivienne Westwood– a quien se la sudan las convenciones y dice las cosas directamente, sin rodeos, señalando al elefante en la habitación con aire esnob, inteligente y socarrón, una mascarada que oculta una gran sensibilidad que los espectadores de *Old House, New House* pudieron apreciar en los conmovedores episodios en que aparecía con lágrimas en los ojos. A la mañana siguiente, los influencers y las influencers situaron ese momento entre los diez más emblemáticos de la noche de los Golden Globes, una toma de posición que en ese contexto era prueba de la solidaridad intergeneracional, pues hasta la fecha el movimiento había estado asociado a personalidades más jóvenes; imitaron su frase en todo tipo de tribunas, en pocos días la broma se convirtió en una expresión popular, un hashtag, esa pulla resultó más hilarante y aún más cruel que todas las que había escrito el equipo de zoquetes que había detrás del presentador: «un hombre aburrido, incoloro y macho», repite Céline, haciendo dos fuck you con sus finos dedos para divertir a la gente que le escucha.

Esa es la vida imprevista que se ha apoderado de ella desde hace unos años, propulsando una carrera que en el mundo de la arquitectura ya era fructífera hacia las altas esferas del entretenimiento y el estrellato, un recorrido inaudito que no tiene muchos equivalentes en el star-system actual, antes de ingresar en él por la puerta grande gracias al éxito rotundo de *Old House, New House*, Céline ya había establecido contacto con varias celebridades internacionales que, a través de sus muestras de admiración en veladas con gente influyente, apoyaron en la sombra su entrada en Hollywood, actrices o productores a quienes les había diseñado el penthouse, el apartamento o la residencia en París, Nueva York, San Francisco o Los Ángeles, la casa de vacaciones en los Hamptons o en la costa de Big Sur; y es que cada mundillo tiene su cartografía más o menos secreta, y la del show-business no tiene nada que ver con la de los millonarios de las finanzas o la de las herederas y herederos de grandes fortunas, existe una geografía que para el común de los mortales resulta invisible, una población alternativa y adinerada que da vida a toda una red paralela de comercio mundial de joyas, obras de arte y artefactos de contrabando, y Céline es de la opinión que hay que captar las tendencias estéticas naturales y a menudo inconscientes de los distintos perfiles financieros, aunque solo sea para distanciarnos de sus peticiones cliché y sus ideas mediocres. La arquitecta, les recuerda entonces, no es una ejecutante sino una creadora de pleno derecho, y tiene la responsabilidad de radiografiar el inconsciente planetario de la circulación del capital, ella cree firmemente en esa posibilidad de captar la esencia de las personas y el deseo de espacio de sus clientes según sus orígenes y su historia personal, prestando atención a lo que no llega a expresarse, a las contradicciones que revelan pulsiones oscuras y enterradas, ¿o acaso las confesiones no son siempre hipócritas y tendenciosas?, interpretarlas forma parte de su trabajo, comprender la auténtica petición velada, enterrada bajo el polvo de unos discursos que el viento fresco de su espíritu mordaz barre en el patio de las clases medias; ella explica su teoría en numerosos libros que han tenido éxito de crítica, *El deseo de espacio*, un clásico, su polémico *El desasosiego estético de la modernidad*, *La arquitectura y las mujeres*, sus entrevistas con Phyllis Lambert, sin contar los innumerables libros colectivos que dirigió en los años noventa, entre ellos *La arquitectura latinoamericana de Los Ángeles. Un legado que preservar*, o su *Montreal real e imaginario. Quebec y su patrimonio construido*, y luego el lanzamiento de una monografía más «pop» que, con un vocabulario simplificado, abordaba las estrategias subyacentes en las decisiones comerciales y estéticas más importantes de su carrera, algunas de las cuales han llegado al rango de filosofía popular gracias a ese auténtico fenómeno de librería, *Vision of Style*, *New York Times Best Seller*, que vendió ocho millones de ejemplares en quince idiomas, un libro serio, aunque menos que los anteriores, más accesible, menos polémico, más sencillo, y sin embargo hermoso y emocionante según la mayoría de las críticas de los grandes periódicos, que hablaron de él con entusiasmo, Céline quiso publicarlo en una editorial *literaria* con otros grandes nombres de la creación artística contemporánea en su catálogo –Gallimard en Francia, Knopf en el mundo anglosajón–, los franceses sacaron un «libro de arte» que se vende caro debido a la calidad de impresión de las fotografías, una auténtica retrospectiva de su carrera como las de Taschen o Phaidon, pero atravesada por una autobiografía y acompañada de un prefacio sublime de Philippe Starck (Céline todavía está digiriendo el cruel rechazo de Jean Nouvel en un correo electrónico expeditivo e impersonal que desprendía una envidia de la que ella no estaba al tanto, acaso tras su éxito televisivo se había convertido en demasiado *popular* para el otro gran nombre de la arquitectura, no lo suficientemente *seria* para ese hombre al que ella considera un amigo, un igual, Céline conserva recuerdos preciosos de su colaboración en los planos del Instituto del Mundo Árabe, Jean reconoció inmediatamente su talento fuera de lo común y la animó a crear su propia marca, «una cabeza como la tuya no trabaja para los demás», admiraba su impertinencia y los análisis siempre sorprendentes que ella expresaba con facilidad, muchas veces, en el curso de una entrevista, enunció sin citarla reflexiones que eran de ella, ¿no era acaso ese viejo conflicto el que volvía a salir a la superficie con motivo del prefacio, Jean diciéndole una y otra vez que debía deshacerse de ese lado *americano* que ella tenía, desembarazarse de esa cultura vulgar adquirida por haber crecido en Quebec, tan próxima?). El editor inglés publicó un libro mucho más barato y menos chic que la edición francesa, con fotos impresas en un papel ordinario que no resistirá el paso del tiempo, en Knopf le aseguraron que conocían bien su mercado y Céline les otorgó su confianza con un trazo de pluma en el contrato de edición, no se equivocaba: el libro sigue figurando entre los más vendidos de Amazon, hay pasajes pirateados que circulan por la web, lo cual ya no le hace tanta gracia, en los que figuran imágenes inspiradoras con algunas de las mejores fórmulas del libro, citadas sin embargo fuera de contexto.

Se para la música y el silencio se apodera del apartamento. Cai ajusta el micrófono a su altura y toma la palabra, invita a todo el mundo a reunirse delante de él, nos levantamos con dificultad y arrastramos los pies, tratamos de caminar sobre unos tacones demasiado altos manteniendo una dirección más o menos recta, bajamos del altillo agarrados al pasamano. «First I would like to ask Dina to join me», algunos invitados aplauden, un hombre la toma por el codo y la empuja hacia delante, Dina se tapa la cara con una mano y se dirige al centro. Besa a Cai en la boca. Se escucha entre susurros que está radiante, su regio conjunto le queda de maravilla, un vestido largo con mangas ajustadas y cuello alto alrededor del cual cuelga un collar de piedras. Cai tiene las manos húmedas, la frente sudada, está estresado, no es algo que le suceda a menudo, tiene que hablar en público con frecuencia, sabe hacerlo con elegancia, pero expresarse ante los amigos de Dina, ese séquito que aún está aprendiendo a conocer y que la ha acompañado desde hace treinta, cuarenta o en el caso de Lucie sesenta años, lo intimida, como si después de treinta años de matrimonio todavía debiera demostrar algo. Cai no ha dicho nada, pero sigue enfadado porque Lucie se haya ido tan temprano, él contaba por encima de todo con el testimonio de la amiga de infancia de su esposa, Lucie, quien siendo perfectamente consciente de que iba a dejar un vacío en la planificación de la fiesta, ha dicho en francés: «Mañana trabajo». Dina, que no estaba al tanto de la sorpresa que le han preparado, la ha animado a marcharse, «no te preocupes, es normal, no podemos librar todos los días», le ha respondido disimulando mal que bien su decepción, Cai no ha querido estropear el momento y no ha protestado, ha buscado algún resquicio en la mirada de Lucie para retenerla pero ella ha tomado todas las medidas necesarias para no cruzarla con la suya y se ha largado. Lucie es una mujer desgraciada que ha tenido una vida dura, Dina siempre la ha apoyado, invitándola a sus recepciones montrealesas, pagándole incluso el viaje cuando se van las dos a Hawái, a Antigua, a Bora Bora, a la isla Mustique o a las Maldivas, Dina sabe que hace feliz a su amiga dándole acceso a un mundo con el que las dos soñaban de adolescentes y al que Dina ha acabado llegando con esfuerzo, fabricando chips electrónicos, conectores de memoria y su propia suerte, acaso a los sesenta años no es la satisfactoria evocación de aquellas princesas en que soñaban con convertirse, viviendo esa vida de oro y pashmina que, sin embargo, está lejos de ser tan relajante, tan de color rosa como la gente cree, rompiendo el pacto que hicieron Lucie y Dina a los trece años en la cabaña de madera construida por el padre de su amiga, un pacto en que se juraban que nunca se separarían. Dina se lo hizo prometer a Lucie, Lucie se lo prometió, y Dina también. Si alguna vez una de las dos se mudaba a otro lugar, ganaba una fortuna o encontraba un marido rico, se llevaría a la otra consigo. No se separarían jamás. Lucie nunca rompió ese juramento que Dina intenta remedar ocasionalmente, nunca podrá pagar esa deuda, nadie desea cumplir las promesas de infancia, formuladas inocentemente, sin tener la menor idea del futuro que te espera, tal como te vas haciendo mayor las cosas cambian, pero a veces Dina se siente culpable de haber traicionado ese ingenuo acuerdo. Lucie de adolescente tomó un camino equivocado, antes de conseguir su puesto en la universidad esperó mucho tiempo a ser salvada por alguna fuerza externa, Dina es incapaz de culparla, de reprocharle nada, pero Lucie nunca le da las gracias por todo lo que le paga, Cai le ha aconsejado muchas veces que se aleje de esa energía negativa, You're the average of the five people you spend the most time with, no deja de repetirle esa fórmula de triunfador con la esperanza de que algún día inhibirá ese desagradable sentimiento de culpa propio de las culturas católicas, o acaso Dina no proviene de una familia italiana muy religiosa que le inculcó esos patrones psicológicos tan nefastos que minan su autoconfianza, you're the average of the five people you spend the most time with, acaso en el mantra de Cai no hay una amenaza velada, se pregunta Dina, ¿seguirá Cai deseando que ella forme parte de las five people he spends the most time with? Al verlo tan nervioso dando inicio al homenaje que ha preparado para ella, poniendo en marcha un pequeño proyector portátil que hace aparecer un gran rectángulo azul en la pared, a Dina le queda claro que Cai está loco por ella, que nunca la abandonará, qué otra prueba iba a pedirle, su amor es ilimitado, acaso no ha organizado toda esta fiesta de cumpleaños sin que ella se lo pidiera, una noche de sorpresas y amistad, una velada perfecta, solo faltan sus padres, que ya no pueden salir, esta semana irán a verlos, Dina tiene que aprender a aceptar lo positivo, a dejarse llevar por el indestructible afecto de Cai, es la mala costumbre de Dina de hacerse ilusiones y actuar en función de sus miedos, unos sesgos cognitivos a menudo inexactos que crecen cuanta más importancia les da ella. Tiene que aprender a *actuar*, y no a *reaccionar*, ella todo eso lo sabe, actuará, mañana o pasado mañana hablará con Lucie; le entristece que Lucie se haya ido tan pronto, como si no hubiera venido más que a alimentarse para luego borrarse, no es la primera vez que Lucie no manifiesta la menor gratitud, la menor sensibilidad hacia Dina, quien no deja de gastar dinero en ella aunque Lucie llegue siempre con las manos vacías, Lucie se interesa tan poco por los sentimientos y las pasiones de su amiga, solo mira por sí misma, Dina tiene que hablar con ella, pasado mañana será el momento adecuado, Lucie lo entenderá y recuperarán esa complicidad que hay siempre entre ellas cuando están solas. Cai ha preparado un diaporama con fotos de viaje en un pen USB para acompañar sus palabras, we don't ask her to bring a four hundred dollar bottle, pero aunque sea por cortesía un vinito de veinte, veinticinco dólares, ella sola se bebe dos botellas, y en la universidad tiene un buen trabajo, Lucie podría arrimar un poco el hombro, suele decir Cai, y aunque a veces es duro, de una firmeza que se ha ido suavizando con los años, no va del todo errado. Al darse cuenta de que la amistad de Dina era firme, Cai empezó a adoptar una actitud más comprensiva con la amiga de su esposa, a la que poco a poco y en la medida de lo posible va conociendo y apreciando. Dina le contó la agitada adolescencia de Lucie, tuvo un hijo siendo muy joven y le tocó vivir un calvario judicial –financiado por Dina– para no tener que pagar esa injusta pensión alimenticia al padre del niño, que no soltaba ni un centavo; antes de conseguir un puesto en la universidad a los cuarenta años, estuvo pasando de un empleo a otro, antes nunca había tenido ingresos fijos, pero vio el mundo, cruzó Rusia de mochilera, es una aventurera que enseñó francés en África, Dina piensa que ese viaje fue lo que la cambió, quiso perseguir su sueño humanitario, dar de sí misma para ayudar a los otros, con treinta y pocos se instaló en Abuya con el objetivo de reconectar con la familia de su madre, a quien nunca había conocido. Después de un solo año de ayuda humanitaria volvió triste, casi pálida. Lucie nunca ha dado demasiados detalles sobre lo que ella llama entre risas sus años nigerianos, pero Dina está convencida de que al volver su amiga era otra, a Cai eso le parece ridículo, una no cambia porque ha ido una vez a Abuya, la pobreza está en todas partes, that's pure occidental romanticism, pero cómo iba a entenderlo, él que no es hijo de inmigrantes, que viene de una familia rica, a Dina no le gusta hablar de esos temas con su marido, pues ridiculiza los cuestionamientos que durante tanto tiempo también la acosaron a ella, antes de que empezara a trabajar en sí misma –algo que Lucie no ha hecho nunca–, él escucha sus confesiones toqueteándole el pelo y luego apartaba el asunto con el reverso de la palma de la mano para cambiar de tema, o acaso no formamos parte todos y todas de un mismo gran pueblo, replica Cai, no vivimos todos en el mismo planeta, continúa preguntándose, convencido de que el ser humano es fundamentalmente nómada, Cai desconfía de cualquier forma de apego a los orígenes, él que vive a unos pocos kilómetros de la casa en que nació, él que ha estudiado en inglés y ha viajado desde su más tierna infancia, acaso puede comprender a Dina, él que se ha movido durante toda su juventud en compañía de niños llegados de todas partes que compartían los mismos gustos, las mismas experiencias, que poseían los mismos referentes culturales, a veces se burla de su mujer cuando esta sueña en un francés infestado de palabras italianas, de las donaciones que ella sigue pagando a los partidos políticos quebequenses a los que apoya, cómo puede denigrar las heridas, las vacilaciones, los sentimientos de Dina hacia Lucie cuando esta la excusa por no haber traído vino, acaso no es cierto que antes de conseguir su puesto en la universidad su amiga de infancia se dejó llevar por la fatalidad de la suerte, quejándose del destino pero sin mover un dedo al respecto, Lucie es de ese tipo de personas que *reacciona* más que *actúa*, mañana Dina le hablará de todo eso. Lucie debe aprender a ser agradecida, you're the average of the five people you spend the most time with, mañana se lo dirá, tiene que dejar de inculcar en Dina esa idea de que su éxito es el indicio de algún crimen antiguo, Dina se pregunta cuál es el sentido de esa vida en que los seres no dejan nunca de lamentarse, cada cual proyectando sus miedos y sus fracasos en sus seres queridos, de dónde viene esa actitud, todos pretendemos saber mejor que los demás lo que es bueno para ellos, franqueando de un solo paso el abismo infinito que nos separa del mundo interior de aquellas y aquellos con quienes pasamos nuestras vidas sin conocerlos realmente, no, a Dina no le queda energía para ese tipo de querellas, quiere disfrutar de la noche, recibir el homenaje que le han preparado, saborear por fin la serenidad de la existencia como una horticultora cansada que, tras años de podar y desbrozar, decide dejar crecer su jardín sin intervenir.

Qué es una vida resumida en unas pocas imágenes, en un discurso biográfico lleno de palabras tiernas que hacen reír y conmueven, qué es un amor que se reafirma hablando por un micrófono, Cai presenta el conmovedor vídeo de los padres de Dina en su apartamento de la residencia para personas mayores, deseándole a su mayor orgullo una preciosa celebración, a la edad de su hija sus vidas apenas echaban a andar. Su padre les desea a todos una feliz velada en italiano, lo cual suscita la admiración y los aplausos de la multitud. Luego le llega el turno a Cai, que hace un retrato tierno y divertido de su esposa en el que todo el mundo excepto Dina parece reconocerla. Los invitados la miran esperando ver cómo se funde en lágrimas, cómo se deleita en júbilos terrenales, Dina deja que los demás disfruten de esa sonrisa que no logra retener, incapaz de camuflar el pequeño gozo de haber vivido. Las lágrimas acuden a sus ojos. Recordadme siempre así, parece estar diciendo Dina en su posición de actriz dramática, enjugándose los grandes ojos resaltados por un trazo de kohl egipcio, los labios gruesos que su hija y su hijo, que ahora le aplauden, han heredado de ella. Françoise y Valérien retozan por caminos pavimentados de estrellas, el futuro de Valérien era incierto hasta que las cosas se estabilizaron, Françoise cree que a su hermano mayor esa cara de modelo lo ha perjudicado, pues le ha hecho creer que no iba a tener que hacer el menor esfuerzo en la vida para obtener lo que quisiera: ha estado perdiendo el tiempo con un grupo de música y en los bares. Françoise vive en Hong Kong, trabaja con su padre, está aprendiendo los complejos resortes de la gestión empresarial, va ganando seguridad en las negociaciones y afinando su intuición a la hora de contratar, cuando su padre se jubile espera reemplazarlo y darle un buen golpe de timón a la dirección de la multinacional. Que esa niñita taciturna se haya convertido en una feroz mujer de negocios tiene a Céline impresionada. Valérien ha vuelto a los veinte a vivir a Montreal, ciudad donde siempre se ha sentido en casa, como en la lengua francesa de su madre, que habla mucho mejor que su hermana, porque así es como se han dividido las cosas en su familia, según un esquema claro que tiene tranquilo a todo el mundo, Françoise ha elegido el Este, el camino de Cai, y Valérien el francés, la Italia de su madre y el hemisferio occidental, dos veces al año se encuentran a medio camino y por sus aniversarios se envían mails llenos de xoxo. Françoise y Valérien están encantados con el discurso de Céline, desde que ha alcanzado el estatus improbable de estrella mundial todavía les parece más adorable, no importa con quién hablen, colegas, amigas, citas, todos y todas conocen a Céline Wachowski, la madrina de Valérien, a quien le pellizca las mejillas como si aún tuviera cuatro años y medio y le dice eres bonito como un serafín. Mientras los camareros pasan ofreciendo unas grandes copas de champán, Céline anuncia la próxima sorpresa. «¿Recuerdas el concierto al que fuimos juntas en el Olympia a principios de los ochenta?». Habían perdido el tren y casi llegan tarde, Dina asiente, por supuesto que lo recuerda. Era Diane Dufresne, su cantante favorita. En ese instante Diane Dufresne aparece al final del pasillo, se acerca mirando al suelo, lleva una gorguera de encaje y algo así como un nido de pájaro en la cabeza, Diane toma el micrófono mientras el contrabajista acomete con el arco unas notas graves y largas muy pronto adornadas con los acordes del piano. «Esta noche celebramos el aniversario de mi amiga... Dina –anuncia Diane Dufresne con su aire de crooner–. Es una canción escrita por Luc», el letrista levanta la mano y se gira para saludar a la multitud. Diane se coloca con las piernas separadas, envolviendo con sus largas mangas el micrófono en que vierte unos graciosos vibratos. «El universo es un star system / La tierra es polvo de estrellas», los invitados están encantados con esa actuación musical improvisada, algunos jóvenes incultos y algunos anglófonos preguntan demasiado fuerte *who's that lady singer*, hay quien los mira con severidad. La voz de la diva ha ganado en profundidad y en contención, piensa Céline, conmueve a todo el mundo, el tono grave de la canción confiere a la velada un timbre melancólico. «Tú que ya sabes el final de mi historia / Llévame contigo al cielo». Tras las súplicas exageradas de los invitados, Diane acepta hacer un bis y continúa con una canción más alegre, «la última», una versión jazzística de «Alabama Song», esa todo el mundo la conoce, el actor se pone a bailar doblando las rodillas y los codos, «*Oh show us the way to the next pretty boy, oh don't ask why, oh don't ask why*». El guitarrista salpimienta el conjunto con solos asonantes. *«I tell you, I tell you, I tell you we must die»*. Por fin llegan los aplausos, el grupo sigue con una improvisación un poco fox-trot que restablece el ambiente y Dina y Céline le dan las gracias a Diane Dufresne. Qué generosidad, qué alegría, las burbujas suben a la cabeza, pero la diva solo bebe tisana. Delante de la house band empieza a aparecer una pequeña pista de baile, los más tímidos forman un círculo alrededor de los que quieren desentumecerse con la música animada levantando los brazos y sacudiendo las caderas, un joven acaricia a su sugar-dad de forma impúdica, algunas damas gritan varios «guauuu» entre risas, el exprimer ministro empieza a bailar una giga para atraer la atención y hacer reír al auditorio, que se entrega de todo corazón y lo anima dando palmas y filmando discretamente, no tarda en desanudarse la corbata y atársela a la cabeza, se desabrocha la camisa y deja aparecer una barriga peluda. Su esposa, avergonzada y orgullosa, silba levantando el puño bien alto. Cai apenas logra ahogar una violenta carcajada ante la giga del muy honorable, borracho como una cuba, y le dice al oído al hombre de negocios checo: «That's the perfect image of Québécois government». El hombre y la mujer que han estado toda la noche dándose el lote a escondidas en una de las habitaciones vacías del apartamento para preservar una cierta imagen de sí mismos ahora se pelean delante de todo el personal sin la menor vergüenza, ya no piensan en el mañana y actúan según sus deseos más sinceros, más inmediatos. Parece que a última hora se suman nuevos invitados a la fiesta, una actriz joven y famosa que nunca sonríe y un joven director muy popular con el que Céline ha coincidido muchas veces en California, el chaval ha tenido un éxito enorme muy pronto en su carrera, la hace reír hablando con acento quebequense en las veladas con gente del cine que no entiende una palabra, Céline lo ignora y espera a que venga a saludarla. Dos chicas jóvenes se tiran vestidas a la piscina cogidas de la mano, el vestido de una de ellas se deshace y cubre la superficie del agua con una marea de lentejuelas, ella sale avergonzada y frustrada por esa tela de mala calidad y se pasará el resto de la noche pensando en la mejor manera de contarle el accidente a la amiga que le prestó la prenda. Unos hombres absortos en su iPhone envían mensajes a los muchachos que les servirán para vaciar las pelotas, muchachos pacientes que viven del dinero de estos caballeros y cuyo trabajo nunca reconoce nadie, una labor esencial que consiste en aliviar al patronato, participando de este modo en la circulación mundial del esperma bombeado entre sucios bastidores, en un rato ciertos coches seguirán un trayecto inusual, partirán de Rosemont, del Mile-End, del Plateau y bajarán hacia las calles empedradas del Viejo Montreal, cartografía alternativa de la ciudad iluminada por los faros de un viejo taxi. El capital fluye por medio de transferencias Interac hasta las cuentas bancarias de estos chavales que se corresponden, que aún lo harán por unos años, con la imagen que tienen estos viejos banqueros, estos abogados solteros o casados, no de su ideal sexual sino de una forma de consuelo que les proporciona la sumisión y la dedicación que ellos necesitan, y que las chicas jóvenes, que físicamente les gustan más, parecen más reacias a ofrecerles, a veces los chicos ni follan, solo pasan un rato con su viejo amigo, le dan masajes, a veces se maquillan y si se lo pides pueden ponerse medias de rejilla. Cuando ofrecen su precioso culito lo hacen con una extraordinaria abnegación que logra conmover a unos viejos señores que hasta entonces se creían inasequibles al deseo, condenados a la inminente caducidad; no, qué va, el muchacho esas zalamerías solo me las hace a mí. Si pudieran compartir con el mundo entero el amor que les demuestra esa joven cosita ahí acostada en la cama del hotel, ese veinteañero que tiene la jocosa osadía de pedirle el rabo de rodillas, el señor lo haría sin dudarlo, de tanto como le estremece la mirada hambrienta de su boy. A veces los hombres ricos se preguntan de dónde habrán salido tan maravillosos amantes, acaso crecen en un tipo de tierra distinto, cómo han llegado a convertirse en esas cosas anormales más allá de lo masculino y lo femenino, en esas criaturas un poco traviesas sin otro potencial más allá del sexual, nacidas para acoger la polla, las bofetadas y algún besito.

Cai se sirve una copa de champán y le lleva otra a Dina, ella sigue llorando, conmovida por los homenajes y el gran brindis que sus arrebatadores amigos acaban de hacer por ella, «What's going on, my love?», llora pero de alegría, pensando en la belleza de los suyos que acontece por ella, solo por ella, qué suerte tenemos de estar juntos... Por sus mejillas se deslizan largas lágrimas de gratitud y vino blanco. Abraza a Cai entre sollozos, la hechura de ese cuerpo que tan bien conoce la reconforta un poco, Cai se ha encargado de planear este inolvidable aniversario, le ha permitido vivir estos momentos maravillosos, qué suerte tiene de poder dejarse flotar en ese fragmento de tiempo que en el seno de unas vidas demasiado ocupadas tan precioso resulta, una velada libre de las preocupaciones, las dudas y los peligros del día a día, tan lejos del mal que asola el mundo. Dina se calma, Cai se aleja. Sola en el gran sofá, apartada de la pista de baile, expresa el sincero deseo de que esta noche –las noches de fiesta son tan escasas– dure por toda la eternidad, que vuelva a empezar como una película rebobinada... Para de golpe. Dina se avergüenza de su anhelo. La noche es bella porque llegará a su fin, ¿o no está inscrita la belleza de las cosas en su carácter fugaz, en su propia finitud? Mira uno a uno a los amigos que han venido esta noche, vuelve a abrirse paso un cálido sollozo, tantos sabores sublimes, hechizos que abren la conciencia a dimensiones desconocidas y que un buen día acabarán por torcerse, por marchitarse... Esta noche han recibido todos la delicada caricia del destino. Su privilegio es enorme, Dina se complace en pensar que no merece todo eso, tanta belleza, todas esas cosas de buen gusto, semejante atención, se siente indigna de recibir a esos invitados, de merecer esas canciones que Diane

Dufresne, su ídolo, ha cantado para ella. Tiene que aprender a aprovechar la impetuosa caridad del presente, estamos juntos y habrá sido en la alegría, con qué tintes están pintadas nuestras vidas sino con esa pigmentación pura de amor y de alegría, Dina sabe que todo es frágil y pasajero, que una es efímera en este mundo, que basta un fiasco, una enfermedad, una catástrofe para sacudir nuestras frágiles existencias, pero no puede evitar responder a esa certeza con una petición: «Protégelos, protégelos de cualquier ataque, haz que nuestros bastiones aguanten, que nuestra ternura prevalezca sobre las vilezas, haz que reine la belleza, protégenos, ¡oh, que nuestra alegría perdure!», susurra en voz baja. No logra contener el llanto. Oh, que nuestra alegría perdure..., susurra con los labios mojados de lágrimas cálidas. Al poco, lo que escapa de su boca no es ya un susurro sino un canto que ella vocaliza humildemente, lo adorna con una melodía improvisada, un puñado de notas, canto oscuro y mortuorio, melodía olvidada, enterrada durante siglos hasta que Dina, la descreída que se dirige al Cielo, retoma esa melodía. Una cadencia que parece llevada por el viento misterioso que sopla esta noche en el cabello de todos los invitados y en el de Dina, que ahora se deshace el peinado. Canta unas pocas notas. Dina no dirige su petición a ninguna divinidad, implora con toda su alma ante una fuerza mayor y más antigua, suplica: «¡Oh, que nuestra alegría perdure!». Está sentada, pero su corazón está de rodillas.

Céline se acerca a ella, al verla susurrar palabras incomprensibles se agacha hacia su amiga y le toma la mano. Dina mira al vacío como una demente y no se detiene, sigue con su melopea como si Céline no existiera. No está bien, debería irse a acostar. ¿Cuántas copas se ha tomado desde que empezó la fiesta? Toda la sala ha desviado su atención, parece atormentada por una nube de pensamientos obtusos, Dina está en su momento melancólico. A Céline no le gusta que dejen a Dina hablando sola, tiene la intuición de que la frase que repite se dirige a todo el mundo, como un gran agradecimiento. La pronuncia una, dos veces en voz alta, como si pasara un mensaje a la audiencia. La voz de Céline se une a la tímida partitura de su amiga, Céline repite las palabras de su rima sonriendo, «¡Oh, que nuestra alegría perdure!», exclama primero torpemente para luego adecuarse al tempo de Dina. Céline canta por encima de la música y dirige su canto a toda la fiesta tomando la mano de su amiga: «Oh, que mi alegría perdure». Dos voces, el tono afectado de Dina y el alegre vibrato de Céline, luego tres y cuatro y cinco. La música se ralentiza lentamente, luego, cuando la voz de Céline se vuelve más fuerte y rompe el ritmo de los bailes, se detiene. Cantan una canción que nadie conoce. Primero el miedo a ser la única en alzar la voz, sensación muy pronto disipada por el ambiente de fiesta. Si Céline canta, ¿por qué no íbamos a hacerlo el resto? Tu voz se levanta casi por sí misma, con naturalidad, como tu copa a la salud de Dina, nunca habías oído esa oración pero te la aprendes rápido. Que nuestra alegría perdure… Pronto todas las voces presentes se ponen de acuerdo y acompañan a Dina en su oración con un mismo aliento. «Que nuestra alegría perdure…». Treinta voces repiten el lento estribillo en una armonía deficiente. Los músicos se unen al coro y acompañan la melodía. ¿Por quién cantamos? ¿A quién dirigimos esta oración? Todos sabemos que las deidades han muerto hace demasiado tiempo como para que sus cadáveres fuesen a reanimarse por nosotros, que todos los ángeles del cielo, agotados y diezmados por el sida, no pueden hacer nada por nuestras esencias efímeras bañadas en lambrusco, sin embargo imploramos: «Que nuestra alegría perdure». Gracias a una inexplicable alquimia entre los espíritus que comulgan aunando sus voces bajas, la letanía se expande sin que su expansión la divida, cada boca se la apropia a riesgo de una explotación demasiado grande que cansaría la música, que la dejaría desplomarse destripada y devastada, pero parece poder renovarse al infinito, la letanía, que nuestra alegría perdure, con la punta de los labios la salmodiamos, unos susurros disparejos que pronto toman un ritmo natural. Y cantamos: «Que nuestra alegría perdure».

Que nuestra alegría perdure, que perdure, sí, que los corazones gozosos de quince hombres y quince mujeres agoten el invierno de nuestro descontento, superen las amenazas y curen los moretones de nuestras pieles tensas de inyecciones tonificantes. Esta noche las fronteras del mundo ya no existen, los límites entre uno mismo y los demás, un continuum puro de pensamientos y licores dibuja amplios virajes en los que los orígenes encallan en unos porvenires ahogados en alcohol, en esperma y flujo vaginal que son tragados con celo y manchan el cuello de las chaquetas. Treinta invitados, pero más, mucho más. Imposible establecer un límite claro que vendría a imponer una subjetividad entre las otras, que permitiría determinar el número exacto de vidas que el cumpleaños de Dina pone en juego, el cóctel de la cena, la noche larga y bien regada, treinta invitados, antes de eso un centenar, ministros y directivos de empresas, accionistas y artistas, periodistas y médicos, miembros del consejo de administración de una universidad, de la Caja de Depósitos, de un banco o de una compañía de teatro, esas existencias determinan el curso de las cosas, la ciudad es obra suya y ellas lo saben. Cuántos empleados, fabricantes de ese gran espectáculo, artificieros y malabaristas trabajan al servicio de estos seres-gozosos que cantan con una misma voz, comunión rara y preciosa provocada por la vibración, el pecho húmedo de lágrimas afortunadas encubriendo un temor animal, físico, el mismo que nos asalta en una noche de tormenta. Afuera grita un gran dolor. Por momentos se oye dando golpes al inmenso ventanal, el que da al monte Real, a su bosque cansado en que abundan las bestias salvajes y los ladrones. Bajo nuestros balcones acecha la amenaza. El espíritu paranoico se fija en la chica del guardarropa y la locura de su ojo brillante, el camarero y sus hombros anchos, la chófer que espera en el coche en el garaje, el violador que acecha tal vez en el callejón, unas fuerzas mercenarias guiadas por otro destino ilegible y confuso, los camareros y camareras terminan su trabajo y se toman un descanso, reunidos a la entrada de la cocina, sentados en sillas formando un pequeño círculo, se hablan en voz baja y estallan en carcajadas, sus miradas se vuelven hacia la pista de baile y luego vuelven donde sus amigos, sus amigas, Céline siente esas miradas en la espalda, esos jóvenes musculosos y espermáticos que se desanudan la pajarita dejan a la vista unos centímetros de un torso obsceno y musculoso, esas chicas altas con pantalones ajustados la tutean al servirle su brandy, siente un escalofrío ante la idea de que esa banda de jóvenes podría ponerse violenta, forzarlos, nada nos protege y el mundo está poblado de peligros.

Céline ve algo que le hace perder el hilo de la canción. Se levanta, pero tropieza. Una aparición arcaica, imposible, hace hervir en su memoria demasiados recuerdos. En medio de la pista de baile, justo debajo de la araña de cristal, crece un arbusto que ella conoce bien, una planta sin maceta y sin tierra. Echa raíces en la alfombra persa y enarbola flores nuevas, oscuras, casi negras, un arbusto de cinco pies de altura que extiende su ramaje ornado con unas hojitas de perfecta nervadura, como cicatrices. El arbusto triunfante. La planta de su infancia rememorada, la camelia en flor, la camelia de su madre. Se calla, colmada por la quimera, contiene la respiración y se echa a llorar aterrorizada, «no puede ser, estoy alucinando...». Las raíces de la camelia agrietan el mármol blanco, la planta crece en el centro del salón de Dina, ahí mismo, delante de ella, y trae consigo sus antiquísimas historias. Céline tiene siete años, está en el salón mirando por la ventana y esperando a que su madre, que sale de trabajar a las cinco, vuelva por fin a casa, pero el gran patio de asfalto está desierto y aún no ha regresado, son casi las siete. Céline no ha comido, llama al despacho de su madre pero la secretaria no contesta. Se echa a llorar, piensa que mamá está muerta. Luego esta aparece como si nada, sonriendo, tamaña indiferencia a Céline la hiere. Su madre ve las lágrimas y alivia su inquietud, ha pasado por casa de una amiga que quería darle una sorpresa. Mamá saca del maletero del coche un arbusto pequeño y esmirriado con las raíces envueltas en una bolsa, las ramitas de aspecto enfermizo, las hojas tristes. Antes de que oscurezca lo plantarán, necesita agua. Céline todavía recuerda el olor de la tierra húmeda, la película de suciedad que cubre el metal de la pala. El hoyo cavado junto al cobertizo está lleno. Un día, dentro de unos años, ese trocito de árbol florecerá. Fue durante el crepúsculo, el sol poniente bañaba el cielo con una oscura claridad mullida de finas nubes. Céline se levanta, abre los ojos, extiende la mano para acariciar la planta improbable, para poner a prueba su textura, su huella, sus hojas turquesa, la madera fina de sus frágiles ramas. Su mano toca la materia verdadera de la camelia. Está ahí, regresada a saber de dónde para echar raíces en medio del salón de Dina.

«Que nuestra alegría perdure…». La triste melodía vuelve a asaltarla. Ahora que ella ya no canta el coro tiene otra voz, empieza a sonar diferente, como si en la aburrida repetición del estribillo se hubiera impuesto una variación imperceptible, como si a la armonía sobre la que vibran las gargantas secas se añadiera una curiosa séptima, confiriéndole una textura desagradable a ese «Que nuestra alegría perdure». Ya no percibe ninguna alegría, la primera sensación del canto, el placer de estar juntos, la comunión con la alegría de Dina, ese lamento que la sobrecogió deja paso a una gravedad más aguda, una aguja clavada accidentalmente en la palma de su mano. Las caras retorcidas aúpan la nota y dejan escapar algunos salivazos desagradables. Desde lo alto de sus escarpines aturdidos, sus frágiles pasos vacilan. Tropieza muy cerca del arbusto. Las flores negras absorben la luz y bailan sobre la música. Un olor espesa el aire, un olor a garganta enferma impregnada de café, fresas, melón podrido. Y luego como un viejo fondo de amoniaco. Céline reconoce esos aromas. De nuevo arrebatada por unos recuerdos brutales, sin narración. Los demás no notan ese olor, el hedor que hace casi sesenta años anunció la muerte de la propia camelia, el arbusto de su madre padeció una repentina agonía, el final de la infancia, la muerte súbita de su madre, mudanzas y cambios de escuela. Céline convirtiéndose en Céline. ¿Por qué piensa en eso ahora, mientras todo el mundo se divierte? Llora, rememora la belleza de la camelia, la agonía de su madre, la última floración antes de su muerte, la más bella. La flor se había abierto a lo largo de unas líneas de dehiscencia, su cuerpo pesado fracturado en unos trozos que cayeron sobre la hierba amarilla, dejando al final del tallo apenas un vulgar y turgente pistilo.

Contra la ventana del salón parecen estrellarse unas olas inmensas. Un viento violento que aplasta las trombas de agua contra el cristal, una tormenta, una hermosa tormenta con todas las aguas que caen de las escotillas del cielo, aguas inacabables que se acumularán, se apilarán y ahogarán tal vez la ciudad. Céline titubea entre los invitados interrumpiendo su canto, le preguntan si va todo bien, ella sonríe fríamente e intenta mantenerse recta apoyándose en los hombros que va encontrando. «Todo bien, todo bien», responde secamente a unos y otros para desviar la atención. La asaltan unas ideas aterradoras, la aturden, pero Céline se mantiene en pie. No tiene más que un ligero problema de equilibrio y una repentina comprensión superior de cuanto hay en juego en el mundo, de la fiesta de Dina, de su propia existencia. Una sensación de catástrofe se apodera de ella y la agarra por la garganta con mano invisible. En el salón continúa ese canto que le desagrada… Céline está cansada, quiere irse, mañana tiene un vuelo. Posa una mano sobre el respaldo del sillón orejero, no osa pedir que la lleven hasta el guardarropa. Si pasa un camarero lo agarrará por el hombro. Las paredes y el suelo se mueven, teme tropezar. La camelia crece y sigue dispensando ese venenoso perfume que le atraviesa los pulmones, que le emponzoña las venas. Todavía lo siente. Y si antes de abandonar el salón se diese la vuelta vería seguro el arbusto bañado en luz, desplegando con orgullo sus ramas que desgarran la ropa de los invitados más imprudentes. Fuera un mar ha inundado la ciudad, hasta donde alcanza la vista se extiende esa vasta extensión de agua revuelta que todo lo cubre, los rascacielos y las calles, la montaña. Céline se aleja del grupo de fiesteros, camina sola por el pasillo enorme. Pide su abrigo a la chica un poco lenta del guardarropa. Ante los cansados ojos de Céline, la lluvia no deja de avivar las olas furiosas que cubren Montreal. Baja, muda, en el ascensor.

II

EL TIEMPO PASA

1

Webuy había elegido Ateliers C/W para su nueva sede de Montreal, pero ese no era el proyecto con el que Céline Wachowski había soñado. A ella le habría gustado ofrecerle a la ciudad su Plaza de las Artes, su Gran Biblioteca, su puente Champlain, una de sus universidades o uno de sus rascacielos, le habría gustado firmar con su nombre un edificio icónico que establecerá la fama y la silueta de la metrópoli, un edificio que atrajese a turistas de todo el mundo y sellara una especie de reconocimiento mutuo entre la ciudad y su arquitecta. Al principio de su carrera había soñado con ser el nombre que uno asociara enseguida con Montreal, como Le Corbusier con Chandigarh o Mies van der Rohe con Chicago. Desde lo que los especialistas definen como su «periodo residencial», se había esforzado por conferir a sus construcciones ese poderoso efecto de atracción que les permite figurar en los folletos turísticos de todas las ciudades en que Céline Wachowski ha firmado un gran proyecto, su firma había cambiado el skyline de San Francisco y añadido un toque discreto a los de Nueva York y Bangkok, sus museos figuraban entre los más visitados de Los Ángeles y Tokio, la arquitectura que le interesaba, el fundamento de la misión de Ateliers C/W, era un arte del pueblo; ¿o acaso la arquitectura no era la forma de expresión artística más pesada, la más imponente, la más costosa, la más dependiente de la esfera política pero también la más accesible y al mismo tiempo la más democrática? Un edificio podía transformar la vida de las personas, la energía de un barrio, así quería creerlo Céline, ella podía inscribir un poco de belleza en la vida cotidiana de los hombres y mujeres que se cruzaban en su camino, su arte requería de muchos medios, pero también poseía el poder de aliviar el sufrimiento y de romper la linealidad de las existencias, de suscitar emociones profundas y ocultas, de ofrecerles a los individuos esa sensación de formar parte de algo más grande que ellos mismos.

La construcción que iba a dirigir para Montreal, uno de los últimos proyectos de envergadura en que trabajaría antes de jubilarse, sería un consorcio público-privado que no se ajustaba a los contornos del troquel que Céline se había forjado para moldear la masa madre de su memoria emocional. El cliente no quería mudarse al centro de la ciudad, demasiado visto, demasiado ajetreado, demasiado turístico en su opinión, no lo suficientemente atractivo para nuestros trabajadores de San Fran y Seattle. A Webuy la idea de un rascacielos no le interesaba. La nueva sede estaría situada lejos de los circuitos turísticos y de los lugares más frecuentados. Quedaba dar con el terreno, pero a menos que surgiese una oportunidad excepcional, el centro de la ciudad, todo cuanto quedaba entre el río y la avenida Van Horne, quedaba descartado. Céline había iniciado los estudios de viabilidad con un duelo pendiente, el luto por una idea vaga, incumplida y tal vez por eso más difícil de olvidar, una idea a la que nunca había llegado a conferir una forma concreta, Céline se había embarcado en una trabajosa búsqueda de las ramificaciones de ese sueño desdibujado, de ese edificio fantasma que se vislumbraba en el horizonte de tantos otros planos. Sus esculturas de vidrio y madera se alzaban sobre las ruinas de un viejo sueño incumplido que había cambiado de ubicación en mil ocasiones, cada vez que una venta o una demolición llegaba a sus oídos. A pesar de su naturaleza heterogénea, el edificio conservaba una unidad que bebía precisamente de su dolorosa inexistencia. El rasgo común que aunaba todos los bocetos mentales y los diseños trazados en cuadernos era simple y llanamente esa ausencia, esa negatividad vertiginosa, esa brecha en la creatividad de Céline no era el carácter más imponente del monumento soñado, el armazón de ese edificio lo formaba una vacuidad infinita que pesaba sobre sus hombros y con la que ella cargaba en todo momento, su obra maestra existía en el limbo de su imaginación, razón por la que era más verdadera que muchas otras casas que Céline había diseñado desde los cimientos al tejado. Y ahora había que olvidarlo todo, empezar de nuevo. Ese sueño que había tenido tantos nombres distintos, tantas formas temporales, ahora había que olvidarlo. Los volúmenes y las palabras se entremezclaban en su mente, un amasijo de prismas e ideas nuevas que se fundían los unos con las otras hasta formar un triste flujo de materiales muertos, de gloria perdida y anhelo malogrado. Ese sueño a medias que ahora se le presentaba y ella aceptaba con resignación, el apetecible proyecto que avivaba la envidia de todas las firmas internacionales, a ella la dejaba sedienta, con una sed que ninguna agua burbujeante que pudieran ofrecerle la alcaldesa de Montreal, el ministro de Desarrollo Económico o el CEO de Webuy durante sus largas reuniones fue capaz de saciar. La compañía, conocida por sus páginas web de refinado diseño, quería sí o sí a Céline Wachowski; si Céline rechazaba el proyecto, la compañía estaba dispuesta hasta a replantearse la decisión de instalarse en Montreal. La alcaldesa casi le suplicó que aceptara. Le prometieron una gran libertad, el contrato lo negociarían directamente la multinacional y Ateliers C/W, la ciudad no se entrometería. La idea era erigir un edificio «original», «único en su género», «sin precedentes». Montreal había sido seleccionada entre todas las propuestas recibidas, todas las ciudades norteamericanas habían elaborado un voluminoso retrato socioeconómico de su territorio con valiosos detalles demográficos y otros datos que se consideraban esenciales para el posterior crecimiento de la empresa. Webuy se había decidido por la metrópoli quebequense debido a las desgravaciones fiscales y a las generosas inversiones prometidas por las distintas esferas de gobierno. Sus especialistas en marketing habían recibido el encargo de defender esta decisión con argumentos más halagadores, y así apostaron por la candidatura de Céline Wachowski, sin duda la quebequense más conocida del mundo, había que incorporarla al proyecto de una forma u otra. A los dirigentes les gustó la idea, el storytelling era perfecto, una multinacional de reputación mejorable elegiría una ciudad de tercera fila para establecer su nueva sede social y, además de apoyar su desarrollo económico y cultural, regalaría a su paisaje un gran edificio diseñado por uno de los mayores arquitectos contemporáneos, cuyo drama personal era no haberle podido dar nunca a su ciudad natal un edificio a su medida. El asunto llevaba implícito un relato reparador, de redención y de triunfo, bastaría con ponerlo en los labios de los periodistas para que lo repitieran en todas las tribunas. Que el arquitecto fuera una mujer también gustó. Contra las primeras opiniones del ministerio, que conocía la reputación intransigente de Ateliers C/W –los funcionarios sabían que Céline y su equipo no aceptaban involucrarse en proyectos mediocres para adaptarse a los exiguos presupuestos de los gobiernos, y que ella siempre negociaba unos ajustes complicados en términos de reglamentación–, la compañía había aprovechado una cláusula del contrato que estipulaba que la elección del arquitecto, del ingeniero y del empresario (usaron el masculino para no hacer el texto más pesado) era cosa suya, y así impuso a Céline Wachowski sin negociación alguna. Tras un mes de consultas y reuniones, se pusieron manos a la obra. Los edificios de Ateliers C/W eran fruto de un impresionante equipo de tecnólogos, ingenieras, consultores, historiadoras, diseñadores, arquitectas especializadas en esta o aquella función, el proyecto era como una gota de colorante que caía en un líquido claro, descendía en volutas pasando de un equipo al otro y, a base de retorcerse en una revisión de diseño, de desplegarse a lo largo de dilatadas jornadas de trabajo, de chocar contra la pared de esta prueba o aquel estudio, terminaba por encontrar su propia forma y diluirse. Céline conocía de memoria su programa, había estudiado cada una de las necesidades del cliente. Una tarde, cuando estaba a punto de salir del despacho, vio la volumetría del edificio en su taza de té. Tomó un rotulador y dibujó una silueta sobre la pizarra blanca. Su mano se levantó, tembló, luego volvió a bajar.

2

El terreno, situado en territorios autóctonos no cedidos, tal como especificaba Webuy en su web, lo encontraron enseguida, en el momento en que se pigmentaban las hojas, se separaban las parejas y se alzaban esos vientos amarillos adentrándose en estrechos callejones poblados de niños jugando que la borrasca derribaba de sus patinetes y volvían a casa llorando. Una luna enorme iluminaba las noches de las semanas en que pudo verse a Pierre-Moïse y a Céline, acompañados por un pequeño contingente de asistentes, agentes inmobiliarios, funcionarios, propietarios e ingenieros, recorriendo solares en los lugares más inusuales o imaginando bolas de demolición echando abajo edificios viejos y decrépitos.

El lugar se impuso como una evidencia. Webuy adquiriría un lugar aburrido y roído por la arena donde habían chirriado los engranajes de hierro de una antigua estación de clasificación, un eslabón más en la cadena de un sueño industrial oxidado, los ensombrerados hombres de negocios que aún daban sus nombres a calles adyacentes se habían ahorcado o habían muerto en sus clubes decadentes que dominaban los ríos del salmón, el romántico futuro de la posesión del continente por la máquina empezó a enmohecerse, ya no quedaba más que algún otro artefacto estropeado desde el momento en que cerró una parte de esa vía férrea que, en sus años de esplendor, conectara Montreal y Toronto, el norte y el sur, la tierra y el mar, el puerto y las fábricas de los Shops Angus. En los años noventa, Céline envió varias cartas a los periódicos instando al Ayuntamiento a desmantelar aquella absurda vía de transporte, enorme cicatriz en el tejido urbano que impedía la libre circulación de las personas; imagínense, escribió por aquel entonces, todo lo que podría hacerse con esos terrenos si no pertenecieran a una indecente empresa privada, los viejos corruptos que en su día imaginaron la monarquía constitucional de régimen parlamentario en que ahora nos hallamos, recordaba Céline, les habían cedido gratuitamente miles de kilómetros de territorio a sus compadres de la Canadian Pacific Railway, la unidad canadiense descansaría en un ferrocarril anticuado, se venderían maquetas para los niños y, cuando llegara el momento de negociar con la compañía para que devolviera la ciudad a las ciudadanas y a los ciudadanos, los consejos municipales se escudarían hasta el día del juicio final en una legislación federal complaciente. Los gobernantes del pasado, reunidos en grandes banquetes, habían animado a la compañía a usar todo tipo de ardides contra las Primeras Naciones que se fuesen encontrando por el camino, a contratar mano de obra china a bajo costo y a obligarlos a pagarse la vivienda, la comida y la ropa que les vendían los ignominiosos capataces, para ellos reservaban las tareas más ingratas, debían manejar dinamita y los accidentes mortales eran encubiertos por los periódicos, que estaban participados accionarialmente por los inversores del CP, no se publicaba ningún obituario y hasta el día de hoy aún no se sabía dónde enterraron los cadáveres, probablemente bajo las vías. Años antes, Céline había sido una voz disidente y comprometida, y en una carta a *The Gazette* esbozó este panorama histórico para recordar las auténticas raíces de esa empresa podrida cerrada en banda a escuchar las demandas de la ciudad y de los movimientos ciudadanos, que exigían que se construyesen puentes entre los barrios, en los últimos tiempos, Chicago, Toronto o Nueva York habían transformado antiguas vías férreas en hermosos parques lineales, una vez más Montreal seguía sumido en su eterno retraso, la High Line había revitalizado el barrio de Chelsea, allí se construyó también el museo diseñado por Renzo Piano, al sur del Meatpacking District, Céline soñaba desde hacía mucho tiempo con un proyecto similar para Montreal, ella y Pierre-Moïse o Phyllis, sentados frente a una copa de vino al final de la tarde, habían imaginado muchas veces por pura diversión ideas varias de rehabilitación, siluetas para un museo urbano, un gran teatro de repertorio en la frontera entre la Mile-End y la Petite-Patrie. Sus papeleras rebosaban de sueños extintos, utopías concretas, visiones transcritas en una servilleta manchada de vino tinto y salsa de tomate.

Una doctoranda de la Universidad Concordia que encontró en los archivos del periódico las cartas polémicas de Céline Wachowski se preguntó cómo una joven arquitecta comprometida había podido transformarse en una mujer de negocios vendida, acaso no se había convertido en lo más parecido hoy en día a los explotadores del Canadien Pacifique, la doctoranda trató en vano de recoger para su proyecto los relatos de los hombres y mujeres que habían trabajado en la estación de clasificación antes de que cerrase en 1985, en su mayoría inmigrantes, trabajadoras contratadas para hacer girar manivelas y cargar los trenes de carbón y mercancías, todos ellos ya muertos; la investigadora culpaba al mundo entero y a nadie en particular por no haber recogido nunca la historia oral de aquel lugar abandonado, también culpaba al trabajo de haber matado a todos aquellos hombres jóvenes, tenía una lista de las muertes por accidente y hasta el momento del cierre definitivo se empeñó en dar visitas guiadas a las poquísimas interesadas.

El terreno había sido adquirido en 2006 por la Universidad de Montreal para construir una facultad de ciencias que fue terminada varios años más tarde, un edificio sin personalidad de estilo retrofuturista a base de grandes bloques de cristal atravesados por un camino de hormigón. Tenía el típico aspecto de un «laboratorio militar» sacado de un inserto de teleserie, de esos que sirven para identificar el exterior del lugar en que se desarrolla la acción filmada en un estudio (una guerra química contra los rusos). Céline no se atrevió a criticar públicamente los planos catastróficos del Campus MIL, tenía relación con algunas de las socias de la empresa al frente del proyecto y no conocía todos los detalles del asunto, a veces el cliente sabotea su propio encargo, trufando el pliego de condiciones con exigencias descabelladas y censurando la más mínima audacia estética; poca originalidad podía esperarse de ese rectorado marchito, famoso por su estupidez y sus malas decisiones desde una huelga estudiantil que avergonzó a la ciudad durante el tiempo que duran las lilas. Que criticara un proyecto por el que la habían invitado a licitar habría dado mala imagen, la habrían acusado de envidiosa, y Céline estaba ocupada en otra parte. Phyllis Lambert tuvo su salida habitual, habló severamente de los fracasos y extravíos urbanísticos y arquitectónicos de la provincia; le dieron la respuesta acostumbrada, la ignoraron. Los trabajos del nuevo campus universitario empezaron un día que hacía mal tiempo, lejos de la mirada de Céline; por esa misma época ella empezaba a erigir el Guggenheim bajo el sol petrolero de Abu Dabi. En Montreal tomaron algunas fotos del primer palazo, luego trajeron las primeras excavadoras y las grúas, a las que pronto se unieron andamios y plataformas elevadoras. Vertieron el hormigón y colocaron grandes ventanales. En menos de cuatro años, durante los cuales apenas se oyó el murmullo sofocado de algunos excéntricos contrarios al proyecto, el nuevo campus de la Universidad de Montreal estaba terminado.

«Así que esta es la porquería que llevan diez años prometiéndonos», pensaron los vecinos. Limpiaron los caminitos y las cristaleras con mucha agua. Aunque faltaba rematar los acabados, la inauguración tuvo lugar en un caluroso día de otoño. Escondieron las cintas amarillas y los conos en los armarios nuevos. Profes, alumnos y alumnas fueron invitados a la ceremonia, pero no se presentaron. Se sirvió un vino de honor. En las semanas precedentes, horticultoras y jardineros habían plantado unos cuantos árboles esmirriados con las etiquetas aún colgando. El primer ministro hizo una broma al respecto, difundida luego en el Telediario, «es todo tan nuevo que hasta olvidaron quitar las etiquetas». Llenaron los parterres de begonias y gramíneas compradas especialmente para la ocasión. El muy honorable desplegó su buen humor y sus certificaciones ecológicas ante las cámaras, llamó a la alcaldesa por su nombre y al rector «Doctor», luego los ciclistas, las runners y los paseadores de perros se apoderaron tranquilamente del lugar. Dos prismas enormes surgían del desierto. Las líneas rotas y las paredes de cristal disiparon cualquier tipo de duda: aquello era la vanguardia de la arquitectura contemporánea. Alrededor de las instalaciones había un gran aparcamiento con algunos coches, terrenos vacíos llenos de escombros y la vieja vía férrea de siempre, más estrecha que antes, por la que seguían pasando trenes acarreando grandes cajas o contenedores llenos de un polvo gris. Una pasarela que era el orgullo de las autoridades universitarias y gubernamentales permitía cruzar la vía del tren y llegar al barrio pobre y multiétnico de Parc-Extension desde el barrio blanco y burgués de Outremont. La plebe de los alrededores se paseaba de un lado al otro disfrutando secretamente de aquella monumental abominación, que era el producto del empeño de la gente bien situada; otros se quejaban de que sus impuestos hubieran servido para financiar aquel adefesio. Por fin se jubiló el rector, al comité le costó encontrar alumnos y alumnas que asistiesen a la ceremonia de despedida, no recibió más que algún que otro mensaje tibio, y otros tantos rencorosos y anónimos que lo trataban, por ejemplo, de «vulgar escarabajo». Justo antes de poner fin a su mandato, «Doctor» vendió a Webuy los terrenos restantes, con los que de todas formas la universidad ya no sabía qué hacer.

3

Los medios de comunicación fueron unánimes, lo nunca visto. Los editorialistas menos entusiastas predijeron un giro histórico para Montreal, la creación en los años por venir de un nuevo centro urbano en la antigua zona industrial de Marconi-Alexandra, Outremont y Parc-Extension, donde pronto abundarían las torres de apartamentos de lujo y oficinas, restaurantes gourmet, cafés, bares y tiendas destinadas a una clientela más refinada. Los solares no iban a seguir vacíos por mucho tiempo. Ya hacía unos pocos años que en el Mile-Ex y la Petite-Patrie se estaban produciendo transformaciones importantes, gracias sobre todo a la llegada de compañías de inteligencia artificial, videojuegos y tecnologías de vanguardia; ahora Parc-Ex y el norte de Outremont se unirían a la fiesta. «Podría ser un fenómeno similar al que se produjo a principios de los años 2000 con la llegada de Ubisoft al Mile-End», exclamó una columnista en un programa de radio. Un profesor emérito de la TÉLUQ tituló un intercambio de correos electrónicos en el que trataba de convencer a *Le Devoir* de publicar su carta abierta: «¡Ya tenemos por fin nuestro gran arquitecto quebequense!». El precio de los alquileres subiría, eso era inevitable, y algunos periodistas de izquierdas ya preparaban su reportaje sobre desalojos desleales en la zona.

Hubo consultas públicas, la gente de las finanzas y los consejos empresariales acudieron a festejar un proyecto que beneficiaría a toda la comunidad. En la ciudad iba a llover oro.

Los representantes de las regiones vecinas echaron pestes y se alegraron. Pudieron escucharse las cosas más extrañas dichas por bichos raros que, a título de ciudadano de a pie, explicaban teorías esotéricas sobre el gran reemplazo o la anglicización de Quebec. Gente de Parc-Extension no había mucha. Sí asistió no obstante gente de todos los rincones de la ciudad para presentar sus pequeñas certezas. Un grupo de alumnas y alumnos de enseñanza pública de la Cégep de la Orilla Sur recitó con voz trémula una versión de *Speak White* reescrita para la ocasión. Un filósofo habló con mucha emoción y un acento a saber de dónde («probablemente de los pasillos de la Universidad de Montreal», murmuraron las malas lenguas). Los urbanistas dijeron cosas de urbanistas, los profesores en la UQAM cosas de profesores en la UQAM, y los otros citaron a Barthes, Marcuse, Angela Davis, Clotaire Rapaille, Madame de Sévigné, Beau Dommage, Hubert Reeves, Aurélie Lanctôt, a Joseph Schumpeter en tres ocasiones y una sola a ese viejo lobo de Jean-Marc Piotte. Casi todos y todas se cuidaron mucho de mencionar la genialidad, o al menos el interés, del edificio diseñado por el equipo de Céline Wachowski, cuyos planos eran impresionantes. En aquella época todo el mundo había visto por lo menos la primera temporada de *Old House, New House*, y se alegró de que por fin Montreal llevase su marca.

Las revistas de arquitectura –que durante los últimos años, todo sea dicho, habían desdeñado bastante a Céline– se mostraron menos mesuradas. Los especialistas fueron unánimes, aquello era una genialidad, uno de esos auténticos Céline Wachowski que reconoces de un vistazo, digno de sus mejores años. Para muchos, el Complejo Webuy inauguraba una nueva etapa en la producción de Ateliers C/W y quién sabe si de la arquitectura mundial. El estilo rompía finalmente con el deconstructivismo al que se había asociado a Wachowski hasta los años 2000. Reinterpretaba la herencia modernista, desechada de manera perentoria por los arquitectos contemporáneos, quienes sin embargo trataban de superarla. Podría decirse que sus líneas maestras pertenecían a una nueva corriente aún discreta que rehabilitaba una serie de valores que habían sido descartados con el triunfo en los años sesenta del Estilo Internacional: la belleza de las formas orgánicas, un cierto clasicismo en la intención estética matizado por un uso importante de la curva, una perspectiva ecológica y una voluntad de integración en la historia y el contexto locales. La fructífera colaboración entre el Estado y una multinacional parecía inédita y prometedora. Hubo artículos sobre el Complejo Webuy en la mayoría de las publicaciones especializadas de todo el mundo, raro fue el pliego de hojas encuadernadas por alguna asociación estudiantil de Nueva Zelanda que no publicó su propio informe. Los críticos esperaban con impaciencia la próxima gran obra de la presentadora de *Old House, New House*, sin acabar de tener claro cómo evaluar semejante giro televisivo en una carrera respetable. Probablemente el entretenimiento acabaría pervirtiendo la relevancia del trabajo. El argumentario sobre cómo el éxito popular corrompe estaba presto a ser catapultado con la excusa de los vestidos aristocráticos y las gafas adornadas de una «starquitecta» un poco demasiado extravagante para el gusto de los espíritus conservadores. Así sucedió en unos escasos y malvados artículos; más allá de eso, todo era alegría y reverencia ante la indiscutible belleza del monumento. Obviamente se habló del gran regreso al país natal, de la obra montrealesa tanto tiempo esperada, cuyas características estéticas se describían brevemente acompañadas de unos rénders inspiradores.

No tenía el aspecto de la mayoría de las construcciones contemporáneas, y sin embargo no podría venir de ningún otro siglo. El conjunto estaba impregnado de una majestad, de un esplendor al que hoy en día ya no se aspira. Los especialistas aventuraron que la inspiración debía de hallarse en el patrimonio Art Decó de la ciudad. Céline se había atrevido a imaginar un edificio que iba a costar una fortuna en materiales: ahí estaba también su genio, en saber convencer a sus clientes de que los costes exorbitantes eran fundamentales. El Complejo Webuy estaba dividido en tres fases: la primera albergaría la sede de la multinacional ahora montrealesa; la segunda era un parque en cuyo centro reinaría una biblioteca high-tech que ofrecería talleres gratuitos sobre código binario y software libre; la tercera daría paso a un complejo de apartamentos de lujo, con el 20 por ciento de viviendas sociales reglamentarias. La pieza maestra del campus era el gran edificio que, en homenaje a la función histórica del emplazamiento, evocaba una estación abierta por siete costados y coronada por una gran bóveda que albergaba terrazas exteriores de una profundidad que, dependiendo de en qué lugar, oscilaba entre los diez y los treinta metros. Vistos desde el cielo, los dos volúmenes unidos por una pasarela parecían un «8» acostado. La base del pabellón principal era un prisma heptagonal desarticulado cuyos bordes se iban distanciando en cada planta; todo el edificio estaba cubierto por la impresionante estructura de un techo que en la parte superior del decimoquinto piso se transformaba en terraza. Esa inmensa capa de madera que servía de tejado, en sí misma una auténtica obra de arte, conectaba y protegía los dos pabellones. La gigantesca escultura parecía hecha de una sola pieza, una colada de vigas de madera ignífuga reforzadas con fibra de vidrio. El armazón cruzado formaba unos enrejados que cubrían toda la parte superior de las oficinas, la bóveda pesaba varias toneladas y estaba sostenida por unas imponentes pilastras; sin embargo parecía aguantarse por sí sola. A veces, los rombos que el enrejado formaba se redondeaban alrededor de una ventana o de un tragaluz. Mirando la fachada, parecía que el dibujo de la estructura imitaba el trazado de un líquido derramado sobre una mesa. En *La Presse* apareció una caricatura titulada «Céline Wachowski en el trabajo» que mostraba a la arquitecta jugando con dos muffins sobre los que intentaba mantener un plátano en equilibrio. Los planos isométricos permitían captar la forma singular de la masa ovoide que coronaba el pabellón principal, que se afinaba arqueándose en el aire para formar un paseo cuyo acceso se hallaba junto al segundo pabellón, unos treinta metros más allá. El volumen más pequeño parecía aspirado por la enorme ventosa de la cúpula de madera, sus fachadas de cristal quedaban recubiertas por el enrejado hasta el suelo. Las aberturas en ese gran esqueleto producirían unos bonitos juegos de luz.

Los pabellones A y B quedaban conectados con la planta baja por medio de la amplia pasarela, allí estaban los cafés, los espacios para comer, jugar al ping-pong o echarse en una tumbona. El equipo de diseño había pasado cientos de horas imaginando ese pasillo, era una de las partes más trabajadas del Complejo; con gozosa tenacidad, Céline y Pierre-Moïse habían querido tratar ese espacio transitorio como el corazón estético de la construcción. Los muros-cortina de las fachadas eran grandiosos, los travesaños de madera (recordatorio del enrejado) conferían un carácter artesanal y cálido a los grandes cristales, protegidos por la acrobática estructura del tejado. El pasaje estaría siempre iluminado. Perforado por claraboyas, el techo se ondularía a unos treinta metros del suelo y estaría decorado con un motivo complejo que los diseñadores habían pasado semanas estudiando, compuesto por alvéolos de forma variable. Consideraban que la mezcla de líneas curvas y ángulos obtusos producía un efecto onírico.

La recepción de las oficinas estaría ubicada en el pabellón principal. Tan amplísimo espacio seguiría siendo accesible a la población montrealesa, que podría usar los bancos, los pequeños oasis y las grandes mesas para tomarse un café y trabajar entre los empleados de la compañía en ese lugar transparente (era el sello de Ateliers C/W), difuminando así la distinción entre el interior y el exterior, lo público y lo privado. Allí podrías pasar el rato, leer, charlar al aire libre bajo la marquesina, en las verdes zonas de césped y en los jardines de sombra, o entrar por las grandes puertas en un espacio que evocaba un invernadero y al mismo tiempo el hall de un aeropuerto. La parte privada de la sede social se hallaría en pleno corazón del edificio y estaría atravesada por unos túneles que darían acceso a un jardín de invierno central, al fondo de un gran cilindro engastado de balcones. La cúpula del techo se aguantaría sobre unos grandes pilares, también perforados con alvéolos, el entrelazado geométrico correría tanto sobre las paredes como sobre los techos y las vigas, de tal modo que el conjunto parecería estar hecho de una misma membrana vegetal agujereada por poros radiantes.

Como párpados surgiendo del enrejado de la techumbre, los huecos de olas formarían sutiles aberturas que, tal como se fuese ascendiendo, se transformarían en un apilamiento finamente desordenado de claraboyas. Estas dotarían las oficinas de vistas a todos los lados de la ciudad: al sur y al oeste, el centro y el monte Real; al norte, Parc-Extension, Ahuntsic y el río de las Praderas; al este, el parque Jarry y los edificios industriales adyacentes, así como una vista impresionante (no había forma de evitarlo) del Campus MIL. El terreno comprendería unas sofisticadas zonas de hierba verde, flores campestres y una variada vegetación frondosa. En los tejados y balcones habría jardines que abastecerían a los restaurantes con brotes y otras plantas. Las dos vías férreas estarían franqueadas por unas pasarelas verdes provistas de barreras antisuicidio que permitirían acceder al aparcamiento y a una nueva zona verde en Parc-Ex. Habría bancos por todas partes, diseñados por Ateliers C/W y concebidos para ser lavables a presión y para ahuyentar a las palomas y a los sintecho.

La mediateca Ernest-Cormier-Webuy, encargada por la compañía, recordaría a las oficinas, aunque con un carácter más tradicional. Para diseñarla se habían inspirado en la forma de la antigua clínica de inspección de carnes del mercado Jean-Talon, pequeña joya que pasaba desapercibida debido al irresponsable abandono por parte del distrito. Una pared redondeada uniría las dos fachadas principales de ladrillos blancos, y el techo lo acicalaría una cornisa con ornamentos de cobre oxidado que se irían destiñendo sabiamente sobre el ladrillo; los motivos de la cornisa presentaban las mismas cavidades que los entramados de alvéolos de las oficinas de Webuy. El interior de la biblioteca sería notable por su sistema de estanterías en cuatro alturas; en lugar de dividir el espacio en pisos, a los libros y a los ordenadores se accedería a través de pasarelas, ascensores y balcones. Las escaleras exteriores, encerradas en jaulas de vidrio, permitirían circular entre las cinco plantas del edificio tanto en invierno como en verano. Las fachadas que dan a la avenida dejarían crecer como parásitos tres grandes balcones desde los cuales se vería la madre hongo del Complejo Webuy, que parecería haber contaminado la biblioteca. Justo al lado, los edificios de apartamentos evocarían a los más bonitos de la avenida Bernard, con patios interiores, amplios vestíbulos y fuentes. Retomarían los principales elementos estéticos de la biblioteca, como las escaleras exteriores ascendiendo hasta el techo. Desde los primeros brainstorms se había buscado que los apartamentos fueran un compendio de esta ciudad heterogénea, un precipitado de su historia física, revuelta y densa.

4

El día en que empezaron las obras, en la entrada se dejó ver un puñado de personas agrupadas en un pequeño tapón presidido por algunas pancartas. Entonaron algunos eslóganes, los obreros y las obreras no comprendieron qué hacía allí aquella gente que ni siquiera intentaba bloquearles el acceso. No hubo ningún artículo sobre ese pequeño grupo de protestatarios sin importancia que acudía a manifestar la posibilidad de otro sueño para la ciudad; estaban animados por un deseo sincero, convencidas de que existía la posibilidad de un horizonte distinto, muy pequeño, que no veían bien del todo pero en el que creían firmemente, y que a los planes de desarrollo del Complejo Webuy no les hizo ni cosquillas. Céline ese día estaba en las obras y le despertaron una especie de ternura. Aquel puñado de gente, gente como ella, quería más. Seguían estando insatisfechos con lo que se les ofrecía, seguras de que existían mejores posibilidades para Montreal, y eso la conmovía. De haber tomado otros caminos, Céline podría haber formado parte de esa modesta reunión.

Una mano agarró un pico y desplazó una roca, la levantó y luego la echó en un contenedor vacío, que devolvió un potente eco. La energía asalariada cavó el suelo con unas máquinas que multiplicaban la fuerza humana, herramientas que fueron acondicionando un agujero inmenso, vertiginoso, en cuyo fondo los camiones parecían de juguete. Se practicaron grandes agujeros en la pared para insertar la dinamita, luego esta explotaba haciendo temblar toda la ciudad. Estaban cavando sus entrañas dolientes, pulverizando su sedimentación milenaria, que luego había que irrigar con grandes mangueras para controlar las nubes de polvo. Una película pálida cubría el cielo. Los días de calor, el sudor de los trabajadores y las trabajadoras de piel herida por los rayos UV se evaporaba al gotear sobre la roca ardiente. Bajo esa enorme piedra que ahora movía una pala mecánica echaría raíces uno de los grandes pilares del edificio por venir, extendiéndose oblicuamente para sostener un techo compuesto por varias piezas curvas de celosía prefabricada, que pronto habría que montar como un inmenso rompecabezas dando una vaga imagen del progreso. Gabriela y su equipo se encargaron de asegurar una presencia diaria en la obra. Empezaba a aparecer un inmenso foso que, como un huevo resquebrajado en su nido, era el signo de una vía que echaba a volar, el comienzo de una aventura.

Pronto, un tercio del Complejo estaba construido. El viento se adentraba en la estructura vacía y la hacía sonar débilmente como una gran flauta con el cuerpo demasiado ancho, incapaz de modular nota alguna.

5

Lo que aquella mañana le tenía reservado la vida le dio un golpe del que ya no se recuperaría. Céline alargó el brazo hasta la mesita de noche para apagar la alarma y en ese mismo gesto tomó el mando que subía las persianas. Se levantó y fue al vestidor, separado de la habitación por un gran acuario que llenaba la habitación de una luz diluida en el agua salada en que nadaban lentamente unos peces tropicales. Se envolvió en una bata. Michel la esperaba en un récamier del pasillo, parecía ansioso. Llevaba consigo una revista. «Ha salido el artículo del *New Yorker*».

En la portada, una divertida ilustración bellamente dibujada a lápiz y pintada a la acuarela con un parque urbano, algunos árboles y una fuente a lo lejos. En primer plano, un hombre y una mujer jugaban en una mesa de ajedrez, salvo que no era un tablero de ajedrez sino la maqueta de una ciudad alegórica, Céline reconoció en ella tanto Nueva York como Montreal; en lugar de fichas se alzaban rascacielos, y un islote de árboles brotaba de aquel mar de construcciones que disminuían en altura conforme se acercaban a los bordes de la mesa, dejando adivinar los suburbios. La mujer, cuyo retrato se inspiraba en las caricaturas que solían hacer de Céline –gafas cuadradas, cabello blanco con el corte característico, vestido verde-billete-de-banco con cuello victoriano, Converse–, blandía una torre como una niña enfadada por cómo iba la partida, una torre de la que colgaba un gran terrón de tierra y raíces con la que ella se disponía a aplastar los edificios de su adversario, una especie de multimillonario jipi-pijo, cruce de Jobs y Zuckerberg, con jeans, camiseta gris, alopecia, Rolex, auriculares inalámbricos y sonrisa confiada. El índice anunciaba un dosier sobre «GENTRIFICATION», Céline lo recorrió con mirada inquieta.

El artículo «What's Ethical About Celine Wachowski's "Ethical Architecture"? Part I», firmado por Wendy P. Savall, era el más largo, ocupaba siete páginas ilustradas con fotografías, entre ellas, abriendo el artículo, un retrato de Céline sobre fondo negro con el pelo recogido y sus ojos azules mirando a cámara. Una imagen tomada por un fotógrafo del *New York Times* hacía dos o tres años para acompañar la elogiosa entrevista-perfil que le dedicó aquel delicioso periodista, John No Sé Qué, un hombre de peso en su mundillo, cultivado sin ser pretencioso, que tenía un encantador sentido del humor y unos conocimientos sobre arquitectura, recordó Céline, bastante impresionantes para ser periodista. En la pluma de esa Wendy P. Savall, que había intentado ponerse en contacto con ella en varias ocasiones y cuyo nombre en la cabecera del artículo no acompañaba retrato alguno, el tono parecía bastante distinto. El reportaje empezaba con una presentación del contexto que no era desagradable de leer, la periodista se expresaba en un tono plano y se atenía a los hechos, sin dejar entrever en sus frases ningún tipo de admiración, pero tampoco de odio. Hacía un repaso rápido de una carrera que calificaba de «fenomenal», resumiendo con bastante fidelidad, aunque de manera superficial, un recorrido en que obviaba un poco las dificultades y que, en consecuencia, tenía el aire de la típica success-story: estudios en París y en Yale, bla, bla, reconocimiento de Frank Gehry, bla, bla, prácticas en el estudio Jean Nouvel a finales de los años setenta, bla, bla, al principio Céline fue reconocida como arquitecta residencial, siendo como era entonces que las mujeres (la periodista lo contaba con absoluta veracidad) quedaban sistemáticamente excluidas de los grandes concursos internacionales, pues hasta entonces la arquitectura era un ámbito machista (ahí seguía dando en el clavo), en que el talento de las mujeres se veía limitado con demasiada frecuencia al ámbito privado. Una cierta ironía envolvía el estilo neutro de la periodista: museos y rascacielos para los hombres, cocinas y chalets para las mujeres. Marcando profundamente («deeply», Céline no pudo contener un estallido de risa) el paisaje de su ciudad natal, Montreal, donde las agencias turísticas hacen recorridos que describen la historia de sus casas más importantes, no tardó en recibir encargos en diferentes países, especialmente para la residencia de personajes influyentes (citaba a Paul McCartney, Julianne Moore, Madonna y Françoise Bettencourt). Gracias a unos pocos proyectos que resultaron ser muy mediáticos, su reconocible y controvertido estilo dio un impulso a la arquitectura residencial de los años noventa, bla, bla, bla, bla.

A pesar de lo belicoso del título, la periodista desarrollaba su collage de hazañas hasta la parte inferior de la primera página, apuntando uno tras otro los grandes hitos de la carrera de Céline en un texto redactado con la gracia de un CV, hablando de los primeros proyectos públicos importantes que consiguió a mediados de los noventa, «rompiendo todos los techos de cristal» al entrar en las grandes ligas con el icónico y controvertido Warren and Susan Buffet Museum for the Arts de Los Ángeles, inaugurado en 1992, y luego resumiendo en un párrafo descuidado «la huella decisiva» que había dejado Céline Wachowski en la arquitectura contemporánea internacional, reduciendo sus logros creativos a unos pocos rasgos estéticos llamativos, para cerrar la hagiografía con la enumeración casi publicitaria de todos los demás logros de Ateliers C/W. Hoy en día Céline repartía su tiempo entre la sede social de Montreal y los estudios de Taipéi, Nueva York, Tokio, Vancouver, Miami, Chicago, Londres, Abu Dabi, París y Los Ángeles (donde vivía, eso es cierto, la mitad del año), trabajando en el ámbito de la arquitectura, que seguía siendo su interés prioritario, pero adaptando también su enfoque creativo a otros ámbitos tan variados (y en los que a veces no se implicaba sino muy, muy discretamente) como el urbanismo, la arquitectura de paisaje, el diseño, el grafismo, el diseño industrial, la producción de mobiliario residencial y urbano, la creación de imágenes y maquetas, la escenografía y, desde hace unos diez años, las aplicaciones para móviles y la producción televisiva. En su última lista, *Forbes* –la periodista concretaba que la metodología de la revista había sido cuestionada– la situaba en el puesto 203.° de los milmillonarios internacionales, y en el 16.° de la lista de mujeres, con una fortuna estimada en 7,2 millardos de dólares. Una de las más grandes de Canadá.

El giro llegaba después de una cita del famoso artículo de Joan Didion, un texto que Céline apreció mucho y del que había olvidado ese pasaje que, fuera de contexto (iría enseguida a comprobarlo), no tenía en absoluto el mismo sentido; conservaba un recuerdo cálido de su encuentro con la escritora, de la que había leído varios libros, una dama que no hablaba mucho y hacía preguntas evanescentes, que Didion se interesara por ella le enorgulleció, también le inquietó un poco. Joan Didion había escrito en su perfil «Céline Wachowski is one of us»: «This is a billion-dollar company the only real product of which, in other words, is Céline Wachowski herself, an unusual business condition acknowledged in the prospectus for Ateliers C/W's strikingly successful October IPO. "Our business would be adversely affected if Céline Wachowski's public image or reputation were to be tarnished", the "Risk Factor" section of the prospectus read in part». A continuación de esta cita, el artículo de Wendy P. Savall (muy mal escrito en comparación con el de Didion) presentaba una disección deshonesta y perversa de sus actividades. La periodista ponía en duda la pertinencia de su trabajo, atribuía su éxito a un conjunto de malversaciones y pactos faustianos, e intentaba demoler su filosofía artística y desmontar su éxito mediático... A Céline le temblaban las manos. Su mirada resiguió unas líneas en el suelo de madera hasta detenerse en un nudo negro en el que quedó absorta. A Michel, que no sabía muy bien qué decir y se retorcía en el récamier, le pareció tranquila. En la medida de sus posibilidades, había calculado la magnitud de la catástrofe; el asunto ya había llegado a otros periódicos. Su instinto le decía que los siguientes días, puede que las siguientes semanas, iba a estar ocupada respondiendo a las calumnias de esa mujer odiosa; ¿qué puede motivar a una persona joven a dejarse llevar por semejante maldad, a abandonarse a semejante locura destructiva? Estuvo husmeando en el perfil de Facebook de Wendy P. Savall: la típica treintañera hipster, como decían ahora, periodista de investigación independiente, neoyorquina que se las daba de «perdedora guay», que tomaba fotos de sus *latte* y posaba delante de su webcam en pijama y con gatos. Michel había logrado llegar a esas imágenes degradantes de la tal Wendy P. Savall sin siquiera figurar en su lista de amigos, a veces los jóvenes demuestran tanta falta de profesionalismo... En su feed de Facebook se la veía compartiendo tendencias marxistas, sobre la opresión de las mujeres y de las minorías de todo tipo, una bonita conciencia pero una cabeza vacía; un compendio de lo más odioso de esa generación que tanto exasperaba a Michel, o acaso los jóvenes de hoy en día no se creían que habían salido de la nada, ya no respetaban el trabajo. Céline no dijo nada, esquivó su mirada, enrolló la revista y bajó tranquilamente las escaleras hasta el salón para sentarse en la causeuse, tomar su paquete de cigarrillos y releer, colocando la revista de tal forma que le diera un rayo de luz. El tabaco apenas la alivió. Empezó de nuevo. El título, su foto, sus estudios, sus grandes proyectos, su colaboración con Netflix, bla, bla, bla, y luego calcando el título de la TED Talk que Céline había dado cinco años antes, «What's ethical about contemporary architecture?», desde la segunda página esa cruelísima mujer le daba la vuelta a su teoría –que obviamente no había captado– sobre la necesidad hoy en día de desarrollar una «arquitectura ética», es decir, *que respetara el medio ambiente y la integridad histórica de las ciudades*, para a continuación, en una yuxtaposición de hechos aislados, exponer las supuestas «unethicals practices» de su empresa, componiendo de este modo una especie de negativo extremo de la primera página, que a primera vista le había parecido alabadora. Es decir, la tal Wendy P. Savall la acusaba de esos crímenes sin prueba alguna. Releyéndolo, Céline susurró dos o tres veces: «Pero ¿de qué está hablando?», espantada ante un texto que procedía con una mala fe extraordinaria, vinculando elementos que no guardaban entre sí la más mínima relación, como si eso revelara alguna gran verdad...

En una segunda lectura, la farsa se apreciaba con mayor claridad. El juicio al que estaba siendo sometida era ridículo, un espectáculo de luz y sonido perpetrado por esa revista desvergonzada cuyo objetivo apenas disimulado era inundar el mundo con las abominables tote bags que regalaba con la suscripción. El artículo llegaba incluso a citar algunas «fuentes» que habrían preferido permanecer en el anonimato debido a la gran influencia y los muchos contactos que tenía Céline Wachowski en los medios internacionales de la arquitectura y del sector inmobiliario, según las cuales la CEO de Ateliers C/W sería una persona tiránica de tendencias coléricas y estrategias de negocios violentas. Un conflicto que tuvo con la primera directora de su famoso programa, *Old House, New House*, sugería un potencial desprecio hacia las mujeres más jóvenes, una actitud contradictoria si se tenía en cuenta el omnipresente discurso de Céline sobre la importancia que deberían tener en los sectores artístico y económico. La periodista citaba ampliamente a una antigua estudiante en prácticas que corroboraba esa hipótesis y relataba las lamentables palabras que Céline le habría dedicado, así como las peticiones imposibles y contradictorias que le hacían cuando trabajaba en las oficinas de Montreal, lo cual le había provocado una terrible angustia psicológica que la llevó a cuestionar su vocación profesional. Como era de esperar, en el párrafo siguiente esa periodista incompetente volvía a sacar aquel viejo asunto de los años noventa sobre las inaceptables condiciones de trabajo en una fábrica de producción de muebles de Sri Lanka, afiliada a una de sus empresas... omitiendo, por supuesto, que Céline no estaba al tanto de nada, que se escandalizó al descubrirlo, que se tomaron medidas pertinentes y que la situación fue inmediatamente regularizada. Decididamente, esa fabuladora carecía de argumentos.

El dosier hablaba de la «GENTRIFICATION», así que en la cuarta página Wendy P. Savall se metía de lleno en el tema, abordando en primer lugar las críticas que desde hacía algunos años suscitaba la «controvertida» aplicación Hosts, émula de Airbnb «in the lap of luxury», dirigida a los pata negra que viajaban mucho y a quienes les aburrían los hoteles, a menudo impersonales y mal situados, pero que sin embargo no estaban dispuestos a asumir los riesgos que corría el común de los mortales alquilando cualquier cosa en la popular aplicación, famosa por su indecente servicio al cliente, los problemas de chinches y el fraude. El objetivo de Hosts fue introducir en el mercado de alquiler los innumerables apartamentos y casas vacías pertenecientes a unos propietarios que no pueden vivir en todas ellas a la vez pero no tienen ni el tiempo ni la energía para jugar al posadero; Hosts, con un servicio al cliente que había recibido numerosos premios internacionales, se encargaba de todo y compartía los generosos beneficios que la aplicación obtenía del bolsillo de su exigente clientela. Hosts había debutado modestamente en 2005 como un servicio exclusivamente neoyorquino, hasta que sus creadores, dos jóvenes graduados en grandes escuelas, acudieran a Céline Wachowski en razón de su conocimiento del mercado inmobiliario y de sus valiosos contactos comerciales. Fue así como se convirtió en una de las ideadoras (y en una de las inversoras) de la nueva versión, lanzada en 2011, que permitió a Hosts ampliar sus actividades a todas las grandes ciudades del mundo. Ahora la aplicación cotizaba en Bolsa y llevaba diez años creciendo ininterrumpidamente. Por mucho que Hosts pretendía alquilar espacios desocupados, según algunos estudios la aplicación participaba de un movimiento mundial de gentrificación que, en unos pocos años, había hecho inaccesibles para la clase media varias ciudades como Vancouver, Atlanta, Nueva York, San Francisco o París, además de contribuir a la creación de un mercado inmobiliario de lujo alternativo. Y así, a base de rodeos exagerados y torpes –por no hablar de esa teoría cuestionable del desarrollo urbano que es la gentrificación–, trataba de convertir a Céline en el rostro de un auténtico complot esotérico que preconizaría la destrucción de la especie humana, fomentada en esta ocasión por los ricos del mundo entero (como grupo homogéneo), unos seres intrínsecamente malvados, diabólicos y centrados en sí mismos; por qué no hablar con los empleados de su fundación caritativa, con las decenas de trabajadores y trabajadoras que ganaban unos salarios más que respetables y cuya única tarea consistía en distribuir los fondos que Céline les concedía año tras año, por qué no hablar con los centenares de empleados que trabajaban para Ateliers C/W y que no dejarían su empleo por nada del mundo, por qué no hablar con los miles de personas que, según las estimaciones de sus contables, vivían indirectamente de sus activos... Céline se preguntaba a cuántas bocas alimentaba esa tal Wendy P. Savall.

Y luego resultaba que la función gentrificadora de Céline no solamente afectaba a ese sector marginal de sus actividades, sino que estaría inscrita en el corazón mismo de su trabajo arquitectónico, todavía más peligroso en cuanto que se basaba en una ideología aparentemente responsable que, en realidad, pretendía enmascarar unos «deeply damaging side effects». La periodista ponía como ejemplo las obras destacadas (y privadas, subrayaba como una especie de sospecha) de Céline Wachowski en arquitectura residencial, que se inspiraban en la historia de los barrios y de los landmarks de las diferentes ciudades para diseñar sus planos con gran fidelidad al valor patrimonial de cada lugar, demostrando un inmenso respeto por el paisaje urbano. Su trabajo de conservación y su compromiso con la arquitecta montrealesa Phyllis Lambert, conocida ella también por sus posiciones públicas contra la destrucción de edificios importantes, le valieron una reputación de Juana de Arco de las culturas locales, en parte merecida si se examinaban los importantes artículos que había producido su firma en los años ochenta sobre el patrimonio arquitectónico latinoamericano de Los Ángeles o sobre el valor artístico de los edificios manufactureros de Brooklyn y del Bronx. Pese a ello, menos popular era el hecho de que Céline Wachowski había sido una de las primeras arquitectas en comprender que a los nuevos ricos cada vez les apetecía menos vivir con sus semejantes en guetos burgueses, que las inmensas mansiones apartadas de las grandes ciudades escondían con demasiada frecuencia una prisión dorada, y que pronto las treintañeras que iniciaban una carrera de éxito preferían instalarse en barrios que les recordaran los modestos ambientes que las habían visto crecer; Céline había sentido antes que nadie que la arquitectura tenía que encontrar su lugar en los barrios residenciales corrientes, populares, según una idea de supuesta mezcla social que, hasta principios de los años 2000, se había traducido en la compra de edificios viejos a bajo precio o de apartamentos decrépitos que ella y su equipo transformaban en obras maestras de la arquitectura y vendían a precios exorbitados (ver las fotos de la de avenida Van Horne, 101, en Montreal, o de la de Keap Street, 348, en Williamsburg, hoy propiedad de Isabelle Huppert). A finales de los ochenta la gente se compraba casas Céline Wachowski en cualquier lugar del mundo como quien se compraba un Jeff Koons o unos Christian Louboutin. El tema del artículo no era cuestionar la incontestable calidad de su trabajo, sino más bien reflexionar sobre el coste social de esa belleza, reservada solamente a una ínfima fracción de la población, bla, bla, bla, bla.

En la séptima y última página de su manifiesto de odio, Wendy P. Savall abordaba el «dark side» de ese aburguesamiento, que acababa provocando una subida del precio de los alquileres y del valor del parque inmobiliario, seguido de una subida de los impuestos a la propiedad que volvía casi imposible el acceso de la clase popular y la clase media a la vivienda, abriendo el mercado a los especuladores internacionales, que compraban locales y viviendas que quedaban vacías mientras los precios subían, así como a los promotores que ofrecían dinero a los inquilinos para desalojarlos legalmente con el propósito de arrasar sus casas de tres plantas y convertirlas en apartamentos de lujo. Naturalmente, ese fenómeno beneficiaba a los Ayuntamientos más complacientes, pues sus impuestos crecían, lo mismo que la reputación de su ciudad, pero también a los corredores inmobiliarios, que adoptaban técnicas agresivas para introducir en el mercado determinados edificios.

El grupo Invo Immobilier de Céline Wachowski tenía activos tentaculares y poseía participaciones en muchos otros fondos y empresas de correduría internacionales; para medir el impacto indirecto sobre la vivienda en todo el mundo de una de las empresarias canadienses más ricas, habría que seguir cada dólar de su imperio financiero. En cuanto al impacto directo, simbólico e ideológico del trabajo de Céline Wachowski, era más fácil de estimar, ya que era prolija en sus métodos y su visión del desarrollo tanto en sus libros como en su exitosa serie *Old House, New House*. Lo que se había promocionado eran los méritos artísticos del programa, una exitosa mezcla, había tuiteado la crítica, entre el documental bruto y el arte de vivir («una infopublicidad autopromocional poco sutil», habían criticado algunos socialistas). Ahora bien, *Old House, New House* no nos revelaba más que una parte mesurada y arreglada de la realidad, que el artículo analizaría en una segunda parte.

6

A las cinco de la mañana, el horizonte de amarillos y azules desvaídos empalidecía, limpiando las tres estrellas tímidas que brillaban en el cielo. El centro de la ciudad despertaba, con sus arterias lubricadas por taxis que corrían hacia el aeropuerto o las estaciones de radio y televisión, con sus coches aparcando en los escasos sitios libres a lo largo de las calles en cuadrícula. Los camiones entregaban periódicos y cruasanes frescos. Las trabajadoras de los cafés y los restaurantes estaban siempre las primeras en el curro, eran estudiantes, inmigrantes que se integraban en el mercado laboral o profesionales que, con las escasas propinas que recibían, se sacaban a duras penas una jubilación. La voz del presentador de la mañana llenaba el aire de los comercios con notas bajas y silencios. Siempre empezaba el programa hablando de la temperatura, de las excelentes previsiones meteorológicas para los próximos días, esta mañana tenemos cinco grados pero a lo largo del día se prevé más calor, un cielo despejado, un gran sol de otoño y una hermosa luz amarilla, la gente sentía una especie de cercanía con la voz del hombre de la radio que le acompañaba cada mañana, a las cinco y media el programa abría con una atmósfera particular, una diría que a esas horas no hay tantos anuncios, que nadie escucha, que estás sola con él, la ciudad aún adormecida; necesitaba su café, y ahora se lo preparaba distraídamente cotorreando con su colega.

En la radio hablaban de las críticas que habían suscitado unas obras importantes al norte de la ciudad. El presentador trataba de esbozar un breve resumen del asunto, que era un tanto complejo. Hablaba de un artículo implacable que atacaba a una arquitecta de aquí, a su invitada al teléfono esta mañana, y su primera pregunta fue:

–Señora Wachowski, ¿esto es difamación?

En la voz de la mujer resonaban unas vibraciones graves que parecían hechizadas por una débil sonrisa, un buen humor que no cuadraba con el tono dramático de la pregunta.

–Quién soy yo para decirte que esa joven tenía o no tenía motivos para escribir sobre mí. Para mí la crítica, señor Arcand, siempre ha sido necesaria. Siempre me ha ayudado en mi trabajo, me ha llevado a formularme las preguntas correctas...

»Mira.

»Estoy en esto de la arquitectura y la construcción desde hace casi cincuenta años. Ha sido un trabajo hermoso. Si tuviera que empezar ahora, volvería a hacerlo. Y una de las cosas que más me gusta de este trabajo es que me ha permitido aprender mucho.

–Permítame volver a la pregunta, señora Wachowski. ¿Cómo reacciona usted esta mañana?

–Cómo reacciono... –Resopla–. Si te dijera cómo funcionaban las cosas en Quebec al principio de mi carrera, no me creerías. Hace poco hubo la Comisión Charbonneau... Pues era aún peor. Cuando una quería entrar en el oficio tenía que comulgar con ciertas maneras de hacer, ¡y si eras mujer ya ni te digo! De lo contrario te aplastaban.

»Por ponerte un ejemplo: en los años ochenta, se destruían sistemáticamente edificios patrimoniales extraordinarios para construir escuelas de hormigón. Muchas de esas escuelas ya no existen. Arquitectura de usar y tirar. En lugar de rehabilitar los edificios para darles otro uso, los derrumbaban y construían encima. Hoy esos edificios los hemos perdido para siempre.

»Yo era joven y leía críticas. Leía libros de filosofía, trabajaba con arquitectos de todo el mundo, en Estados Unidos, en Francia... Escuchaba lo que se decía en el mundillo, lo que era importante para los líderes de mi oficio. Y lo que estaba sucediendo en Quebec me parecía espantoso.

»Mi madre, cuando veía un nido de hormigas en nuestro terreno, se iba debajo del lavabo, sacaba el galón de lejía y lo vaciaba encima de las hormigas, en el césped.

»¡Hoy eso nos parece terrible!

»En aquella época era normal, los vecinos hacían lo mismo...

El presentador ríe.

–Sin embargo, las acusaciones que podemos leer esta mañana son serias, señora Wachowski.

–A mí me han criticado mucho; no solo a mí, a todos los arquitectos de esa época... Pero informándome, y llegando también a ser más independiente en lo financiero, pude cambiar las maneras de hacer. Pude decirle a la gente que quería pasarse de lista transformando un apartamento magnífico que a veces podía datar del siglo XIX en grandes cubos modernos: eso ni pensarlo. Nosotros no trabajamos así. Esos métodos están anticuados.

»Así que la crítica de hoy en el... el...

–El *New Yorker.*

–Me parece buena.

»Me parece interesante.

»La difamación es inaceptable.

»Eso no lo acepto.

»Pero la crítica (y creo que la intención de la periodista no era necesariamente difamarme), la crítica, eso, eso hay que escucharlo.

»No significa que todo sea verdad, pero significa que podemos aprender.

»Y yo quiero seguir aprendiendo.

En cada entrevista que concedía desde el día anterior, Céline remezclaba el discurso que le había preparado su departamento de prensa. Esa noche no durmió bien. El artículo la había herido, se preguntaba si el tono irónico de la periodista era necesario, si aquellas pullitas eran legítimas, por supuesto ese era el tono habitual de la revista, pero Céline tenía la impresión de que la autora hablaba con una especie de superioridad moral que la molestaba; probablemente la periodista era un poco insegura y aquella era su manera de abrirse paso y de hacerse oír, ese desprecio Céline se lo perdonaba, la juventud se dejaba llevar por ese tipo de pasiones y no siempre podía medir sus efectos, pero las cosas que le reprochaba eran ridículas. Wendy P. Savall quería sacar petróleo de un pozo que ya estaba agotado, que ya no daba para más. El revuelo mediático no iba a durar mucho.

En una entrevista de una hora en la radio estatal, Céline había explicado que las consecuencias más negativas de la gentrificación no habían aparecido sino muy recientemente, cuando el fenómeno entró en su ciclo más extremo, y que por eso solía olvidarse que los sociólogos en los años ochenta y noventa la movilidad de la población la celebraban; eran desplazamientos demográficos que también permitían revalorizar barrios depauperados. Que artistas, jóvenes profesionales con presupuestos ajustados e inmigrantes de primera generación se instalaran en esas zonas había beneficiado a la población pobre que vivía allí desde siempre. Tal como demostraban varios estudios, habían surgido formas de solidaridad entre grupos sociales. Las ciudades experimentaban ciclos naturales, y su historia, ramificaciones inesperadas, imprevistos vigorizantes. Las cosas había que ponerlas en su contexto: una ciudad como Montreal, donde los francófonos habían vivido durante casi trescientos años en una mísera pobreza, obviamente cambió de aspecto cuando esa población accedió masivamente a la propiedad –como era el caso desde los años ochenta– así como a los medios de producción. La presentadora replicó que unas leyes demasiado permisivas estaban permitiendo que los milmillonarios extranjeros compraran apartamentos en desuso y saturaran el mercado. Una aplicación como Hosts (destinada exclusivamente a los ricos) tenía precisamente la misión de rentabilizar esos espacios vacíos de una forma creativa, respondió Céline, esa Wendy P. Savall afirmaba que la gente que había ideado Hosts fomentaba la propiedad internacional, cuando lo que ella humildemente pretendía era más bien reparar una falla en los sistemas legales del capitalismo avanzado. Esos días Céline se había convertido en la antagonista simbólica de una crítica social que la superaba ampliamente, pero eso no es lo que acabarían recordando de ella. Le había regalado un poco de belleza al mundo, y gracias a *Old House, New House* había educado al público en arquitectura, diseño, urbanismo e historia de culturas desconocidas. Los arquitectos del futuro, aquellas y aquellos a los que ella estaba formando, a los que ella apoyaba en sus carreras y que ya estaban triunfando y ganando premios internacionales, encontrarían estrategias aún más eficaces para construir y ordenar las ciudades de una forma responsable y sostenible. Surgirían nuevas realidades, nuevos problemas. Se pediría a los arquitectos que hicieran lo imposible. Así es como terminó la entrevista: Céline afirmaba que, en cada uno de sus contratos, había sentido que le estaban pidiendo que hiciera lo imposible, que le formulaban exigencias contradictorias poniéndole entre las ruedas unos reglamentos arbitrarios y obsoletos, planes de urbanismo que no se habían revisado desde hacía cincuenta años. Además de un presupuesto ajustado… La solución ideal era imposible encontrarla, por eso había que seguir buscándola, le dijo a la presentadora. Y cuando dentro de diez, veinte años volviera la vista atrás y pensara en todos los años de experiencia que tenía a sus espaldas, en los innumerables obstáculos que se habían interpuesto en su camino y que ella había logrado sortear con una idea simple que iluminaba la realidad de otra manera, insatisfecha pero afortunada, se diría: no supe hacerlo mejor. Le dieron las gracias y pasaron a las noticias.

7

Cuando Gabriela vio aparecer en su pantalla las iniciales CW, supo que sus vacaciones habían terminado. Las últimas semanas habían sido agotadoras, a su regreso le iban a pedir un compromiso de veinticuatro horas al día. Gabriela tenía la esperanza de desconectar un poco, se había descargado en el ordenador una serie, se había comprado dos novelas gordas y había pasado a recoger las llaves del chalet de Pierre-Moïse, donde se disponía a pasar cuatro noches. La estancia principal era grande, abierta, clara. Dos enormes lienzos saturados de colores brillantes atraían la mirada, mangos fundiéndose con casas amarillo y malva que brotaban de unas colinas perfectamente redondas, siluetas humanas mezclándose con panteras y con loros, las composiciones abigarradas recordaban a un Bosco jubiloso y solar. A Gabriela le sorprendió que las obras casaran bien con los frescos naturales de las ventanas adyacentes, abiertas al bosque, con composiciones en marrón y verde de fresnos y abetos. El salón acristalado con vistas al lago era perfecto para leer o meditar. Por la noche, el sol desaparecía al fondo de las aguas en una sinfonía de rayos rosados y anaranjados, durante una media hora el paisaje de los montes Laurentinos adoptaba los alegres colores de una fantasiosa representación de Haití.

La primera noche había sido relajante, luego, el segundo recibió tres llamadas de los Ateliers. Cuando salía a caminar, Gabriela se dejaba el móvil en el chalet, además lo había puesto en silencio para que no la molestaran, seguramente sería algún empleado que no sabía que estaba de vacaciones, ¿habrían encontrado anomalías en los presupuestos de construcción? En cualquier caso, podrían resolverlo sin ella. A Céline, su petición de unas vacaciones con las obras en marcha no la había entusiasmado, le pareció una idea descabellada, hay que asegurar una presencia constante, podría presentarse el cliente con modificaciones y habría que implementarlas en el último minuto, sin posibilidad de contactarte yo no me iba a sentir cómoda, la relación con Webuy la llevas tú, la comunicación entre los ingenieros y el contratista... Una directora de proyecto no podía permitirse ausentarse en un momento tan crucial, Céline no se había implicado mucho en la gestión, había puesto toda su energía en el diseño, además, cuando aceptó hacerse cargo de la coordinación, Gabriela ya sabía dónde se estaba metiendo. Su jefa se había negado a dejarla ir al campo, ni siquiera el fin de semana. «Nos tomaremos unas vacaciones más tarde, créeme, yo también las necesito». Gabriela no se había atrevido a responderle que Céline no conocía el significado de la palabra «vacaciones», que mandaba mails a altas horas de la noche y hacía llegar sus comentarios varios días antes de la fecha acordada aun cuando estaba pasando unas semanas en una villa en Italia...

A veces en la vida hay que poner límites, pensó Gabriela mientras le escribía el mail en que explicaba a Céline su decisión (su presencia no era vital, su equipo era autónomo, en caso de emergencia siempre podría hacerse cargo otro jefe de proyecto). No iba a irse más que cuatro noches, un largo fin de semana, era una cuestión de salud mental, de respiración psíquica, volvería en mejor forma. Era la primera vez que desobedecía a Céline y no dejaba de justificarse. Siempre se habían llevado bien, no sabía por qué, pero Céline se había encariñado con ella, la había tomado bajo su ala protectora. Le había permitido acceder a su círculo íntimo invitándola a diferentes eventos, incluso le había hecho fantasear con un puesto de asociada.

Trabajando con ella casi a diario, Gabriela había descubierto a una mujer angustiada pero conciliadora, abierta a las propuestas de los demás, sobresaliente en la dirección de equipos, poco celosa de imponer sus ideas a expensas de una opción más interesante. Céline no se sentía concernida por esa megalomanía que acusan algunos jefazos. A veces Gabriela se había preguntado si esa imagen de mujer cruel, destructora de carreras, no era una exageración absurda. En su respuesta al mail de Gabriela, su jefa le recordaba su posición jerárquica y sostenía categóricamente que tomarse unas vacaciones en esa fase del proyecto era inadmisible. Gabriela acababa de despertar a la bestia. Al decirle que no, al imponer un límite, había activado un oscuro mecanismo en Céline, quien inició una campaña de acoso y la noche de su partida la llamó nueve veces. Gabriela al final contestó al teléfono, encajó una reprimenda e insistió tranquilamente en que todo iría bien. Necesitaba tomarse ese descanso, no era asunto de Céline, sino del departamento de recursos humanos: y según la política de empresa, tenía derecho a tomarse cuatro días de vacaciones. Le habían aceptado la solicitud, Gabriela se había asegurado de que el ingeniero no se presentaría a hacer sus comprobaciones hasta el miércoles, no iba a estar fuera en ningún momento crucial. Céline había montado en cólera, llegando a proferir veladas amenazas con toda tranquilidad. A Gabriela su reacción la cabreó, y decidió marcharse según lo previsto, en parte por orgullo, para no ceder al pequeño power trip de su jefa. De camino, no había logrado sacarse de la cabeza las afiladas palabras de Céline, las posibles consecuencias para el progreso de su carrera en Ateliers C/W. Lo que más molestaba a Céline, pensaba Gabriela, no era tanto el hecho de que se fuese como la negativa a someterse a su autoridad, que hubiese algo que escapara a su control. Durante sus largos años de carrera, nunca había sido capaz de tolerar una negativa, una puerta cerrada. Gabriela había trazado una línea y Céline se había propuesto cruzarla por todos los medios a su alcance.

Había revelado que llevaba dentro un pequeño tirano adormecido al que la mayor parte del tiempo lograba esconder, pero que vivía en ella.

¿De verdad Céline creía en ese estúpido juego de poder? ¿Cómo podía alardear de la colegialidad, el trabajo en equipo, la horizontalidad en las relaciones entre técnicos, arquitectos intermedios y séniores, y argüir sin ironía su superioridad jerárquica? «Tengo que hablar contigo, es urgente», le acababa de decir por mensaje. Gabriela volvía de su paseo, respondió enseguida. El tono de Céline era dulzón, Gabriela le notó en la voz una tristeza empalagosa que la sobrecogió. Se disculpó por molestarla, pero la situación había cambiado por completo debido a un artículo en el *New Yorker.* Ahora mismo estaba en todas partes. Había activistas y periodistas asegurando que el proyecto Webuy era perjudicial, pero no estaban teniendo en cuenta las necesidades de la comunidad, Webuy dinamizaría el sector, tal como habían demostrado los estudios preparatorios... Y esos estudios, ¿no los había dirigido Gabriela? No solo estaban atacando el trabajo de Céline, también el suyo, era imprescindible que defendiera su reputación. Céline de momento aguantaba, pero no estaba bien. Le estaban escupiendo públicamente, ella mantenía la cabeza fría, pero cada vez se sentía más frágil. Gabriela era un pilar esencial... Ella renegó en voz alta mientras hacía las maletas. Hizo un último repaso rápido por el chalet para apagar todas las luces y volvió a la carretera sin haber pasado la aspiradora. Transigiendo ante el chantaje de Céline Wachowski, tuvo la amarga sensación de estar faltándose al respeto.

8

Hacía algunos meses que la gente tosía, luego moría de esa tos; eso interrumpió y luego ralentizó el trabajo, hasta que en verano se reanudó. Todos los días llegaban curiosos a contemplar las obras, algunos llevaban una libretita en la que garabateaban motivos rúnicos descoloridos por el sudor de sus manos. En los medios ya no se hablaba ni del Complejo Webuy ni de Céline Wachowski. El verano trajo consigo programas de relleno que ofrecían divertidas crónicas sobre el mundo de las verduras y contaban las muertes diarias. A nadie le apetecía quedarse en la ciudad, ya no digamos trabajar en la ciudad. Para asistir a la lenta evolución del esqueleto que empezaba a emerger del suelo, había que enfrentarse a un calor sofocante, caminar o pedalear hasta las obras y luego volver a casa a darse una ducha y a intentar dormir bajo una sábana mojada. Cuando la ciudad se calentaba, había quien se prometía dejarla para siempre, pensando que muy pronto, con el calentamiento global, las olas de calor serían insoportables; la gente se compraba una casa en el norte o un aire acondicionado, y a fin de avanzar un poco en el trabajo trataba de olvidar los dedos mojados, los ordenadores sobrecalentados, los dolores de cabeza, los malos olores, la frescura atrayente de los centros comerciales y los muertos por asfixia. Tenían la salud debilitada por el virus, afirmaban tímidamente ciertos artículos que ya nadie quería leer, pero las muertes había que atribuirlas a esa atmósfera espesa como una sopa ácida que ahogaba Montreal, que la inundaba a través de sus arterias para luego fluir por las callejuelas que, por culpa de las obras de reparación que asolaban todas las calles, tenían que tomar sí o sí los coches para desviarse, interfiriendo así en el pícnic de las familias. Las piscinas llenas de orina ya no resultaban refrescantes. Los árboles crujían de sequedad y luego caían sobre los transeúntes. Los coches se incendiaban de forma súbita y luego los apagaban con el agua tibia que fluía de las tuberías municipales. Hacía calor. Era como si el escaso viento amasara el aire y, por fricción, aún lo calentara más.

El 1 de julio, Parc-Extension parecía una zona de guerra. Había aparadores y camas abandonadas en las aceras porque los camiones iban demasiado llenos. Los nuevos inquilinos abroncaban a los que aún no habían salido de la vivienda. Había quien pedía pizza en francés o en inglés, quien llamaba al restaurante de la esquina en hindi o en griego, quien se preocupaba por el retraso de los de la mudanza en español, en mandarín y en árabe, quien se despedía de los vecinos en vietnamita o en italiano, quien intercambiaba su número de teléfono en criollo, punyabí, bengalí o tamil. Unos y otras se prometían mantenerse en contacto, satisfechos de dejar atrás a unos vecinos odiosos, demasiado ruidosos o demasiado intolerantes con el menor sonido. La televisión y la radio prometían que aquel iba a ser el último verano en que llevarían mascarilla, en el Campus MIL y en otros sitios vacunaban a la gente, el cansancio y el calor la volvían irascible e impaciente. Familias a veces numerosas se movían de calle en calle, de barrio en barrio en coches hasta los topes; se dirigían a la periferia, al nordeste o al oeste. Para ir al trabajo eran dos horas de transporte por la mañana y otras dos por la noche. Los niños querían saber si volverían a la misma escuela, los padres les decían que ya lo verían más tarde. Las tías, las primas, los abuelos y los amigos echaban una mano y se pasaban cajas demasiado llenas con el fondo endeble. A veces había que dejar que la madre o el niño se quedaran vigilando las posesiones de la familia a la espera del segundo viaje. Una lluvia tibia aliñaba la tarde y destrozaba el cartón blando, remojando varios libros y algún que otro ordenador. Los nuevos habitantes entraban en sus viviendas saludando a los antiguos, diciéndose que les iba a tocar pintarlo todo a ver si eso eliminaba el olor a comida. Varias viviendas seguían desocupadas a la espera de que una propietaria demasiado ocupada hiciese arreglos para alquilarlas más caras.

Hubo también, así lo cuentan, gente olvidada. Personas que no habían sabido colarse entre los rets del mercado, que habían visitado varios apartamentos pero no los seleccionaron por no pasar los requerimientos económicos o porque en los círculos de propietarios su apellido, que no sonaba ni a inglés ni a francés, tenía mala reputación. Se vieron en la calle. Volvieron a vivir con la familia de forma temporal o con algún conocido generoso, esperando a que algo quedase libre en algún lugar. Los periódicos llevaban varias semanas titulando «Escasez de viviendas» y «Crisis de alquiler». Las asociaciones de voluntarios repartían botellas de agua durante todo el día e intentaban ayudar a quienes se encontraban en una situación precaria, ofreciéndoles soluciones temporales. Se les respondía con gratitud. Se les ignoraba por orgullo.

Al día siguiente, los medios hablaban de uno de los peores inicios de julio de la historia reciente. Según una militante entrevistada en el telediario, los efectos del Campus MIL y de la sede social de Webuy, todavía en construcción, ya se empezaban a notar. Los grupos de presión llevaban años prediciendo esa catástrofe. No era más que el comienzo.

Hasta que un hombre se mató tirándose de una pasarela. Fue a finales de julio, estaba tirado en la calle desde principios de mes. Los habitantes del barrio le llevaban comida al parque Athéna, donde vivía mientras tanto. Últimamente había encajado muchas desgracias. Como pequeño restaurador, se vio obligado a cerrar debido a las medidas sanitarias y a un aumento del alquiler de 1.500 dólares al mes, el local pertenecía a alguna compañía numerada que poseía la mitad de la manzana y con la que era imposible ponerse en contacto por ningún medio; siempre acabas en el mismo buzón de voz. Según los periódicos, había tenido que pagar una suma astronómica para hacer transportar y luego almacenar el fondo de comercio del restaurante. Su esposa, con quien había emigrado a Montreal siete años antes, había muerto de cáncer. No tenían hijos ni familia en el país. Solo algunos amigos, muchos conocidos. Se decía que el hombre, que seguía yendo a tomar su café después de haber acumulado algunos dólares pidiendo, aunaba en un mismo sufrimiento la muerte de su mujer, el cierre de su restaurante, la burocracia retorcida, las medidas gubernamentales y su desalojo, y estaba convencido de que todas esas cosas dependían de un mismo destino que se le había vuelto en contra. Dijo que desde que llegó a este maldito país no había vivido más que desgracias.

La historia fue compartida en las redes por mucha gente, con un retrato y un nombre, Greg. Una vecina que conocía bien a la pareja intervino en la televisión y denunció la subida de precios de los alquileres y los desalojos salvajes que llevaban sufriendo en su barrio durante tantísimo tiempo. Webuy, cuya nueva sede debía estar terminada la primavera siguiente, ya estaba corrompiendo la atmósfera, y toda la panda implicada en el asunto, los políticos, los empresarios, los hombres de negocios, deberían ser considerados responsables de su muerte. Los intelectuales analizaron lo que la prensa había tildado de «tragedia» como la culminación de la lógica real del neoliberalismo, que cuando ya no puede explotar a las personas no blancas o pobres, las expulsa y se deshace de ellas. En el parque Athéna hubo una manifestación en su memoria. La vecina, que en cuestión de días se había convertido en la cara visible del movimiento, habló a los micrófonos. A la lucha se unieron grupos de tendencias anarquistas y comunistas, y pusieron en circulación hashtags agresivos y memes comprometidos que se extendieron como la pólvora. Pronto la web iba llena de *#fuckWebuy*, incluso *#fuckCW.* Hubo varias crónicas que vincularon esta oposición con la polémica casi olvidada en la que se había visto mezclada la arquitecta unas semanas antes. En los artículos de opinión se utilizaban imágenes como «la gota que colma el vaso» o una «olla a presión». Volvieron a salir a la palestra las estadísticas abracadabrantes del 1 por ciento y el 99 por ciento.

Las manifestaciones esporádicas y festivas se convirtieron en semanales y atroces. La policía no hacía bromas con la ley. A las marchas acudían ciudadanos y ciudadanas de todas las latitudes y todos los barrios. Los agentes de la paz aporreaban a la gente y llevaban a cabo detenciones selectivas. Los chavales probaron sus primeros gases lacrimógenos. Los turistas, increpados en las terrazas, se llevaban una mala imagen de la ciudad y juraban no volver a poner un pie en ella. Cada vez aparecían más retratos de Céline en la pancartas, tachada con una X roja o pintarrajeada como una payasa. La trataban de vendida, de capitalista, de vaca, de puta, de perra. Fue en ese contexto tan desfavorable cuando se estrenó en Netflix la cuarta temporada de *Old House, New House* y se publicó «What's Ethical About Celine Wachowski's "Ethical" Architecture? Part II», firmado por Wendy P. Savall.

9

En agosto, algunos grupos estudiantiles votaron huelgas y las manifestaciones no amainaron. La multitud que desfilaba por el centro y por Parc-Extension vandalizó algunos comercios; hubo quien dijo que los manifestantes eran un atajo de saqueadores. Un domingo, en las calles de Ville-Mont-Royal se produjo un violento enfrentamiento entre la policía de Montreal y un núcleo de activistas que se separó en su huida y fue perseguido por unos agentes iracundos. Las familias pudieron contemplar cómo hombres con armadura equipados como soldados perseguían a unos jóvenes enmascarados y vestidos de negro en las inmediaciones de sus piscinas. En un parque del centro se reunió un contingente bastante numeroso blandiendo pancartas, la pequeña multitud esperó un cuarto de hora allí charlando, luego, al darse la vuelta, advirtió que acababa de ponerse en marcha. La multitud adoptó una forma oblonga y elástica, dividiéndose como gelatina en la luz roja para retomar luego su cuerpo natural a medida que avanzaba. Formar parte de la manifestación suscitaba ideas y pasiones renovadas. Los cánticos, los cuerpos amontonados atenuaban la soledad y permitían creer en la fuerza del número; el centro de la ciudad, con sus enormes y fríos edificios, sus aparcamientos subterráneos y sus estrechas callejuelas, era vivido como un temible fortín antirrevolucionario –al alzar el puño, ese tipo de ideas (motín, levantamiento popular, dictadura del proletariado) se te acaban pasando forzosamente por la cabeza–, todo parecía especialmente diseñado para acorralar a la gente en ratoneras e impedir que los gases lacrimógenos se diluyeran. La gente pensaba en Greg y en todas las vidas arruinadas que nunca aparecen en los periódicos. El fervor de los huelguistas y otros insurgentes de fin de semana vacilaba, pero no llegó a extinguirse. Llegó la desesperación, que fue digerida echando pestes de la cobertura sesgada de los medios. La justicia declaró inadmisibles las agresiones de la policía, y varios comentaristas políticos lamentaron que la represión no fuera más enérgica. Asaltaron y saquearon bufetes de abogados, ventilaron algunos comercios reventando sus escaparates, un coche de policía en llamas sirvió para calentarse las manos congeladas. Los analistas de izquierdas argumentaban que la gente estaba empezando a acusar los efectos más concretos de una veintena de años de recortes presupuestarios en el ámbito social. La postura de Quebec en materia de bienes raíces, evitando cualquier tipo de reglamentación demasiado intervencionista, era perjudicial para el tejido urbano. Ciertos estadísticos con pinta de enterrador afirmaron en las pocas entrevistas que dieron que en los últimos cincuenta años el precio de los alquileres y de los inmuebles se había multiplicado por treinta o cuarenta, y el salario mínimo solamente por diez.

Según las encuestas, la mayor parte de la población era contraria a la agitación social, que provocaba unos atascos enormes. A la obstinada mayoría silenciosa, este tipo de altercados la exasperaba. En esa época no eran pocos los que pensaban que era mejor dejar que el mercado se regulara a sí mismo e imperativo reducir la deuda del Estado. Las demandas de los manifestantes no eran claras. Utilizaban una jerga extraña, hablaban confusamente de gravar a las grandes fortunas, del impuesto de sucesión, lanzaban eslóganes contra las políticas de austeridad, las pancartas mostraban fórmulas radicales contra la evasión fiscal, el racismo y la misoginia. Mediante frases llenas de incisos, soñaban con un mundo menos cruel con los pobres y los excluidos. En sus emisiones diarias, los editorialistas subrayaban el carácter idealista de la multitud, insistían en esa confusión y se esforzaban por refutar cada una de las demandas, acudiendo a un análisis preciso de la Constitución canadiense y de la separación de poderes. Insistían en que una pandemia sale cara.

Una vivienda asequible se había vuelto más rara que un invierno sin lluvia. Cayeron chaparrones durante todo el mes de febrero, las temperaturas no descendieron por debajo de menos diez grados. Las aceras estaban tan heladas que la gente las recorría en patines. Las personas mayores esperaron a la primavera para salir a la calle, por miedo a resbalar con una placa de hielo y ser engullidas por un quitanieves apresurado, pagado a tanto por hora. En las calles comerciales florecían los locales vacíos. Centros comerciales más grandes que catedrales languidecían detrás de unas rejas que cerraban cada noche tras la jornada de la peluquería y la tienda de muffins. Los grandes árboles que habían crecido bajo un pozo de luz, orgullosos de amenizar las compras de las familias en los años dorados del centro comercial, morían por falta de riego. Ya no sabían qué hacer con las hordas de indigentes que se apiñaban en campamentos ilegales al borde de las autopistas. Sus tiendas se incendiaban. Periódicamente, los agentes de la paz desmantelaban sus viviendas improvisadas y les ponían unas multas obscenas. De vez en cuando, moría uno de frío.

Una noche, un centenar de personas se infiltró en las obras del Complejo Webuy, se encaramaron a su estructura inacabada y colgaron una inmensa pancarta que clamaba PROYECTO ASESINO Y DESTRU, porque de un lado no la habían enganchado bien. Webuy contrató a una multinacional de vigilancia privada, con dudosas conexiones con ciertas guerras civiles en África, para impedir el acceso las veinticuatro horas del día. Una muy esperada conferencia de prensa del primer ministro no condujo a nada más allá de llamar a la calma. A petición de Ateliers C/W, se organizaron unas negociaciones entre los portavoces de los grupos militantes. Aunque ya no era necesario, se respetaron las reglas de distanciamiento social. También estaban presentes los responsables de comunicación de la multinacional estadounidense y de la ciudad de Montreal. Había muchas esperanzas puestas en las explicaciones y el carisma de Céline para calmar la ira. Webuy insistió en que Pierre-Moïse y Gabriela estuvieran presentes en la reunión. La compañía difundió fotos de la mesa.

Los portavoces ciudadanos denunciaron un diálogo de sordos. En ese punto, Céline y Pierre-Moïse no pudieron sino coincidir con ellos. Céline se mostró comprensiva, atenta a los argumentos de los militantes, dijo estar de acuerdo con buena parte de sus posiciones; solo que sus objetivos y los medios para lograrlos no eran los adecuados. Céline llevaba una mascarilla con motivos de escamas y una gran capa Off-White que le colgaba por todas partes. Tenía el aspecto de una emisaria en la Tierra de alguna lejana galaxia. Pierre-Moïse trató de explicar que, mientras se manifestaban contra el Complejo Webuy, se estaban arrasando apartamentos y los grandes grupos financieros se disputaban el parque inmobiliario de Montreal; había compañías que estaban saqueando el norte quebequense sin pagar ningún impuesto y dejando el suelo devastado... En comparación con eso, la nueva sede de Webuy no era gran cosa. Incluso tendría efectos beneficiosos, ya que crearía unos empleos excelentes en sectores de vanguardia, prosiguió la alcaldesa. Céline, desesperada, se puso a incitar la revuelta levantando el puño y hablando fuerte. Su posición incomodó a los representantes de la ciudad y de la compañía. Decía que se sentía conmovida por aquellas y aquellos que se sublevaban y se solidarizaba con el movimiento. A las ciudades había que pegarles fuego una vez cada quince años. El Complejo había solicitado el desalojo de una decena de viviendas, lo cual, para un proyecto de semejante envergadura, que además insuflaría savia nueva en sectores de la ciudad deteriorados y desocupados, era excepcional. El edificio sería portentoso, uno de los que la hacían sentir más orgullosa de toda su carrera. Se trataba de embellecer Montreal, de hacer más fuerte la ciudad, más justa y más acogedora. Los portavoces les respondieron que la lucha ya no se limitaba a la sede de Webuy, que el Complejo era el símbolo de una dominación más amplia, de una violencia generalizada, de un sistema capitalista y neoliberal que se acercaba al precipicio. Céline y Pierre-Moïse eran los representantes de una casta milenaria. Ladrones, bandidos. A Céline le resultaba difícil defenderse de unas acusaciones que a veces le costaba mucho entender. La compañía no dijo una palabra. Los militantes abandonaron la mesa de negociaciones después de la cena para dar un golpe de efecto.

«What's Ethical About Celine Wachowski's "Ethical" Architecture? Part II» formulaba unas acusaciones que no satisficieron ni a la opinión pública ni a Céline Wachowski. Recordó que en la década de los noventa Céline había trabajado en la construcción de treinta cárceles en Estados Unidos. Uno de los episodios de la tercera temporada de *Old House, New House* fue examinado con lupa con el fin de mostrar las nefastas consecuencias de la construcción de una inmensa casa ateniense, diseñada por una antigua asociada de Ateliers C/W, que proponía un ideario triunfalista. La periodista entrevistó a tres familias que explicaban que habían intentado comprar el edificio pero que se negaron a venderlo a un precio razonable. Los fans del programa no veían las cosas de la misma manera y defendieron apasionadamente a su presentadora. La segunda mitad del artículo echó más leña al fuego de lo que los periódicos llamaban el «gruñido popular». Wendy P. Savall intentaba desentrañar los hilos de la complicada red que tejían Ateliers C/W y el grupo Invo con otros trust funds. El artículo manejaba el nombre de una decena de milmillonarios. La autora insistía: la narración, la demostración o la exposición, formas discursivas clásicas del periodismo, ya no bastaban para hablar del funcionamiento económico contemporáneo, que era inenarrable. No había mente humana capaz de seguir las infinitas fluctuaciones del dinero. La Bolsa estaba controlada por algoritmos que hacían variar el valor de las acciones a velocidades que se calculaban en nanosegundos. Los activos de Céline Wachowski viajaban a través tanto de grandes arterias como a veces de capilares apenas perceptibles, e irrigaban una serie de órganos cuya función era clara, definida, evidente, y otros, como el bazo o las amígdalas de sus finanzas, cuya función exacta era difícil de entender en el seno del monstruoso organismo que conformaba su fortuna. Era directora general y artística de Ateliers C/W, de la que detentaba la propiedad en un 30 por ciento a través del grupo Invo, creado veinte años antes para gestionar sus activos. El dinero llegaba a sus bolsillos después de haber fructificado en otras inversiones, innumerables empresas, algunas de las cuales eran muy conocidas en los ámbitos de la energía, el petróleo, los transportes, los cosméticos, los alcoholes, los seguros y los productos financieros. Ese sistema tan complejo daba lugar a tortuosos entrecruzamientos, sus haberes parecían el árbol genealógico de una aristócrata, donde los vínculos son demasiado estrechos y están demasiado entrelazados para garantizar que los descendientes no sean portadores de los defectos de sus antepasados. El análisis de ese entramado por parte de una economista había revelado ciertas irregularidades. Había identificado una decena de empresas zombi registradas a nombre de Céline Wachowski o bien pertenecientes a empresas que ella había dirigido en el pasado y cuyo propósito social resultaba impreciso. Parecía haber una curiosa serie de islotes desiertos, registrados en las cuatro esquinas del mundo, donde dormían unas sumas imposibles de evaluar. A continuación –y ahí el tono de la periodista se imbuía de un orgullo despectivo–, se habían detectado procesos de evasión fiscal que eran perfectamente legales, pero susceptibles de ser cuestionados desde una perspectiva «ética». En Irlanda había un despacho de Ateliers C/W que no parecía llevar a cabo ningún proyecto desde 2007, pero que revendía los planos diseñados por la propia empresa, con el fin de reducir los elevados impuestos con que en Quebec, California o Francia se tasaba a las grandes empresas. Por otra parte, también «vendía» servicios huecos, como derechos de utilización de su logotipo, con el fin de reducir sus beneficios netos al tiempo que conservaba los gastos internos. Era un juego de manos muy conocido y practicado por casi todas las grandes empresas, pero tratándose de una mujer que se declaraba comprometida, y que hasta las recientes protestas en relación con un proyecto tan controvertido era tenida en Canadá por una celebridad universal, todo el mundo tenía derecho a esperar un poquito más. Imposible saber si existían otras empresas inyectadas por dólares de Céline que no participaban en otros chanchullos legales.

El prestigio de C/W entre la opinión pública había caído en picado. Al menos en Quebec. La cuarta temporada de *Old House, New House* la había petado en Netflix, y en otras partes del mundo se hablaba muy poco de todo esto. Si una se fijaba en los comentarios bajo los artículos de *La Presse*, del *Devoir* o de Radio Canadá, Céline Wachowski no era más que una ladrona, una traidora, la acusaban de llevar más de cuarenta años destripando Quebec, de haberla llevado a la ruina. La gente como ella era responsable de la degeneración que había experimentado la sociedad después del referéndum de 1995. Algunos viejos intelectuales un poco lucha obrera firmaron editoriales que grosso modo venían a significar «¡mira que os lo habíamos dicho!», satisfechos de que por fin saliese a la luz la dimensión capitalista de la ideología de Wachowski, liberándolos así de las sospechas de misoginia que hasta entonces pesaran sobre su encarnizamiento con ella. Colaboradores jóvenes y comentaristas motivadas la llamaban abusadora, había cometido una violación simbólica, no era mejor que todos esos depredadores que en los últimos años habían estado cayendo como moscas. *La Presse* había hecho su propia investigación, en la que podían leerse nuevos testimonios que describían un clima de trabajo tóxico en Ateliers C/W, una atmósfera de «fascismo afectivo», según pudo leerse en el estado de Facebook de un antiguo empleado. Muchos pensaban que lo mismo podría decirse del ambiente de trabajo en la mayor parte de sitios, y tras semejantes testimonios entrevieron la mano oculta de algunos de sus exasperantes colegas, incapaces de llevar a cabo la tarea más sencilla o de someterse a algún tipo de autoridad patronal sin sentirse tiranizados; algunas de ellas llegaron a amañar algunos contratestimonios que hablaban del buen ambiente y del respeto que reinaban en torno a Céline. A otros, todas esas declaraciones para las que tanta valentía hacía falta los conmovieron, al punto de que se pusieron a imaginar todas las humillaciones, las heridas psicológicas y las penurias cotidianas que debían de acumular esas vidas rotas. Algunos textos desmenuzaban la supremacía blanca de la mentalidad de Céline Wachowski, otros analizaban el impacto de la gentrificación en las mujeres y en las personas racializadas, que estadísticamente eran las que en mayor medida sufrían las consecuencias de la crisis de la vivienda. Hubo muchas mesas redondas. La gente que la admiraba no osaba pronunciar su nombre y veía *Old House, New House* a escondidas. Las amigas no contestaban a sus llamadas y la transferían a su secretaria. Los seguidores de su perfil de Instagram dejaron de seguirla y en Ateliers C/W hubo dimisiones. Se avergonzaban de su empleadora o de una empresa comprometida con una peligrosa caza de brujas. Hubo cronistas reaccionarios que la defendieron, lo que no fue de ninguna ayuda. A un corresponsal en París que citaba unas «referencias» que habrían hecho sonrojar a Éric Zemmour no le bastaba una sola tribuna para berrear que Quebec estaba siendo envenenada por una moralina importada de los campus estadounidenses. Un paladín de la libertad de expresión que en el pasado había atacado en numerosos artículos el buenismo de Céline Wachowski –a la que con su gran agudeza consideraba miembro del lobby victimario cuyos tentáculos llegaban a todas partes– soltó sapos y culebras sobre ese pueblo por no aceptar su destino histórico; devastación de la ortodoxia pluralista. Según su pluma (pues a veces escribía literalmente con pluma, y aun muchas otras con tintero), Céline se había convertido en mártir de la desesperación nacional, la gran artista que los quebequenses ya no se merecían. La animaba a ser fuerte y a resistir ante semejantes intentos de censura.

Céline Wachowski había sabido caminar toda su vida por la fina línea que separa la moda pasajera de la perennidad, ni la riqueza ni el éxito la habían pervertido, en cada una de las formas que diseñaba había sabido encontrar la parte eterna de lo bello. Bastaba con visualizar todos esos edificios enormes y modernos en que siempre trabajó desde una conciencia pura, un ardor sincero, un ferviente deseo de dotar a los seres humanos y a las sociedades con lugares penetrantes y fabulosos. A sus casi setenta años, su época dorada parecía seguir prolongándose, cabía preguntarse si algún día dejaría de merecer el favor de los cielos. Eso fue antes del golpe fatal. «Céline Wachowski». Ahora el nombre resonaba en el valle desierto que vio acontecer el cataclismo.

Los encargos de Ateliers C/W empezaron a bajar, el asunto fue portada durante varias semanas. Céline empezó a perder pelo. En el desagüe de la ducha encontraba con terror grandes mechones. El estrés la dominaba. El mundo entero se había confabulado contra ella, nadie se atrevía a hablarle, a defenderla. Se visitó por dolores de estómago, pérdida de apetito, tortícolis, migrañas, temblores, hasta que su médico le sugirió que la fuente de su malestar podía ser la ansiedad y quizá también el tabaco, que acabaría matándola. Trató de dejarlo, lo logró, y volvió a fumar.

10

El majestuoso pórtico Art Decó del Bellechasse 305 estaba en el límite de la Petite-Patrie. El edificio ocupaba todo el terreno entre Henri-Julien y Drolet, sus grandes muros laterales estaban perforados por ventanas que daban a unas calles tranquilas. De no ser por el imponente techo de cristal, la gran caja de zapatos de ladrillo centenario, idéntica a otras que había en Nueva York y en Chicago, habría pasado desapercibida. Era el único edificio de ese tipo en una calle llena de bloques grises construidos en los años setenta, con un enorme almacén y pequeños locales comerciales que albergaban un garaje, un bar, una pizzería demasiado iluminada y demasiado cara y un bufet italiano que abría bajo demanda para eventos y rodajes; un rumor tan tenaz como improbable sostenía que allí Scorsese había rodado algunas escenas de *Uno de los nuestros*.

Céline entró por la puerta de delante. El ritmo del trabajo no había bajado, la gente corría de arriba abajo echándose encima el café que sostenía con una mano mientras con la otra hablaba por teléfono, en los Ateliers la atmósfera parecía tensa, las dimisiones de los últimos meses habían dejado oficinas vacías y huecos en el organigrama. Hoy empezaban dos diseñadores nuevos, la semana pasada habían contratado a una docena de técnicas. Se le había hecho un poco tarde, Pierre-Moïse la esperaba en su despacho. El día anterior, él y Céline se habían pasado toda la noche hablando por teléfono para ponerse de acuerdo sobre cómo enfocar el asunto. Monique, la directora financiera, se acercó a ellos manchada de café, se rieron amablemente de su torpeza, por lo menos no se había quemado. Céline le dijo que cogiera lo que quisiera del guardarropa. Trataba de encajar que llevaba una semana entera sin ir al frente, se sentía como una niña esperando un castigo por una falta indefinida que no estaba segura de haber cometido. Pierre-Moïse planteó todos los escenarios posibles e imposibles, y ninguno les era propicio: esa reunión extraordinaria solicitada por el consejo de administración se presentaba lúgubre. No había dormido en toda la noche y se había levantado a las cuatro de la mañana para prepararse, se había cambiado tres veces. Monique salió del guardarropa con una larga camisa negra que Céline no se había puesto en cinco años, «Si te gusta te la doy, ¡quédatela!».

«Todo el mundo está ya arriba, hay que subir». Un cuarto de hora antes, su secretario Anton había recibido a los socios que poseían acciones de la empresa y a los demás, los miembros del CA, recién llegados de París, de Londres, de Nueva York. En el ascensor, Pierre-Moïse sonreía, pero algo en su mirada preocupó a Céline. La abrazó a la altura de los hombros y empujaron la gran puerta. En la sala de reuniones, una docena de hombres de pelo canoso llevaban la mascarilla en la barbilla, trataban de poner el teléfono en silencio o compraban zapatos por internet. Dos de ellos intercambiaban secretos junto a la cafetera, otros se contaban chistes de un lado al otro de la habitación tratando de relajar el ambiente. La dama de cuello de cisne entró la primera, los asistentes esperaban verla con su sonrisa de siempre, pero no llegó; le estrechó la mano a todo el mundo con seriedad. La seguía un coloso de seis pies con dos –un abogado se dijo que debía de ser Pierre-Moïse, se habían intercambiado varios mails, pero era la primera vez que se veían–, y una dama rolliza de mejillas sonrosadas; las dos únicas mujeres y el único hombre negro de la sala; en el board de directivos, eso creaba un efecto extraño, difícil de describir. No tardó en sumarse al grupo una tercera mujer, la directora del despacho de París llegó justo a tiempo para el comienzo de la reunión.

Antes de las once, Céline ya había repetido tranquilamente y por tercera vez que no iba a retirarse del proyecto Webuy; pedir disculpas públicas era una opción, aunque implicaba reconocer los errores de los que les acusaban, y eso según su abogado podía traer problemas. Durante la pausa, el P.-D.G. de un gran grupo de ingenieros y el representante de un banco londinense la compadecieron junto a los brioches. Céline estaba metida en una situación delirante, y eso los abrumaba, los asustaba. Últimamente habían pensado mucho en ella, ambos coincidían en que el mundo estaba tomando un cariz que se les escapaba. La gente no entendía la importancia de Webuy para Montreal. Pronto todo el mundo iba a verse sometido al asedio de los nuevos valores morales. El responsable del comité de auditoría, director de una empresa de ecología digital con sede en Nueva York, trató de ser agradable y se ofreció a prepararle un café. Le preguntó si en todo ese chaparrón había tenido a alguien a su lado. Céline no respondió, señaló a Pierre-Moïse mordisqueando su chocolatina, tomó la taza y volvió a sentarse junto a su socia francesa sin decir palabra.

Después de la pausa, todos volvieron a meterse en su papel. El representante de los accionistas recordó la posición de los inversores. Para ellos estaba claro que –«with all due respect»– Céline Wachowski ya no representaba los valores de la empresa. Había que encontrar una solución. Se presentaron argumentos, algunas precisiones. Mientras esperaban el resultado de una investigación independiente, lo mejor iba a ser que Céline se retirase. Varios asociados protestaron y hablaron de catástrofe. ¿No les había anunciado ya que de todos modos tenía previsto jubilarse al término del siguiente plan quinquenal? En cuanto pasase la polémica podría volver. Con ella al frente de la firma los proyectos públicos se complicaban, la gente no quiere tratos con figuras controvertidas, prefiere evitar riesgos; los efectos de la polémica se estaban notando en todos los despachos. Había que pensar en el rendimiento y en el futuro de Ateliers C/W, con o sin la señora Wachowski. A veces todo tiene que cambiar para que nada cambie. Por supuesto, no era nada personal.

La mayoría de los socios accionistas, que dirigían otras ramas de los Ateliers, siguieron tranquilos todo el día. Pierre-Moïse fue rebatiendo uno por uno los argumentos presentados. «Un proyecto de semejante envergadura no se pone patas arriba a seis meses de la entrega, sería una falta de profesionalidad, de confianza de cara al cliente». Él llevaba más de veinte años trabajando con Céline, y el relato de los periódicos obedecía a un trapicheo en beneficio de los testigos. «Aquí se trabaja en condiciones difíciles y de tensión extrema, a veces nos abroncamos, pero nunca por falta de respeto», puntualizó Céline. Todo el mundo estaba de acuerdo en que el sistema en que vivían estaba viciado, que había algo podrido en la economía de mercado, pero habían tomado a Céline como chivo expiatorio: necesitaban ponerle una cara al enemigo y habían elegido la de una mujer poderosa. ¿Eso les sorprende? La directora de París insistió en la importancia de su nombre en el prestigio de Ateliers C/W, «si hoy nosotros estamos aquí, alrededor de esta mesa, es porque ella lo hizo posible. No somos solo números que uno pueda sustituir de forma aleatoria, nuestro trabajo exige un enfoque y una sensibilidad artísticos que se van desarrollando a largo plazo». Cerró con una propuesta: que los accionistas adoptaran una posición clara en apoyo a Céline Wachowski, eso enviaría una señal fuerte al público, a los clientes y a los medios. La sala quedó muda, un hombre que llevaba una corbata demasiado apretada se acarició la barbilla. Se tomaron una hora libre, el tiempo de comer algo. Pierre-Moïse y Céline lo encargaron en su restaurante habitual, un sitio pequeño conocido por la gente del barrio; salir y toparse con los militantes que seguían por la Bellechasse era demasiado arriesgado. En el despacho de Céline, Pierre-Moïse se mostró confiado. Era presa de una cierta euforia, Céline no lo había visto casi nunca tan apasionado, imitó a los viejos imbéciles del CA y logró arrancarle una carcajada.

Volvieron rápidamente a su sitio en la sala de reuniones. El tribunal se prolongó hasta bien entrada la noche. En cuanto se levantó la sesión, todos aquellos hombres importantes se metieron en sus aviones privados para un vuelo en el que recuperarían algunas horas de sueño. Los miembros del consejo de administración habían acudido a ejecutar una decisión de los accionistas, para obtener la mayoría de los votos no tenían más que convencer a algunos socios y que se pusiesen de su parte. Compadecían a Céline, pero no tenían margen de maniobra.

Céline estaba convencida de que la recapitalización de Ateliers C/W a finales de los años 2000 había sido su mayor error; en aquel momento, el teléfono de la recepción no dejaba de sonar, se amontonaban los mails y aparecían oportunidades extraordinarias, abundantes y a su alcance. Los grandes proyectos de finales de los noventa habían dejado su huella en la cultura arquitectónica, y Céline cosechaba el fruto de sus esfuerzos. Si quería que su empresa siguiera creciendo, iba a necesitar fondos; era un momento complicado, la crisis de las subprimes de 2008 había conllevado la entrada en el mercado inmobiliario de un sinfín de casas enormes, y eso reducía la demanda de nuevas construcciones. Ingenieros, contratistas, ferreterías, distribuidores de materiales, todos los eslabones de la cadena se habían visto afectados; la gente como mucho pensaba en redecorar su mansión en las afueras. La expansión de los últimos años aún no había sido monetizada y las inversiones simbólicas (en 2009 Céline pasó tres meses trabajando en la escenografía de un *Macbeth* memorable para la Metropolitain Opera) supusieron unos riesgos que Ateliers C/W podía permitirse, pero que les dejaba menos margen de maniobra. El director de finanzas de la época fue tajante: había que vender acciones. El 6 de abril de 2010, la acción NYSE (ACW) entró en Bolsa a 15,85 USD, y el primer trimestre experimentó un crecimiento del 11 por ciento. Céline odiaba las proyecciones a largo plazo, pero Pierre-Moïse iba dando forma al futuro de los Ateliers. Céline estaba convencida de que él era el único capaz de continuar su trabajo y de seguir imponiendo un estilo nuevo, una visión singular, una línea artística fuerte; ni conservadurismo ni negación del pasado; le habló de Yves Saint Laurent y de Christian Dior. Pierre-Moïse siempre había pensado que un día abriría su propio despacho, pero dirigir una firma tan mítica como Ateliers C/W le permitiría realizar proyectos inimaginables, grandes museos, salas de espectáculos y universidades con presupuestos importantes, y empezar como nuevo arquitecto, por mucho que su nombre fuese relativamente conocido, durante los primeros años implicaría tener que chuparse contratos pequeños para residencias de gente mayor y para la remodelación de locales gubernamentales. Los Ateliers tenían una reputación bien establecida a nivel internacional en el ámbito de la arquitectura pública y con vocación cultural, y eso le apasionaba. Había trabajado en la mayoría de los grandes proyectos de la marca y dirigía la oficina de Montreal desde hacía algunos años, pronto Pierre-Moïse dejó de ser tan joven, acabó de perder el pelo, le salió barriguita y celebró su décimo aniversario de convivencia con Nathan. Las revistas especializadas insistían desde hacía varios años en su papel central al frente de obras decisivas, pero su nombre era desconocido para el público. A Céline la seguían acreditando en toda una serie de concursos que ella no aprobaba sino el mismo día de la presentación, y nunca movió un dedo para cambiar la situación. A veces se enfadaba al leer un artículo que relacionaba su nombre con un proyecto en el que no había trabajado, luego concluía con confianza dirigiéndose al diseñador: «Ya llegará». O acaso los arquitectos no eran víctimas de una grave falta de reconocimiento social, nadie conocía los nombres de aquellas y aquellos que habían imaginado los edificios en los que se movían en el día a día, una amiga de Céline ignoraba que vivía en una torre diseñada por Mies van der Rohe en Westmount, ¿alguien se imagina una novela sin el nombre del autor, una película sin el del director? Es verdad que los starquitectos como Céline a veces hacían sombra a su equipo, toda la atención y el prestigio recaían en ellos, pero por otro lado esos nombres ilustres servían de locomotora de sus despachos. Para los clientes, los grandes nombres seguían siendo un sello de confianza, aseguraban belleza y destreza, pensaba ella.

En 2015, Céline le transfirió una parte de sus acciones a Pierre-Moïse y lo ascendió a vicepresidente y jefe de diseño. En aquella época, Céline ya casi no se dejaba ver por los Ateliers, había empleadas nuevas que desde que empezaron a trabajar no se habían cruzado con ella, del trabajo de campo se encargaba Pierre-Moïse, y a pesar de todo lo seguían viendo como el eterno segundón, el brazo derecho, tanto en las reuniones como en los mails dirigidos a Céline que a él le llegaban como si fuera su secretario. Para tranquilizarlo, Céline le contaba que al principio, cuando ella entraba en una sala de reuniones, la gente se volvía para estrechar la mano de su asistente, luego quedaban sorprendidos de que «C/W» abreviara el nombre de una *mujer.* En las obras era aún peor, los albañiles no siempre toleraban que quien les dijera que habían puesto mal el mortero fuese una joven elegante de cinco pies con dos. Como llevaba perfume y las uñas pintadas, Céline no podía ser creíble, siempre se daba por sentado que no sabía nada sobre técnicas y materiales, cuando en realidad ella era quien redactaba los presupuestos y revisaba los planos llenos de errores de los ingenieros. Por no hablar de los silbidos, los cumplidos inapropiados, las miradas insistentes, los es que usted no cuadra con la imagen que yo tenía de un arquitecto (Pierre-Moïse precisaba: «Hombre blanco de unos cincuenta años, excéntrico pero heterosexual, en traje, con gafas cuadradas»), se volvían para recordarte que, en principio, deberías ser un subalterno. A pesar del barniz de modernidad, la arquitectura es un ambiente globalmente machista, racista y de prácticas conservadoras; un día llamaron a la policía porque Pierre-Moïse entró en un edificio en desuso que se disponía a demoler, de haber sido blanco ¿los vecinos habrían llamado a la policía? Juntos soñaron con cambiar esa mentalidad caduca, y a su escala, a su manera, lo habían conseguido.

El lunes por la mañana, la noticia del despido de Céline Wachowski salió en la portada del *Wall Street Journal* y de todas las secciones de «Economía». Las acciones cayeron, en las radios hablaron fuerte. En Quebec, el ministro de Finanzas convocó un conciliábulo extraordinario y no respondió a las llamadas de los medios de comunicación. Cuando en la gran sala de reuniones, con una acústica impecable, cayó la cuchilla, Céline se quitó la mascarilla y renunció a cualquier tipo de comedimiento, entró en pánico, no quiso saber nada. No estaba dispuesta a comprarle a nadie un poquito de piedad a costa de unas palabras graciosas; que ella se retirara de la dirección de su compañía estaba fuera de toda discusión, más bien invitaba a los sorprendidos directivos a dimitir. Los accionistas no iban a ser capaces de ejecutar sus amenazas. Pierre-Moïse intentó una metáfora: «Cuando el mar está tranquilo, todos los barcos son igual de buenos veleros, pero cuando asesta sus golpes más duros, hace falta mucha magnanimidad para dejarse golpear con paciencia». «Cuando llegue la primera ola, me pides que lo deje todo», le aclaró Céline. Los accionistas deseaban sinceramente que Ateliers C/W continuara su buena trayectoria, pero consideraban que ahora el nombre de Céline Wachowski perjudicaba el sano crecimiento de la empresa. Había que verlo desde un punto de vista global, el desafío nos sobrepasaba a todas y a todos. Monique recordó los proyectos que había en marcha, Céline estaba ocupada con un teatro a las afueras de Beijing, nuestros equipos trabajan en la renovación de las pasarelas del zoológico de

San Diego, en los primeros bocetos de una torre en Qatar... Céline levantó la voz. «¿Quién os habéis creído que sois, vosotros, para entrar aquí y creer que podéis arrasar con todo? Hace cuarenta años que tengo mi compañía. Sin mí, esto no sería nada. –Señaló la sala, haciendo tintinear su brazo lleno de pulseras–. ¿Ahora resulta que al primer escándalo hay que tirarme a la basura? Pues vais a ver que así no es como se trabaja aquí». Se levantó, abrió la gran puerta. «If you are not satisfied, I firmly invite you to get out». Las cosas no eran tan simples; ella conocía demasiado bien la reglamentación y los mecanismos de gobernanza como para estar tomándose en serio su numerito, y eso los directivos lo sabían. El abogado recordó que, legalmente, había que votar sobre la moción de destitución. Se exigió un escrutinio secreto, se contaron los votos. Céline Wachowski fue oficialmente destituida de su cargo de presidenta del consejo de administración y directora general de Ateliers C/W. «Habrá una demanda, espero que tengáis buenos abogados». La sala se llenó de un silencio fatal. Anton habría preferido morir allí mismo que seguir presenciando aquello. Luchando inútilmente contra la corriente, Céline se estaba poniendo en ridículo, la escena era patética. Pierre-Moïse se levantó lentamente, se acercó a Céline y le propuso reunirse con ella en su despacho. Ella lo ignoró, hizo señas a Anton para que llamara a seguridad. Él miró a Pierre-Moïse, y este asintió. Un hombre y una mujer corpulentos y con gorras entraron en la estancia y ordenaron a los miembros del CA que salieran de allí. Descontentos, los señores salieron con una sonrisa en los labios y suspirando exasperados. Uno de ellos se vio obligado a volver porque había olvidado su teléfono, salió con la espalda contra la pared. Céline volvió a sentarse, hurgó en su mochila y sacó un pañuelo y unas gafas de sol. Dijo: «En cuanto no me tengan me querrán».

Abrazó al nuevo P.-D.G. interino de Ateliers C/W, «mañana nos llamamos», y salió al techo a fumar. La noche ya no era joven, pero el cielo estaba claro. Las luces dibujaban líneas rectas en las calles. Céline no podía pensar; dejó que el mundo entumecido girase sobre sí mismo. Monique acababa de aparecer en la terraza, Céline miraba los coches que fluían hacia el centro de la ciudad. «¿Todo bien?». Céline no sonrió. «Sí, sí». Monique tenía ganas de hablar. «Lo vemos más tarde», zanjó Céline. Justo antes de marcharse, Monique se permitió añadir: «En las revistas de economía ya había leído cosas parecidas, pero nunca imaginé que vería esto». Céline apagó el cigarrillo y se puso a caminar con ella hacia la escalera, repitiendo una antigua frase que había dicho y oído mil veces sin preguntarse si realmente se la creía: «Los negocios son los negocios».

III

En las calles de los alrededores aparecen letreros de «En venta» como champiñones. Los contenedores están colocados delante de las casas, la basura cae fuera, los solares se llenan de residuos y polvo que sofocan las hostas y las violetas de asno. Los carteles llevan caras orgullosas de dientes blancos. Marine va en bici, lleva la mochila llena de botellas de vino que al frenar tintinean. Se topa con un cartel vandalizado y se sorprende de que la sonrisa de las agentes de bienes raíces no sean blanco de un mayor rencor social, de que mostrar una seguridad tan despampanante cuando uno se dedica a ese oficio todavía resulte aceptable. Desde que ella y su novia hicieron una oferta de compra por un dúplex y el agente fue haciendo subir ilegalmente la subasta entre las dos parejas interesadas –una práctica que, según dicen, se ha convertido en norma–, a los corredores los detesta. A Marine le extraña que nadie los espere a la puerta de su casa para intimidarlos, tanto a ellos como a los promotores inmobiliarios y a los especialistas en chanchullos, cabe preguntarse si la población, en su guerra de guerrillas contra la propiedad privada, la especulación y el gran capital, no se ha rendido, estupefacta como está por las cartas de desalojo o las subidas del alquiler, quién sabe si demasiado ocupada comiendo en los restaurantes de moda después de comprar en tiendas de productos responsables de la avenida Beaubien; si una solo se fija en sus expositores con letreros de diseño, en las vitrinas prácticamente vacías y en las grandes estanterías blancas, todo muy instagrameable, a menudo es difícil saber qué venden; Marine se burla de esas tiendas, aunque para hacer un regalo hay veces que vienen muy bien. Es un tipo de comercio que parece acomodarse a la perfección con la lucha inmobiliaria que tiene lugar por encima de nuestras cabezas, piensa Marine, a veces uno de los combatientes pierde pie y aplasta una casa de tres pisos y en su lugar no tardan en construir una bonita casa nueva con el patio trasero protegido por una valla que la separa del callejón, una empalizada de unos diez pies de altura hecha de tablas pegadas unas a las otras que sirven para impedir las miradas curiosas que podrían ver nuestros grandes ventanales, nuestra iluminación de diseño y nuestras obras de arte.

En el semáforo, Marine ve a Nathan, un amigo al que conoció en la escuela de negocios HEC, ahora ya no se ven, pero cuando estudiaban juntos eran buenos amigos y por el barrio se cruzan a menudo. Nathan observa a Marine, la saluda con la mano, desde que se hizo portavoz de una asociación de defensa del derecho a la vivienda suele salir en las noticias; al terminar sus estudios de marketing tomó un camino diferente al de Nathan y la mayoría de sus compañeros. Nathan hacía tiempo que no veía a Marine, sabe que ha estado muy implicada en la movilización contra el Complejo Webuy. Aprieta los dientes y sonríe. El semáforo se pone en verde, Nathan cruza la calle corriendo. Pierre-Moïse lleva mucho tiempo trabajando con Céline Wachowski, Marine lo sabe, seguro que se cree que Nathan está necesariamente del lado de su novio, va a ser incómodo. Se saludan educadamente, se ponen al día mientras por la izquierda les van pasando bicis. Marine está embarazada, Nathan le mira la barriga, aún no se le nota, la felicita. En la tele se la ve muy bien, en los debates es hábil y elocuente. Digamos que el año ha venido cargado... Nathan se ríe, lo pilla. Para dejar de obviar el elefante en la habitación, le pregunta: «A ti todo esto tiene que ponerte en una posición difícil». No es fácil, no, sobre todo por Pierre... No es su tipo de proyecto, no es algo que le flipe, no le queda otra que defender una compañía que ellos siempre han boicoteado. En casa no hablan mucho del tema, además, qué vamos a hacerle. Marine lo entiende, Nathan añade que a Céline le vendrá bien que por una vez alguien la ponga en su sitio. Circulan acusaciones muy inquietantes, Nathan está de acuerdo (hace un gesto con la mano hacia Marine) de principio a fin, en el barrio la gentrificación es realmente salvaje. Ella le da las gracias y le cuenta que la semana pasada se enteraron de que Céline andaba demandando a todos los portavoces del movimiento; estamos un poco agobiados. Quiere cerrarnos la boca con las costas de los abogados, es tan típico, pero igual jode. Y podría salirle bien. Nathan se hace el sorprendido: «Vaya guarrada...». Marine y otras personas que han recibido el requerimiento quieren dar un golpe de efecto, atacar su casa para demostrar que eso de poner una barrera entre la vida pública y la vida privada es un privilegio. Queremos demostrarle que el capitalismo tiene un impacto real y concreto en personas reales. Lo único que sabemos es que vive en Westmount, pero no dónde. Ya no está en Westmount, está en el bulevar Gouin, junto al río, responde Nathan. «Tendríamos que haberte llamado antes, podrías haber sido nuestro informante secreto» Ambos ríen.

Marine y su novia están buscando algo para comprar y los precios no tienen sentido. Eso le confiere una dimensión muy concreta a su compromiso contra la especulación inmobiliaria, «al principio mi novia no estaba muy implicada, pero ahora está más harta que yo». A veces se preguntan si el hecho de ser dos mujeres jugará en su contra, «somos blancas, y a Ariane la avalan sus padres, imagina si tuviéramos nombres africanos o magrebíes». Allí de pie en una esquina, Marine no tiene tiempo de explicárselo todo a Nathan, pero desde que trabaja para un organismo especializado en el acceso a la vivienda le va quedando todo claro, identifica conexiones inesperadas, tan concretas e invisibles como el alcantarillado bajo las calles, a Marine y a sus colegas se les van revelando los mecanismos de nuestro mundo, sabe que la Ciudad está a punto de dar un gran giro, algo con lo que la élite política y económica lleva mucho tiempo soñando en consejos de administración, en reuniones de cargos públicos a puerta cerrada, en cenas con las cortinas echadas y en pasillos de los departamentos universitarios, donde se habla de un futuro dorado para Montreal, el viejo sueño de una ciudad que alcanzaría por fin la madurez del mercado inmobiliario internacional les ha puesto las pilas a los lacayos de las finanzas, sus planes están germinando en la HEC y en las asociaciones de propietarios, y hacia finales del verano darán los primeros frutos, unos frutos que trocearán de forma grosera y meterán todos juntos en un bol enorme, por encima le echarán un zumo prácticamente agrio y unas cucharaditas de azúcar blanco para tapar el sabor, y al final se atiborrarán de esa embriagadora mezcolanza en los veleros de los promotores, en los lujosos chalets de los dirigentes sindicales, en los bufets de un gabinete de ingenieros o en la party de Navidad de un despacho de abogados. Todo eso Marine no se lo puede explicar a Nathan allí de pie en una esquina, revelarle el giro inesperado que tienen preparado aquellas y aquellos que llevan tiempo diciendo y volviendo a decir que Montreal lo tiene todo para ser como una de las grandes ciudades de Norteamérica, para atraer a las sedes sociales y a los estudiantes internacionales que puedan pagarse la matrícula, Vancouver, Toronto, Nueva York, San Francisco son ejemplos a seguir, mercados donde se juega fuerte, ciudades talismán cuyos nombres se repiten como un mantra. Según la casta de dirigentes que Marine está aprendiendo a conocer día a día, la planificación urbanística de Montreal es ideal para que emerjan de sus suelos contaminados modernas torres de apartamentos de lujo, el consejo municipal fomenta ese tipo de iniciativas, que aumenta la densidad de población y contribuye al proyecto socialista que cree defender. En las cenas de gente influyente se dice a media voz, con la mirada llena de esperanza, que aquí es donde suceden las cosas, que es el momento, que en los próximos años se producirá el bombazo, Toronto, Vancouver, todo eso ya fue, se ha vuelto demasiado loco, el gran capital internacional ha entrado en juego y algunas ciudades están preparando reglamentaciones municipales parecidas a las de los países nórdicos, catastróficas para las grandes inversiones y los especuladores. Aquí también hay alguna que otra ley, pero no se aplica casi nunca, los inquilinos con los que trabajan Marine y sus colegas quedan espantados ante la lentitud de los procesos judiciales, a veces no hablan ni francés ni inglés, no siempre conocen la existencia de un tribunal de la vivienda, cuyos jueces se ponen siempre del lado de los propietarios, pues ellos mismos lo son. A las estudiantes extranjeras y otra gente con visa temporal no les importa que los precios suban, con el dinero de sus papás se alquilan cualquier cosa al precio que sea; en septiembre, un tipo que Marine conoce hizo un negocio en efectivo en el Mile-End convirtiendo su gran apartamento en un piso compartido y alquilando cada litera por 500 dólares al mes. Marine no sabría decir por qué, pero la gente es sorprendentemente cobarde, más negligente que en otros sitios, no le gusta la confrontación y tiene miedo de molestar a los propietarios, de suponer una traba y dificultar las obras que llevan a cabo para dividir un gran piso de seis habitaciones en dos lofts oscuros; basta con pagarle a los anteriores inquilinos un viaje al Sur, un regalo que a ellos les parece generoso y por el que te dan las gracias de rodillas. Tanto se arrodillan que acaban rompiendo una baldosa. Cuando se le presenta la oportunidad, Marine describe esa red subterránea: el juego de relaciones entre gabinetes de ingeniería, políticos, empresarios y mafia produce unos argumentos más emocionantes que las teleseries que ven Marine y Ariane, hilos sueltos que van conformando un gran tapiz del que apenas empiezan a discernirse los primeros motivos, pero a la vuelta de la esquina termina rápidamente. Nathan le desea que encuentre algo pronto, él tendrá los ojos bien abiertos, en su calle hay varias casas en venta. Marine le da un abrazo, se despiden y se desean buena suerte.

La conversación del día continúa con los colegas de Nathan. En 2003, cuando nosotros compramos, el ambiente del barrio no tenía nada que ver con el de ahora, no sabíamos que iba a ponerse tan cool, cuando los nuevos ricos («como nosotros», añade Pierre-Moïse) asaltaron el lugar, la Petite-Patrie era un barrio de yonquis y camellos, sus vecinos eran casi todos maleantes, recuerda Nathan, de los que se pasan la tarde bebiendo una birra Labatt Bleue tras otra en el balcón y contando los coches que pasan. Cuando compraron el edificio en el que llevaban tres años viviendo alquilados, su novio y él tuvieron que reñir con la señora del primer piso, que se negaba a abrirles la puerta a los albañiles que contrataron para aislar las paredes, en unos años la pareja tenía previsto convertir el edificio de tres viviendas en una casa unifamiliar y acondicionar el patio, pero su sensibilidad ante las desigualdades sociales les impedía echar a Linda, por más que estuviera completamente loca y les gritase a la primera de cambio amenazando con denunciarlos, cuando ellos lo único que querían era arrancar el asfalto con el que ella había cubierto el jardín en los años ochenta. Linda acabará mudándose, repetía Pierre-Moïse, ha tenido una vida complicada, afirmaba sin conocerla realmente, Nathan creía que debía de tener problemas de consumo, iba descuidada, llevaba el pelo desteñido y suéteres manchados, a veces la oían hablar sola a gritos en mitad de la noche. Puede que a la pobre Linda las drogas y el alcohol le permitiesen aplacar viejos sufrimientos, «no todos llegamos al mundo con las mismas ventajas», y aun cuando la pareja estaba impaciente por transformar el edificio en una casa grande que diseñaría el propio arquitecto, las cosas había que hacerlas en su debido orden y con respeto. Todos esos buenos pensamientos se derritieron con las nieves de primavera cuando Linda, en un arrebato de agresividad, le dedicó a Nathan unas palabras duras y crueles, le dijo a la cara: «Cuando más te enfadas más marica». Linda le soltó el hiriente comentario imitando sus gestos, Nathan se había visto obligado a mostrarse firme, a levantar la voz para que pagara el alquiler atrasado hacía ya varias semanas, ese papel autoritario no cuadraba con él, una actitud que había aprendido a controlar salía ahora a la superficie llevada por la ira; con ese insulto, Linda ponía el dedo en una vieja llaga, «marica», Nathan no lo oía desde que iba al instituto, cuando era víctima de ese tipo de maldades a diario. No era la primera vez que Pierre-Moïse y Nathan oían a Linda utilizando un término vulgar, pero nunca se había atrevido a insultarlos directamente. En ese momento Nathan dejó escapar una risita nerviosa, fue algo tan grosero, directo e inapropiado que, comentándolo con los amigos se dieron cuenta de que Linda, con quien habían sido tan comprensivos, pacientes y tolerantes, en el fondo era una mujer retrógrada, o acaso no se había referido al color de piel de Pierre-Moïse de un modo desafortunado, hoy en día ese tipo de expresiones eran intolerables, de eso los amigos de Nathan, de Pierre-Moïse, no tenían la menor duda, opinaban que la inquilina debía asumir las consecuencias de sus palabras. El martes siguiente, Linda recibía su carta de desalojo. La vivienda la dejó en un estado deplorable. Hubo que rehacerlo todo, las paredes estaban impregnadas de alquitrán de cigarrillo, los antiguos propietarios las habían aislado con serrín, papel de periódico y harapos.

En la terraza hace fresco, Nathan invitaría a la gente a pasar al salón, pero prefiere quedarse fuera para evitar los riesgos de contagio. Pierre-Moïse y Nathan están vacunados y ya no tienen mucho miedo de la enfermedad, pero algunos de sus amigos prefieren ser prudentes. Pierre-Moïse cuenta al pequeño grupo reunido alrededor de la mesa: «Es una locura lo rápido que está cambiando el ambiente en el barrio». Los italianos han emigrado hacia el norte de la isla, las comunidades latinoamericanas desaparecen dejando tras de sí alguna que otra tienda de comestibles, la mayor parte de la gente que está invadiendo la zona son familias blancas adineradas, parejas de jóvenes profesionales que esperan a tener niños para mudarse a las afueras, siguiendo esa oscura pulsión, ese tópico según el cual creces en mejores condiciones y tu prole está menos jodida si se cría en un terreno de césped bien cuidado. Desde hace unos cinco años, cada vez se ven más tipos que trabajan en temas de informática, a los veintinueve años pagan en efectivo su apartamento renovado de 700.000 dólares, dedican el fin de semana al gaming a todo volumen echados sobre la alfombra y casi ni salen de su casa con aire acondicionado, donde reciben comida y media docena de pedidos de Amazon a la semana, dejan bolsas de basura tiradas en sus envidiables terrenos y luego pasan por el lado como si no las vieran, eso a Nathan le sienta fatal, que la gente sea tan descuidada con unos espacios a los que mucha gente no tiene acceso. Cada vez que se cruza con su vecino, que es programador en un sector que él no entiende, por mucho que lo salude cortésmente no puede evitar pensar que ese treintañero que siempre se viste con las mismas tres prendas grises o negras –y ahí adopta un tono burlón y despreciativo que solo utiliza tras la primera botella de vino– es una especie de incel que, cuando no se pasa la noche viendo una pornografía infantil que no es ilegal por el mero hecho de haber sido dibujada por algún dudoso artista manga, seguramente se quejará en algún oscuro blog de las mujeres demasiado mojigatas y de las etnias. Una vez por semana, ese vecino del que Pierre-Moïse habla sin bajar el tono de voz («anyway no entiende el francés»), invita a sus amigos a una partidita de beerpong, y entonces ves llegar a esos frat boys con sus botellas de cerveza artesanal («parece el principio de una peli porno», apostilla Nathan), que es el fertilizante al que acuden para alimentar los brotes montrealeses de esa bro culture importada de los campus americanos y que no solo se expande gracias a la filial de McGill, donde acaban por triunfar muchos estadounidenses que desprecian los community colleges y que no han sido aceptados en las grandes escuelas, sino gracias también a los canales de YouTube y los threads 4chan, donde la transcripción de una conferencia de Slavoj Žižek comparte espacio con bromas crípticas sobre Pokémon, teorías conspiranoicas tanto absurdas como plausibles, o incluso auténticas sesiones de desahogo verbal para white-angry-heterosexual-males en celo, que gritan con enorme virilidad cada vez que la pelotita blanca cae dentro del vasito de su adversario. Nathan ya ha confesado alguna que otra vez que esos balbuceos de macho le parecen levemente excitantes; Pierre-Moïse se burla de él, Nathan se pone rojo de vergüenza. Seguramente todos tienen un perfil anónimo en Grindr, bromea Pierre-Moïse, así que, si insiste, igual Nathan tiene posibilidades. Para cambiar de tema, Nathan concluye que invaden el barrio tan tranquilamente con sus Porsches mal aparcados y sus referencias oblicuas, casi indescifrables para el común de los mortales, sobre las auténticas intenciones de Barack Obama.

Al igual que cientos de otras conversaciones sinuosas, que a veces se prolongan durante toda la noche y se pierden ya de mañana entre los vapores de vino naranja y el tintineo de las botellas vacías en el cubo de reciclaje, esta charla tiene lugar en la azotea. A pesar de las limitaciones de espacio, Pierre-Moïse encontró la forma de crear una terraza íntima, cuando diseñó los planos de la casa y no le pidió su opinión a Céline temió herirla, tenía la desagradable sensación de estar rompiendo algo en su relación, Céline nunca levantó una ceja, nunca hizo el menor comentario sobre el lugar, y sin embargo Pierre-Moïse, durante todo el tiempo que duró la planificación y la construcción, se vio acuciado por la sensación de estar traicionándola, por no darle la suficiente bola a lo que ella le había enseñado, la casa carece de ese aspecto extravagante que a menudo presentan las creaciones de Ateliers C/W, pasa desapercibida en el barrio y se mezcla con el paisaje de una forma bastante sabia. Si empezase a hacerla hoy desde cero cambiaría muchas cosas, a veces le enumera a Nathan todas las mejoras que le gustaría hacer, nunca estás satisfecho, siempre quieres cambiarlo todo, empezando por la gran tira de acero corten sobre la puerta de entrada que luego sube hasta el techo, le parece que ese material ya está pasado de moda, que cuando se decidió a ponerlo estaba cediendo ante un imperativo del presente; Céline le ha enseñado a desconfiar de las modas, pero a veces, cuando más creemos que nos estamos alejando de ellas es cuando más las estamos siguiendo sin siquiera darnos cuenta, hay que mantenerse atento a las líneas negras que nos llegan desde lo más profundo de los tiempos y siguen oscureciendo este mundo nuestro, demasiado blanco, demasiado claro, Céline sabe defender la necesidad de la opacidad, para ella es un reflejo natural, casi vital, y Pierre-Moïse, a pesar de que racionalmente está de acuerdo con los principios estéticos de su socia, nunca ha logrado integrarlos en su práctica, en su sensibilidad. Siempre se siente más ingenuo, más demodé, más permeable a las diferentes tendencias, y eso a veces Céline se lo hace notar. Pierre-Moïse radiografía el aire de los tiempos fijándose en los decorados de viejas teleseries o en algunas cuentas de Instagram que le encantan; el diseño y la decoración no dejan de alimentarse de modas antiguas, hay que prestar atención a lo que a punto está de resurgir, a Céline, que no deja de merodear por sus pensamientos, semejante idea le parecería exagerada, ella que sabe combinar los materiales para que sus construcciones duren, los jóvenes arquitectos y los diseñadores cuyas carreras él sigue con interés citan sus creaciones y comparten fotos inspiradoras de sus primeras casas. Pierre-Moïse no admira a Céline tanto como algunos fanáticos, se siente mal situado para mesurar su fuerza creativa, puede que esté demasiado cerca de la fuente, pues conoce todos sus defectos, y de una forma muy íntima su método de trabajo, la biblia integral de sus reflexiones sobre el mundo. No hay nada en su vida cotidiana que sugiera que tiene más gusto, mayor pertinencia o calidad que cualquier otro, y sin embargo los resultados son indiscutibles. Encandila a todo el mundo. Pierre-Moïse la ve entrar en su despacho, sin aliento, la ve corroída por el estrés, preocupada, atenazada por el miedo de no encontrar la idea, de no saber esbozar la forma correcta, de llevar a cabo un proyecto en piloto automático, aplicando una receta, que es algo que en ocasiones les sucede a todos y a todas; en una carrera que requiere de tanta intensidad artística, a la hora de realizar algunos proyectos menos llamativos es perfectamente normal. Se siente muy unido a esos edificios que, hablando con una amiga, acabó definiendo como *obras de transición*, Vanessa, la colega de Nathan, ha elaborado una tesis sobre Elia Kazan, cuya carrera obedece a un sistema en que cada gran película llega acompañada de otras obras más discretas que la crítica kazaniana suele considerar fallidas, pero en las que Vanessa, a fuerza de visionados, ha sabido hallar pequeñas maravillas, momentos que se cuentan entre los más hermosos de toda su filmografía, tantos detalles importantes y grandiosos que la han llevado a proponer una teoría según la cual esas películas consideradas «menores» serían laboratorios en los que Kazan inventaría procedimientos, formas de hacer, sensaciones que acabará reutilizando en otras películas. Esas obras muchas veces menos brillantes, le cuenta Vanessa durante una larga conversación en torno a un vino rosado, son el hilo en el que Elia Kazan enhebra sus perlas, y sucede que Vanessa prefiere el hilo a las perlas, tiene la impresión de que esas películas son más personales, menos icónicas y brillantes, imperfectas, pero más encantadoras. Vanessa daba forma sin saberlo a una impresión que Pierre-Moïse no había logrado poner en palabras, pero según él eso es exactamente lo que sucede con las obras menos brillantes de Ateliers C/W, con los edificios y las casas que a veces, acuciado por las ridículas expectativas de los clientes, él mismo diseña sin pasión, proyectos puede que no tan logrados, pero que a pesar de todo le apasionan, paseando por ejemplo por el Ayuntamiento de Mégantic puede sentirse conmovido hasta llegar a las lágrimas, lo mismo que sucede con la colección de libros raros de la biblioteca de la universidad de Louvain-la-Neuve o con algunas de sus casas menos conocidas, la Tree House a las afueras de Dublín, o incluso la Maison Dix cerca de Morin-Heights, diseñada por Céline a principios de los años noventa, es como si cuando el genio luchara por despertar, cuando no respondiera a rituales ni invocaciones y se negara a manifestarse, quien se expresara fuese el individuo que lo contiene, con todos sus defectos, sus deseos incumplidos, sus dudas y sus cuestionamientos. Eso a Pierre-Moïse le emociona.

Desde su terraza en la azotea tienen vistas a la montaña y a las puestas de sol más bonitas de toda la ciudad; unas pocas calles más al sur también pueden verse los Ateliers C/W, la imponente presencia del edificio le recuerda las cosas que le quedan por hacer, los proyectos que desarrollar, las presentaciones de proyecto que organizar, las tensiones internas, los conflictos larvados con un empresario negligente o una firma de ingeniería que plantea una queja inútil tras otra sobre un plan ya conformado. Si no quiere tener el curro en su campo de visión, a Pierre-Moïse le toca huir, salir de la ciudad, esconderse en los montes Laurentinos, donde se escapan él y Nathan a la menor oportunidad. A la azotea se accede por una escalera de emergencia de hierro forjado, debido a las numerosas escaleras la casa da la impresión de ser más alta de lo que es en realidad, originalmente el edificio constaba de cuatro pisos incluyendo el sótano, que hubo que desmantelar para dar paso a esta singular morada de rellanos, donde cada estancia está separada de las otras por unos cuantos escalones, Pierre-Moïse se inspiró en la casa Horta, que había visitado en un viaje a Bélgica, quiso recrear esa misma confusión vertical que sintió él al visitar la obra maestra del arquitecto belga, cuando pasas de una estancia a otra ya no sabes a qué nivel te encuentras, de qué lado estás, y es que las líneas del apartamento producen esa sensación de intercalado natural entre estancias por medio de las cuales deambulas de un piso a otro, una manera de dividir minimizando el uso de tabiques. Inspirándose en las lecciones que extrajo de un estudio minucioso del trabajo de Tadao Andō, su arquitecto favorito, Pierre-Moïse se entregó a un paciente juego con los puntos de vista, desde la cocina pueden verse el salón y una parte del despacho, consiguió preservar la intimidad requerida para concentrarse, había que pensar en todo, trabajar las alturas y utilizar inteligentemente los inusuales vacíos que creaban las escaleras, el sótano no parecía un sótano, la gran ventana vertical se hundía varios pies bajo tierra, en un gran brocal que confería a ese piso una luz natural de la que muy pocas veces puede disfrutar. Vista desde fuera, podía dar la impresión de que la casa tenía pocas ventanas, como era una esquina muy transitada había tenido que reducir el número de aberturas que daban a la acera, y Pierre-Moïse quiso crear una atmósfera muy íntima, un caparazón en el corazón de la ciudad, una casa en la que poder olvidarse del barrio, del mundo exterior. La esquina acristalada en la planta superior, que recibe toda la luz de la tarde y la difunde desde el comedor hasta el salón, así como las otras ventanas, distribuidas juiciosamente, aseguran a todas las habitaciones una luz natural que permite cultivar plantas tropicales durante todo el año. Una casa modesta para un hogar con el nivel de ingresos que ellos tienen, pero están a gusto, en el barrio que tanto aman y que consideran el auténtico corazón de Montreal. Además, para almacenar material deportivo, bicicletas y libros sobrantes siempre tendrán la casa de los montes Laurentinos, junto al lago.

Es tarde, por el parque Dante, dominado por la gran iglesia roja que se desvanece en la oscuridad, aún vagan grupos de jóvenes. Algún vecino menos tolerante que ellos acabará llamando a la policía para quejarse del ruido. Por encima de la terraza planea un viento malicioso. En la mesa se amontonan platos sucios, las pequeñas corrientes de aire ya se han puesto manos a la obra a secar los restos de salsa y mustiar la ensalada, las copas de vino están manchadas de huellas grasientas, hay un queso apenas empezado apartado junto a un geranio. Céline fuma mirando al cielo. Nathan le sirve un poco más de oporto, una buena botella que ha comprado especialmente para ella, Pierre-Moïse bebe su enésima copa de tinto. El tiempo es húmedo y pesado, las tomateras están cubiertas de un rocío que gotea en los cristales y se condensa discretamente bajo las gafas de Céline. Es la primera vez que Pierre-Moïse la ve llorar sin que sean lágrimas de alegría por una buena noticia. Ella se avergüenza de haberse mostrado tan frágil y bebe un sorbo de oporto tratando de sobreponerse a una nueva oleada de lágrimas, luego se enciende otro cigarrillo. Esta noche todo parece perdido. Cuanto ha construido ya no vale nada, la han desposeído de su obra, de una parte de su vida, y encima le hacen sentir que no debería rechistar, ni enfadarse tampoco, al parecer debería aceptar pasivamente el destino cruel que han cocinado a sus espaldas. Céline ha levantado un imperio con sus propias manos y los que explotan ese reino, los que sacan de él un considerable provecho, ahora la destierran violentamente, le prohíben acceder a sus tierras, a su pueblo. Ha hecho su humilde contribución para mejorar el mundo, ha hecho todo lo posible para que la sociedad sea un poco mejor, y se le echan encima con acusaciones falsas, la castigan por su éxito arrebatándole la dirección de una empresa que ella misma fundó y en la que ha depositado todas sus esperanzas, toda su energía. Esta noche se arrepiente de todo: de cada decisión empresarial, de cada elección de vida, de cada sueño audaz y de cada proyecto estúpido que ha contribuido a imaginar y a realizar, de todas sus amistades, de sus relaciones personales y profesionales, hasta de haber elegido esa carrera. Debería haber llevado una vida más discreta, una vida como la de su madre. Vuelven las lágrimas.

Nathan y Pierre-Moïse la compadecen, pero le recuerdan que Ateliers C/W seguirá existiendo, portando su legado. Eso a ella tanto le da, Céline no está interesada en la continuidad de las cosas. Por ella los Ateliers podrían cerrar. Mañana por la mañana se reúne con sus abogadas, los responsables de este chanchullo lo van a pagar caro. Habla de Rémi de Courcis,

Pierre-Moïse levanta la mirada al cielo. ¿Quién es?, pregunta Nathan. Un empleado incompetente a más no poder, peligroso para los Ateliers y para nuestros clientes. En *La Presse* dio un testimonio anónimo contra ella, imposible no reconocerlo tras el relato deformado de los hechos, le dio unas broncas enormes a ese imbécil y no lo lamenta en absoluto. Rémi es probablemente la única persona en su vida que ha logrado cabrearla de verdad. Ahora que tiene a todo el mundo en contra, él aprovecha para vengarse. Pero ¿qué le habéis hecho?, pregunta Nathan con una sonrisa. Hablarle demasiado fuerte, comentarios severos, alguna rabieta, eso seguro. En cuarenta años de carrera, Céline no se ha salido mucho de sus casillas, la gente culpa tanto a las mujeres de ser emocionales que ella ha aprendido a guardárselo todo dentro. En nuestro mundillo hay jefes y luego hay empleados, así es como funciona un equipo; de momento no se ha encontrado otra fórmula. Llegar a tu primer día de trabajo pensando en hacer la revolución no tiene sentido, añade Pierre-Moïse, y añade que la arquitectura es una disciplina jerárquica que igual no conviene a todo el mundo. A veces se pregunta si, en este ambiente profesional donde se valora la sumisión, la obediencia, su timidez natural no le habrá ayudado, claro que te dirán estás invitado a compartir tus ideas, tu opinión, pero lo que de ti se espera es un silencio educado, una conformidad satisfecha, cuando tenía veinte años y debía hablar en público, Pierre-Moïse se veía siempre invadido por una inexplicable censura interior, el miedo a equivocarse en una sílaba y quedar en ridículo se le agarraba a la garganta, le tensaba la mandíbula, no encontraba las palabras y tenía que hacer un esfuerzo considerable para llenar ese vacío. Sus primeras prácticas fueron en un equipo responsable de los pedidos de puertas y ventanas para unas obras importantes, su primer empleo fue en el departamento de representación gráfica de Ateliers C/W, y en esas experiencias profesionales inaugurales se enfrentó a los complejos sentimientos que la realización de un sueño conlleva: el sueño se disipa, muy pronto se ha olvidado, estás haciendo lo que siempre has querido hacer y ni siquiera tienes tiempo de darte cuenta y alegrarte por ello, cuando la niebla se dispersa deja aparecer la realidad práctica, las tareas, la faena. Un superior le encargaba poner en imagen el fruto de la imaginación de los demás, según los métodos de los demás para satisfacer los deseos de los demás, no es que Pierre-Moïse tuviera ninguna tendencia a la sumisión, odiaba recibir órdenes, había sido capitán de un montón de equipos de voleibol, su personalidad le había valido el papel de líder en sus grupos de amigos, la autoridad de unos superiores incompetentes lo hacía rebelarse en silencio, y ahora, de forma retrospectiva, se da cuenta de que su defecto –una timidez natural de la que se avergonzó durante mucho tiempo–, su incapacidad de replicar, de emitir un rechazo emocional, su tendencia a tragarse sus recriminaciones y ponerse a currar, seguramente lo han salvado varias veces de un enfrentamiento desagradable.

Si fuera necesario, Céline estaría dispuesta a reafirmarse en ello ante la justicia: Rémi de Courcis se merecía sobradamente todo lo malo que haya podido decir de él. Es un hombre negligente, arrogante e imprudente, en una reunión llegó a ridiculizar a Céline, siempre la miró por encima del hombro, como si con sus *cinco* años de experiencia supiera más que ella, y a veces sencillamente se negaba a trabajar, a seguir las instrucciones que le habían dado. Por culpa suya, los Ateliers podrían haber cometido errores graves. Era un incompetente, subraya Pierre-Moïse. Antes de enseñarle la puerta fuimos muy tolerantes con él. Si después de su despido pasó una depresión, piensa Céline, tal vez se deba a que se dio cuenta de su propia estupidez. ¿Quién más ha hablado con los periódicos? Pierre-Moïse no lo sabe. Céline se pregunta si Gabriela no habrá testificado en contra suya. Pierre-Moïse es categórico, imposible. Céline no está tan segura. Gabriela no estaba acostumbrada a trabajar con tanta presión, en proyectos tan grandes, tuvo que adaptarse, eso es seguro, pero la ayudamos a hacerlo y ahora te adora. Nos dejó en unos términos excelentes, no hace mucho Pierre-Moïse comió con ella. No se fue por culpa nuestra, pero llevar el control de unas obras conlleva una presión enorme; además, tiene a su madre enferma, todos los meses Gabriela hace varios viajes de ida y vuelta para llevarla a sus tratamientos.

De todos modos, ¿cómo podría Céline ser *sexista*? Fue dura con las empleadas y las pasantes cuando tuvo que serlo, pero nunca porque fuesen mujeres. Está rodeada de mujeres con talento, ingenieras, arquitectas, diseñadoras cuyo trabajo siempre ha defendido… Esa acusación le duele, Céline Wachowski sexista, porque implica intentar borrar de un plumazo su compromiso con la equidad y la justicia, su posición a favor de las mujeres en los ámbitos tradicionalmente masculinos, sus acciones concretas, su filantropía con organizaciones que ayudan a las inmigrantes, a las víctimas de violencia doméstica. Céline Wachowski *sexista*…

A Nathan, en cambio, sí que le da qué pensar. Él, a veces, en momentos de estrés, puede ser duro sin darse cuenta. Céline no entiende a dónde quiere llegar. Lo que te está pasando es un despropósito, asegura Nathan, a él también le cabrea. Pero es que no siempre hay que ir dando gritos. Céline se revuelve: «¡Yo no voy dándole gritos a nadie!». Pierre-Moïse confiesa que, volviendo a pensar en ciertas situaciones, sí que se siente culpable, Céline lo mira de arriba abajo, sorprendida. «Yo nunca te he visto enfadado, Pierre-Moïse. Ni una sola vez. Ni siquiera levantar la voz». Él piensa más bien en los despidos, se pregunta si no habrá tomado decisiones demasiado apresuradas sin tener en cuenta todos los factores; quedarse sin trabajo de un día para otro es algo muy gordo. Céline menea la cabeza, francamente, esto es de locos. Estáis dejando que el mundo os haga dudar de vosotros mismos. Cuando ya no hay un empleo que darte, ya no hay un empleo que darte, eso es todo, no puedes estar pagando al personal para que no haga nada. Pierre-Moïse es la persona más amable, dulce y humana que ella conoce. A veces hay que tomar decisiones difíciles, pero es porque no queda otra opción. De todos modos, asevera Céline, una no llega donde yo he llegado haciendo feliz a todo el mundo. De haberse mostrado respetuosa y comprensiva con todos aquellos que le pusieron palos en las ruedas, que criticaron su trabajo, que la animaron a cambiar de oficio, si cada vez que un hombre le llevó la contraria se hubiera cuestionado a sí misma y hubiera pedido perdón, nunca habría fundado su empresa ni tejido todos esos partenariados internacionales ni realizado proyectos tan grandes.

Pierre-Moïse no admira tanto los hechos de armas y las posiciones ideológicas de su socia como el ávido fervor que se adivina en las grietas de su voz; como si todas las heridas en su orgullo, las esperanzas frustradas, como si el rosario de humillaciones que está padeciendo no hubieran afectado a su humor, a su capacidad de asombro, a su mirada vívida, pero sí hubieran quebrado algo en el tono mismo de su voz, una rotura que a Pierre-Moïse le afecta, todo eso pero ninguna *satisfacción*, le está dando a entender, siempre la misma sed, parece estar diciéndole con una mirada que se aferra a la suya. Mañana Céline viaja a California, el escándalo de Montreal está haciendo eco en todas partes, la persigue en su despacho, en el avión, en las calles que tomará Céline dentro de un rato para volver a casa, hasta en su habitación, esta noche, en esa cama tan grande incapaz de consolarla. Los gritos de la muchedumbre, las mentiras de los periodistas, los insultos y las acusaciones alimentan un ventilador de reproches que funciona la mar de bien sin esa afluencia tóxica, tiene la sensación de que en unas pocas semanas ha retrocedido veinte años de terapia, tantas son las críticas, el odio público.

Desde lo alto los observa una luna bruja que ejerce su influjo sobre los pensamientos y la circulación de los cuerpos. Céline siente un escalofrío. Solo lleva una camisa de seda de manga corta por dentro de unos pantalones tres cuartos, los pequeños latigazos de viento fresco se filtran por las aberturas de su ropa. Nathan se frota los ojos enrojecidos y se lleva las manos entre los muslos. Bosteza y se alisa el pelo desordenado, le da un abrazo a Pierre-Moïse, luego otro a Céline, recoge algunos platos y baja a acostarse. «Yo también me voy». Céline se acerca a Pierre-Moïse, en el fondo le gustaría quedarse a dormir, como una niña que acampa en casa de sus tíos donde todo está permitido, lejos de las amonestaciones de los padres, le sacarían una almohada y una manta, se echaría en el sofá sin decir nada, cerca de esos cuerpos cálidos, de la respiración tranquilizadora de los dos muchachos abrazados, puede que haya entre ellos un sitio para ella abrigado por los músculos y los pelos desnudos, una plaza libre. Adora esa casa refinada y minimalista, expresión pura del espíritu pragmático de su socio, el espacio está imbuido de serenidad, de calma, todo pensado con inteligencia, cada ángulo de visión produce milimétricamente una composición geométrica original; Pierre-Moïse trabaja principalmente con la luz, esculpe el día, cada rayo de sol, Céline ha quedado encantada con el confort de las divisiones y el color de los atardeceres. Es una casa que se parece a ellos. Se pone de puntillas para abrazarlo, lo estrecha con fuerza un buen rato. Sus brazos son rígidos e inmensos, podrían rodear su cintura dos veces y levantar sin esfuerzo el paquetito de huesos que él nota bajo el tejido. Bajo sus ojos pálidos le ha salido una hinchazón azul de cansancio y de llanto. Céline cierra la puerta despidiéndose con la mano.

Él se va al dormitorio con Nathan. Mientras se desnuda, Nathan le dice con ironía: «Menuda capacidad de autocrítica, ¿no?». Pierre-Moïse se ríe, menea un poco la cabeza mientras dobla los vaqueros y la camiseta y los deja en una silla. Ha tenido la sensación de estar pisando huevos toda la noche, como si Céline acaparase todo el aire a su alrededor. «Cuando es importante, la tiene». Se estira bajo el cobertor. Antes de apagar la luz del cabecero, siente la necesidad de añadir: «Aun así, es duro lo que está pasando». Nathan le da un beso y le hace notar que ni siquiera le ha felicitado por su ascenso. Como ya es tarde, Pierre-Moïse no osa responderle que, en lo concreto, su «ascenso» no cambia mucho las cosas, excepto el salario, pero de la mayoría de las tareas de un presidente-director general él ya se estaba encargando, en los meses que vienen trabajará aún menos en la concepción de los proyectos, y esa es una dimensión de la arquitectura que echa en falta, si se hizo arquitecto fue para construir una sociedad, para imaginar un mundo, y no para asistir a un sinfín de reuniones de comités y consejos. Por supuesto, en unos años, cuando las cosas se estabilicen, podrá manejar su horario, decidir sobre sus atribuciones, estará rodeado de gente capaz de ocuparse de los aspectos del trabajo que menos le interesan, pero la dirección le ha caído encima antes de lo previsto, la transición iba a producirse de forma gradual, con una jubilación progresiva de Céline, el trato de que ha sido objeto ha provocado una auténtica conmoción en los Ateliers, Pierre-Moïse inicia su mandato con la misión de arreglar los platos rotos, de reanudar las líneas de acción, no hay que subestimar la fatiga, el agotamiento que conlleva semejante responsabilidad, ni el prestigio ni el dinero ni el poder redimen la lenta decadencia de la que tantas veces le habló Céline, capitanear un barco tan imponente exige acallar toda una parte de ti mismo, ya no existes, tienes que actuar en función de unos intereses que te superan, los de la empresa y los accionistas, pero tal como se va haciendo mayor, cada vez a Pierre-Moïse los objetivos financieros de los demás le interesan menos, en su interior empieza a pedir su turno de palabra una extraña voz, una voz tímida y frágil pero cada vez más firme que a veces le reprocha que piense como un blanco para los blancos en un mundo de blancos, el respeto de Céline, paradójicamente su conciencia del racismo y de las trabas con que tropiezan las personas de color ha frenado la expresión de sus angustias, de su cólera, del disgusto que en él suscita su profesión, los proyectos como Webuy cada vez le entusiasman menos, con el diseño del Complejo ha disfrutado a lo grande, no disfrutaba tanto con un proyecto desde el Afro-Descendents History Museum de Vancouver en 2018, trabajar con un presupuesto tan grande es un gusto, algo muy poco habitual, pero verse metido en una polémica como esta, eso nunca más, puede que si Céline se hubiera mostrado insensible rebelarse contra ella, permitir que saliera a la luz esa vocecita acuciante, habría sido más fácil, siempre se ha esforzado por encerrar su auténtico yo en un cuarto bajo llave, los particularismos no deben penetrar las altas esferas de la arquitectura, de la creación pura, aunque no lo oculta, la mayoría de los empleados de los Ateliers ignora que es gay, aun hoy hay demasiados jóvenes arquitectos que no lo confiesan sino con enorme prudencia, con medias palabras, Pierre-Moïse esa sensación la conoce bien, nadie le pide que no sea demasiado gay ni demasiado negro, al menos no directamente, es una demanda invisible a la que uno responde con un acto reflejo de supervivencia que lo lleva a volver al redil, un sacrificio que es el precio de expresar la potencia impersonal de la creación, Pierre-Moïse recurre a esa costosa potencia impersonal para responder con inventiva a las demandas de los clientes, a sus intereses, a su personalidad, siempre habrá otro sitio en que poder expresar su compromiso, en su tiempo libre, en familia o con los amigos, a través de la filantropía. Toda su vida ha destacado, se ha formado siguiendo los caminos de un razonamiento lúcido, del buen gusto, formándose en historia, en sociología, en urbanismo, hallando material para la construcción en todas partes más allá de sí mismo, ha estudiado con mimo a los grandes arquitectos y ha producido lo mejor que se produce en su ámbito. Ha recibido menciones universitarias, premios para jóvenes arquitectos, ha sido ascendido, ha ganado mucho dinero, le invitan a dar conferencias en todo el mundo, en escuelas primarias de Saint-Michel y en congresos internacionales, es conocido como una figura inspiradora de la comunidad haitiana montrealesa, todos los años se encuentra con estudiantes que lo admiran, hace de mentor de unos aprendices que le dicen que, hasta que no asistieron a una de sus conferencias, nunca se habían planteado la carrera de arquitectura, que era la primera vez que oían a un arquitecto negro hablando de su visión del oficio. Su primera reacción instintiva a la hora de responder a esas jóvenes admiradoras había sido invocar la parte impersonal de la creación, y fue así como Pierre-Moïse relativizaba las alabanzas de esos estudiantes para quienes su trabajo era diferente, único, inhabitual, su experiencia confería una visión, una forma, una influencia singular a sus edificios y a sus sueños, o acaso no integraba siempre una dimensión social en cada uno de sus proyectos, el artista pone sobre la mesa de dibujo lo que lleva dentro, así lo creían esos jóvenes cuando afirmaban que su trabajo se inspiraba en el de él, que también ellas concebían su carrera como una misión política, que repararían los crímenes de los que habían sido víctimas sus padres, sus bisabuelos, que expresarían en sus edificios la exclusión, el sufrimiento milenario, las sexualidades disidentes, que integrarían en su práctica una parte de sí mismos. En aquel seminario en que participó Pierre-Moïse, los jóvenes mantenían su posición a pesar de los consejos que él les prodigaba al invocar la fuerza impersonal de la creación, la importancia del trabajo en equipo, la necesidad de que la función prevalezca siempre sobre la expresión individual. «Pero, crear sin existir –le respondían ellas–, ¿acaso es posible?». La pregunta sigue rebotando en su cabeza mientras trata de dormirse, el aliento regular de Nathan lo acuna, Pierre-Moïse ha bebido demasiado, la cabeza le da vueltas. En el instituto él era el único negro de la clase, recuerda a los colegas de origen africano o magrebí que conoció durante su máster en Londres, juntos exploraron lo que podían tener en común, la sangre que teñía sus raíces, sus lenguas divididas en dos, en tres, los huecos en sus árboles genealógicos, pero en cuestiones de arquitectura se limitaban a los debates teóricos de la época, la herencia problemática del brutalismo o el valor de los recientes trabajos de Rem Koolhaas, todos ellos elaboraban ideas que los elevaban a los altos cielos, lejos de consideraciones menores y pequeñeces individuales, si pensaban en la inmigración de sus padres o en sus recuerdos del país natal, nunca se les habría ocurrido que nada de eso pudiera tener la menor relación con su futuro oficio. Participando en ese tipo de seminarios, Pierre-Moïse se da cuenta de que ahora el contexto es distinto.

El diseño del Afro-Descendents History Museum of Canada se lo encargaron tras un duro y exigente concurso internacional, iba a ser el responsable del diseño, tuvo varios meses para investigar, para viajar por el mundo, Pierre-Moïse organizó para su equipo una serie de conferencias y visionados de documentales sobre la esclavitud en Canadá, sobre la historia de las diásporas africanas y caribeñas en el país, el pasado de su familia sobrevolaba su mente en cada etapa del proceso, sus padres, sus tíos y sus tías no acostumbraban a hablar de sus vivencias, insistían en la belleza del país perdido, en los paisajes de postal, en el mar, en los cocoteros, discutían sobre sus grandes escritores y sobre la orientación política del país, pero raramente se abrían lo suficiente como para abordar las razones que les habían llevado a abandonar Puerto Príncipe, a mencionar el régimen de Duvalier o a hablar de la tensión que existía entre la familia de su padre y la de su madre, de origen pobre y campesino, Pierre-Moïse quedó sorprendido al descubrir que el criollo tenía un rosario de palabras para nombrar las identidades sexuales marginales, masisi, madivin, makomer o miks hacían referencia, según el conferenciante torontoniano que se dirigía a su equipo, a identidades similares pero diferentes de las concepciones occidentales de homosexualidad o transidentidad, consideradas por muchos como una herencia colonial, en el transcurso de su investigación Pierre-Moïse descubrió el trabajo del pionero Paul R. Williams, de quien nadie le había hablado en la universidad, hizo fotos a lo largo y ancho de Canadá y recorrió la ciudad de

Vancouver, un viaje a Gando le permitió visitar las fabulosas construcciones de Francis Kéré, un arquitecto excepcionalmente ingenioso que trabajaba con la luz de una forma admirable y en comparación con el cual los medios a los que Pierre-Moïse iba a tener acceso para el museo de Vancouver se volvían indecentes. A finales del verano logró concertar una entrevista por videoconferencia con David Adjaye que enardeció a sus tropas, Adjaye les habló de la arquitectura de la memoria y de la expresión de los traumas en la edificación de monumentos, en el discurso de ese arquitecto tomaba forma de un modo fluido la relación entre la experiencia humana, los sufrimientos del pasado y la forma de los edificios, a Pierre-Moïse su museo Smithsonian de la historia negra, recientemente inaugurado en Washington, lo dejó impresionado, una experiencia estética como no tenía desde hacía años, se tomó tres días para recorrer todas las salas del museo, se empeñó en conocer cada una de las especificidades del edificio, desde la ventilación a las tuberías. Adjaye había imaginado una entrada abierta y acristalada por todos los costados, unas fachadas ornamentadas que se inspiraban en los adornos de hierro forjado que fabricaran los primeros gremios profesionales de afroamericanos, el recorrido de la visita se adentraba en las oscuras profundidades de las galerías subterráneas para luego ascender hacia la luz de los pisos superiores, aquel portentoso descubrimiento puso fin a las investigaciones de Pierre-Moïse. El trabajo de Adjaye le hizo replantearse toda una serie de fundamentos que creía inamovibles. Seguía dándole vueltas a aquella pregunta de las estudiantes del seminario, crear sin existir, cómo era eso posible, perlas de sentido y de emoción que flotaban en una solución opaca, Pierre-Moïse iba a tener que esperar a que aquella solución se precipitase para ver con claridad, para distinguir la parte de subjetividad, límpida, que había resistido a aquella lluvia de conocimientos, algunos de ellos resbalaban hasta ir a parar a las alcantarillas, a la tierra sedienta, pero al término de sus investigaciones aquellos aguaceros revelaron una forma pura, un prisma que lo llevaría a condensar en 1.500 metros cuadrados del barrio Gastown lo esencial de cuanto había descubierto. «Es tu obra maestra». Al ver los planos del edificio, Céline lo dijo sin vacilar.

Detrás de las fachadas del barrio existe todo un mundo por el que a esas horas no circula nadie, los dominios de los niños y los gatos viejos, a veces cuesta encontrar la entrada de esos callejones, Céline vaga por las calles de la Petite-Patrie, no se sube enseguida en el coche que la espera para llevarla al norte de la isla, cerca de las orillas que cantan y acompañan su trabajo cuando deja la ventana de su despacho abierta, se adentra entre dos bloques, toma una callejuela bien cuidada, grandes guirnaldas de luces iluminan los balones de fútbol, los toboganes de plástico y los grandes maceteros donde crecen hierbas y lechugas mordisqueadas por las ardillas, Céline toma una hoja de estragón y la mastica mientras maneja recuerdos difusos de platos deliciosos que descubrió en restaurantes olvidados. El callejón es una pequeña cápsula atrapada entre dos avenidas principales, el ramal más tranquilo de un río a orillas del cual han encallado sacos de basura, maderos carcomidos y sillas de exterior. Un triciclo de metal vigila orgulloso la entrada a un jardín. En el aire flota un vago aroma a barbacoa. En las pocas ventanas todavía iluminadas, hay parejas terminando películas y botellas de vino, Céline puede espiar la decoración, el diseño del apartamento, renovado o no, sin el menor problema, es una mirada indiscreta que penetra en un apartamento con las paredes pintadas de rosa y adornadas con innumerables baratijas, con montones de vajilla que espera en su aparador, cada ventana se abre a un pequeño teatro en el que se activan personajes de papel, las historias que le cuentan son asombrosas e incomprensibles, están representadas con palabras mudas y gestos improvisados que se abisman en la oscuridad sin final ni moraleja alguna. En esos breves pasajes secretos y acogedores nadie advierte su presencia, hay existencias que se animan, que recogen la cocina y lloran en un encuadre cinematográfico, actrices en pijama que declaman frases silenciosas, una coreografía absurda que revela, a quien sabe descifrarla, verdades profundas sobre los sentimientos humanos.

En el coche, sus pensamientos vuelven al peligroso cauce que ella misma ha cavado para ellos, una sencilla pregunta de André, su chófer, le ha dado el primer empujón, luego ya no es capaz de controlar las pendientes y los derrapes, en unos pocos minutos repasa la película parcialmente borrada de cuarenta años de trabajo con el fin de aislar la infracción decisiva, el auténtico crimen que pronto, en un próximo artículo, la declarará culpable para siempre. Se cruzan con un coche de policía y se le pasa por la cabeza la idea de que la andan buscando. Una serie incontable de momentos olvidados, anodinos, regresan ahora iluminados por una luz nueva que deforma las palabras y los rostros. Escenas recreadas en contra suya que arrojan una partitura desfavorable, hasta que un episodio aún más vergonzoso las reemplaza. Ha levantado la voz, ha hecho trabajar a la gente bajo una presión inconmensurable, ha comprado a competidores y trabajado para clientes que no siempre eran trigo limpio, en los años noventa hasta tuvo una aventura con un joven arquitecto; ahora que vive en Londres ya no se ven mucho, pero quién sabe si no podría salir en su contra, obviar las circunstancias reales de su breve relación –el argumento le ha llegado de golpe, se ha impuesto como una fatalidad y ahora a Céline le toca defenderse de él– y declarar que aquello fue un asunto de control y de poder ejercido sobre un empleado diez años menor. A fuerza de buscar faltas, encuentra piezas dispares y con ellas se monta juicios embarazosos, cada nueva posibilidad le provoca un escalofrío, una sensación de vértigo, como si acabara de descubrir la causa última de todos sus males, piensa en la velada y se siente ridícula por haber llorado delante de Nathan y Pierre-Moïse, seguramente se ha quedado demasiado rato, parecían muertos de cansancio… Ha debido decirles cosas que van más allá de su pensamiento y que a Nathan puede que le hayan parecido chocantes; su posición no está clara del todo, en el pasado defendió a los manifestantes. Antes de irse a dormir se ha despedido de ella muy escuetamente. Mañana les enviará un mensaje para disculparse e intentará hacer alguna broma con Nathan, que normalmente aprecia su humor.

El reloj del coche muestra un tiempo que va avanzando sin sobresaltos. Miente impunemente; ahora Céline sabe que un ínfimo resto del pasado puede volver y devorarte en una sola e inmensa oleada, mientras llega a su casa y le da las buenas noches al chófer, sigue desenterrando los más ínfimos momentos de debilidad, las más discretas pruebas de su infamia. Es posible ser portadora de la letra escarlata, convertirse de la noche a la mañana en una especie de residuo social, odiado por la tribu, apenas buena para ser arrojada a un viejo camión que gotea lixiviado, Céline marca el código de la reja, camina hacia la casa y la gran cama que la esperan, atravesando unos densos bosquetes animados por insectos que brillan. El jardín que cruza con paso cansado, con unos zapatos que le hacen daño, fue imaginado por mujeres. Las plantas que aún hoy siguen creciendo en los macizos de flores y en el sotobosque son perennes, traídas hace casi un siglo desde un espléndido jardín a cientos de kilómetros aguas abajo del mismo río que, los días de grandes crecidas, remoja el muro de contención y la pequeña escalera, allí se llega por un camino que parte de la veranda y se tuerce a la altura de un viejo roble, hay que seguir el sendero de piedras de los campos excavados en los alrededores por los criados que ocupaban la ampliación, encargada por la señora del lugar en 1936, seis años después de construir la mansión, un ala nueva para la sala mecánica, las cocinas, los lavaderos y las bodegas. Antiguamente, la casa y sus alrededores daba empleo a jardineros y chóferes, lavanderas y ayudas de cocina, una mano de obra suministrada por las familias pobres de los agricultores vecinos, cuando prendía el invierno, llegaban unos muchachos musculosos y sucios a tiznar los grandes hornos, unas generaciones antes había sido necesario comprarles a bajo precio a sus abuelos esas tierras agrícolas que ellos, a su vez, les habían robado a sus primeros ocupantes, aquel era un lugar demasiado encantador para que lo disfrutasen los francófonos pobres, las vacas y las ovejas. A finales del siglo XIX, los notables ingleses y escoceses de la Golden Square Mile descubrieron las tierras del norte de la isla, los grandes bosques de árboles maduros, las aguas frescas del río de las praderas y las puestas de sol sobre Jesus Island, sus jaurías de foxhounds ladraban por la noche a su regreso de largas monterías, unas agotadoras persecuciones de liebres y de zorros que, con el cuello roto, colgaban de las sillas de sus purasangres, no había que remontarse mucho en la trayectoria de esas fortunas para cruzarse con algún esclavista o propietario de lucrativas misiones coloniales que ocupara su tiempo libre imaginando Canadá, votando el Acta India y cruzando razas de perros. En cuanto llegaba el invierno, los grandes campos cubiertos de nieve parecían desiertos. A finales de los ochenta, Céline le compró la casa a una firma inmobiliaria que se la había comprado a la mismísima Mary Dorothy Molson, la descendiente de la rica familia de cerveceros la había hecho construir en pleno crac bursátil, «with my own money», como orgullosamente dejó por escrito en la escritura de posesión que Céline posee, Molson era independiente económicamente y se casó en régimen de separación de bienes con un semejante, Alexander MacDougall, perteneciente a un linaje de stockbrokers a quien el terreno le había llegado por parte de su madrastra, heredera de un poderoso armador cuya mansión, como muchos de los castillos que embellecieron la orilla norte de la isla de Montreal, hoy en día está demolida. Aquellas mujeres compartían una misma pasión por la jardinería, juntas soñaron con un castillo nostálgico que les recordara el país de sus antepasados, erigido en un jardín de cuento de hadas, se habían inventado una pequeña utopía vegetal y los planos de la casa se los encargaron al arquitecto Durnford, un amigo de la familia. Céline consultó con emoción esos dibujos en los archivos de McGill, Alexander Durnford es un artesano olvidado, junto con sus asociados firmó algunas casas espléndidas en Westmount, chalets en el norte, edificios para el campus de la universidad y un hermoso albergue para los capataces del Alcan en Arvida, antes de morir en los años setenta y en el anonimato; hoy en día es difícil encontrar sus construcciones, no catalogadas, arrasadas, demolidas o abandonadas por propietarios ignorantes.

En esa mansión humildemente imperial nada es del todo usual, claraboyas y cornisas avivadas por dinteles y chambranas de color arena; la simetría del conjunto está invadida por la gran hiedra que engalana una parte de las fachadas, construidas con mampuestos irregulares y rugosos. Céline conoce el mercado y ha firmado un generoso compromiso de compra, si no llega a quedarse ella esa casa patrimonial única, probablemente la Ciudad la habría adquirido para dejarla venirse abajo; habrían vandalizado las ventanas, descuidado el techo que se estaba desmoronando, la madera se habría hinchado, enmohecido, los topos y las raíces se habrían aliado para roer los cimientos, pronto no habría presupuesto suficiente para renovar la mansión y no se habría utilizado más que para rodajes o bodas, habrían acabado revendiéndosela a algún advenedizo encaprichado con poseer un palacio que la habría restaurado de aquellas maneras y habría sustituido la piedra por tablillas elegidas en un catálogo de revestimiento barato, el nuevo propietario habría arrasado el invernadero, sustituido el jardín por una piscina y talado los árboles, como hicieron los vecinos de Céline, unos pequeños magnates del ultracongelado que, contraviniendo todas las normativas municipales, hace unos años acabaron con veintisiete arces, robles y abedules con el fin de acondicionar un campo de césped y un driveway circular para su Cadillac. Cuando Céline presenta los planes de restauración de la casa, el Ministerio de Cultura saluda la elegancia y la inteligencia del proyecto, Céline conserva toda la madera pero la decapa, barniza los suelos, pinta las paredes de blanco, restaura la veranda y el invernadero, que tiene varias ventanas rotas, vuelve a erigir la gran escalera derruida, remodela completamente el garaje y respeta la mayoría de las divisiones originales, excepto en el caso de la ampliación, con la que crea una biblioteca de dos pisos. Allí conserva obras de arte, libros, sus propios archivos que pronto legará a la Universidad de Yale, y patenta un anárquico sistema de clasificación para las toneladas de documentos y objetos acumulados a lo largo del tiempo. Son los pequeños artefactos de su museo personal, tiene la manía de guardarlo todo, de conferirle un gran valor a las cosas más comunes que ella compra en subastas y a veces en Kijiji, artículos escritos a mano por su padre para *Montreal-Matin* y *Le Petit Journal*; un Pieter de Hooch falso que unos años atrás hizo correr mucha tinta en el mundo del arte; un precioso retrato a lápiz de David Hockney, bosquejado después de que ella le rehabilitase las divisiones de su casa en Normandía; tantos Krieghoff que ya no sabe dónde ponerlos, apilados unos sobre otros bajo una manta polvorienta; las obras completas de autores clásicos que Céline siempre lee en orden cronológico de publicación; una caja llena de lámparas de sal, rodillos faciales y piedras caras especialmente talladas para captar energías (Céline pasó su fase cristales); maquetas que Frank Gehry quería tirar a la basura; un plano autógrafo de Frank Lloyd Wright; un montón de trastitos olvidados que redescubrirá cuando tenga un poco de tiempo para hacer la limpieza que hace tanto se ha propuesto acometer.

Al entrar en la casa vacía, se siente abrazada por una severa soledad. Los oscuros pasillos la asustan, su voz resuena en habitaciones huecas, es tarde y Michel ya duerme, cuando sube las escaleras a pasos rápidos es presa de un dulce pánico y escucha un crujido en la planta baja. En invierno, la calefacción y las paredes producen todo tipo de ruidos sospechosos, y a veces el fantasma de la vieja Molson viene a visitarla para quejarse de sus decisiones en cuestiones de decoración, Céline ya no tiene energía para discutir con ella, pero le deja la mecedora que oscila sola en un rincón del porche. Céline se desliza entre sus sábanas. Acurrucada en su cama king size, parece una niñita esperando que la consuelen. Céline nunca tiene en la casa al mismo tiempo a más de cinco o seis miembros de su personal, siempre ha sido de temperamento solitario, necesita espacio y libertad, Michel coordina los horarios, las citas, la agenda y la comunicación constante con Anton y Pauline, pero es el único que vive con ella a tiempo completo. Por la mañana temprano llega una joven de Pierrefonds para ayudarla a prepararse, Michel le hace el pelo, las chicas de la limpieza se reparten el horario de la semana, una cooperativa de paisajismo fundada por jóvenes empresarios de Ahuntsic se ocupa del jardín, Rolande, su cocinera, que con el tiempo se ha convertido en una amiga, cuenta con la ayuda de uno o dos muchachos para el servicio y la preparación de las comidas, el día se divide en tres horarios de vigilancia que comparten una decena de guardias de seguridad, Céline a veces echa de menos la casa llena de vida que vivieron ella y Jim varios años antes de su divorcio, Jim se negaba a vivir recluido (así lo decía él) cuando estaban en Montreal –ciudad que nunca le gustó–, así que Céline adquirió, además de su casa en Estrie, una tercera residencia secundaria canadiense en Westmount, una pequeña casa del mismo arquitecto, con vistas al centro de la ciudad, menos excéntrica, más cerca de los dos o tres amigos que Jim, a pesar de su mal carácter, había logrado hacer. Por un momento Céline añora Westmount, luego recuerda el vecindario y la nostalgia se desvanece.

Las semanas siguientes se las pasa leyendo *À la recherche du temps perdu*, lo único por lo que logra sentir un mínimo interés. Por recomendación de Michel, empezó varias veces a leer *Du côté de chez Swann*, y en cada ocasión, al adentrarse en los entrelazados de frases, recuerdos y personajes acaba por dormirse, el libro le caía de las manos, reconocía su belleza, pero carecía de disponibilidad, de constancia en la entrega. Hoy Céline tiene tiempo y las páginas se pasan solas. Para intentarlo ha tenido que esperar a que cejaran las súplicas de Michel, lo que desean los demás nos aleja de cosas que deberíamos haber hecho antes, Céline se niega a concebir que Proust no sea el personaje, a aceptar que haya podido inventarse nada, todo le parece demasiado cierto, no tiene la sensación de estar leyendo sino viviendo lo que cuenta, puede que de estar releyendo, le parece que ella misma es el tema de la obra, que esos recuerdos se mezclan con los suyos y fluyen más allá, que tiñen su vida cotidiana, se pasa una tarde buscando la edición exacta de *Les Quatre Filles du docteur March* que leyó de adolescente; la nostalgia le quema en la piel y Céline se adentra en las texturas, los olores, los objetos antiguos, trata por todos los medios de recomponer lo imaginario, la mirada sobre el mundo que debió de tener de pequeña y, conmovida, vuelve a pensar en sus muñecas, de las que a veces encuentra fotos en internet, en los bloques de madera que le dio su padre, recuerda casi perfectamente las casas que les construía, los pasajes secretos, los vestidos de papel que les recortaba, todas esas cosas anodinas adquieren un valor consolador y parecen conformar la única época feliz de su vida. Compra todo tipo de bagatelas que recibe por correo, aplica Proust como si fuese una teoría a objetos infantiles. Las compras le proporcionan una cierta satisfacción transitoria. Yacen sobre una mesa de café que parece una isla desierta.

No escucha las noticias y no se atreve a ir a la ciudad, se imagina que a la mínima se le aparecerá aquella joven agresiva que una noche la asaltó a la salida del despacho, delante de los Ateliers había casi todos los días grupos más o menos numerosos manifestándose, a Céline le tocaba ir acompañada por cuatro guardias para circular, desde que recibió su primera amenaza de muerte la policía sigue haciendo guardia delante de las rejas de la casa; ese día, contraviniendo todas las instrucciones, le entraron ganas de salir por la entrada principal para demostrar que estaba por encima de las amenazas, que era insensible a la intimidación, así a lo mejor los manifestantes se darían cuenta de lo arbitrario que era su ensañamiento, exponiendo su cuerpo, cruzando su mirada con las de ellos, les haría saber que la habían tomado con la persona equivocada, que los arquitectos no tienen poder de decisión. Una joven enfadadísima se separó del grupo y se abalanzó sobre ella acusándola de ser la responsable de su desahucio. Usted ha desalojado veinte viviendas en Saint-Joseph, de eso no habla nadie, estamos en la mierda, yo duermo en casa de amigos, no tengo adónde ir... Céline pensaba que iba a pegarle; fue muy violenta; la joven la había atacado en plena calle, cuando resulta que Céline se solidarizaba con su desgracia, le contestó «me solidarizo con tu desgracia», unas palabras sinceras que la joven se tomó como una provocación, empezó a gritar señalándola con un índice agresivo, se estaba equivocando de persona, si de verdad Céline era la propietaria de ese edificio, pues su parque inmobiliario lo administraba una sociedad de gestión, y si es que se trataba del bloque que ella tenía en mente, a los inquilinos había habido que expulsarlos porque habían aparecido hongos en las paredes, era necesario rehacerlo todo, para salvar el edificio y sus apartamentos tuvo que invertir casi tres millones de dólares en reparaciones, además, Céline no los convirtió en apartamentos de lujo (que podría haber vendido a un precio altísimo) y era sensible a los problemas de acceso a la vivienda, si existieran más propietarios como ella, en Montreal no habría crisis de vivienda. Un guardia de Ateliers C/W se interpuso entre Céline y la joven y luego la entregó a la policía. La multitud los abucheó y les tiró botellas de agua y piedras a los agentes. Sus ojos inyectados en sangre, los escupitajos que la chica lanzaba al hablar, su rostro deformado, casi monstruoso por la rabia seguían persiguiendo a Céline, sus palabras hicieron mella en ella.

Cree haber alcanzado un estado de estabilidad en la depresión, pero en octubre cae en un desasosiego inesperado. Ya ni sus grandes novelas logran seducirla, el primer tomo de la *Recherche* se va bifurcando salvajemente para contar la historia de Swann, un hombre patético que la desanima, Proust inserta una pequeña novela clásica en su gran catedral moderna y semejante cobardía estética la subleva. El libro es demasiado pesado para levantarlo de la mesa. Hace sus investigaciones e imagina distintas posibilidades, suicidarse sería una manera de acallar las voces más odiosas que cuchichean sobre ella, de sacarse ese nudo que tiene siempre en la garganta, de calmar la fatiga que siente hasta en los huesos, ese agotamiento que no ceja ni durmiendo doce horas al día. La muerte sigue siendo una solución para librarse de las grandes espirales que la conducen a esos territorios dolorosos en que se ve sumida apenas despertar, unas tierras nebulosas pobladas de fabulaciones en que se maltrata a sí misma a base de insultos e ideas falsas, su psiquiatra sostiene que todo eso revela un deseo profundo de complacer del que debe deshacerse, la idea del suicidio es una forma distinta de buscar el amor de los demás. La sensación de haber sido condenada sin juicio previo llega ahora acompañada de un susurro sordo: no será, acaso, que se merece todo lo malo que le está sucediendo. El odio que ha leído en las redes sociales y en la bandeja de entrada de su correo no es nada en comparación con el odio que siente por sí misma, una certidumbre ansiosa, anterior a cualquier origen y más verdadera que todas las experiencias vividas, ser una mujer a la que no han querido, una criatura que se encuentra entre los vivos por una especie de error de la naturaleza; el sentimiento de injusticia, de haber sido objeto de un apaño urdido para derrocarla y escupir sobre su tumba aun antes de morir va disminuyendo, poco a poco, conforme ella se adentra entre las capas gruesas y profundas de la conciencia y avanza hacia una vaga impresión de merecer lo que le pasa. El castigo se inscribe en una cadena olvidada de abandonos y tristeza: la separación de sus padres, la muerte de su madre, los numerosos rechazos y desalientos, los desengaños amorosos, la pedantería de sus jefes, su divorcio, la culpa que arrastra no se limita a ninguna de las irregularidades de las que la acusan –meteduras de pata, torpezas, aquel insulto proferido contra un empleado incompetente a quien la semana siguiente echaban a la calle; estrategias de negocio de lo más regulares, de lo más normales– y Céline no deja de buscar crímenes más originales e integrales en la textura del pasado.

Recibe un poco de apoyo de antiguas clientas convertidas en amigas que se quejan con palabras ligeras y crujientes como la tempura y la calman un instante. Madonna deja mensajes divertidos en su buzón de voz, uno de los cuales termina en un discurso ambiguo, puede que la letra para una canción, «Not everybody's coming to the future», susurra con su voz más cálida, y luego cuelga. Sigourney le pregunta cuándo volverá a Los Ángeles, quiere invitarla a comer para distraerla un poco y le propone un vermut por zoom. Meryl no parece haber entendido lo que ha sucedido, no debe de leer los periódicos, le habla de una quiebra y le dice que su hermano ya pasó por eso y que no es tan dramático como lo pintan; dispone que le envíen una caja de vino. Casualmente, hace poco Julianne ha empezado a leer *In Search of Lost Time* en una traducción colectiva que le parece dudosa, a Céline le encanta la coincidencia, se prometen llamarse para compartir sus críticas; ambas acabaron disfrutando de «Un amour de Swann», sobre todo hacia el final. Julianne le promete que las bandas de chicas brumosas que vagan por la playa de *À l'ombre des jeunes filles en fleurs* le fascinarán. Por correo interno le llegan mensajes de empleados de Ateliers C/W, comentarios sobre cuánto se nota su ausencia en el despacho, que ha dejado un gran vacío. La última reunión de equipo fue muy dolorosa, Céline convocó a los jefes de departamento, iba acompañada por su guardia pretoriana, Pierre-Moïse empezó explicando la maniobra de la junta sin ocultar su consternación, nadie podía creerlo, la treintena de rostros desconcertados se volvió hacia Céline. Cuánto le costó retener las lágrimas mientras hacía que «sí» con la cabeza. Sus empleados formaron espontáneamente un enorme círculo a su alrededor, a Céline el contacto físico no le gusta, pero se dejó llevar por la tristeza de los demás, la abrazaron, la consolaron, compartieron una rabia y una frustración que no cambiaba nada pero le recordaba el aprecio que sentían por ella. Céline se dirigió personalmente a los cientos de empleados reunidos en el vestíbulo. En cuanto la noticia se hiciera pública, empezaría su excedencia. Había anclado bien sus pies en el suelo, el hilo de su voz apenas se escuchaba, el edificio quedó sumido en un silencio solemne, daba la impresión de que iba a derrumbarse sobre nuestras cabezas.

Gabriela tiene la audacia de solicitarle una carta de recomendación, escribiendo «urgente» en el asunto del mail. No solo le pide un favor, sino que tiene el descaro de solicitarle una referencia a su antigua jefa, sin la menor vergüenza y sin preguntar, ni siquiera de pasada, por su estado de salud. Por una vez, Céline deja de lado las fórmulas precocinadas, aduladoras e hipócritas, no tiene fuerzas para fabular y se presta al ejercicio con honestidad, describe las innegables cualidades de Gabriela, e insiste sobre todo en lo que no le gusta de su trabajo; la candidata no le parece preparada para asumir una función tan importante, tiene dificultades para trabajar bajo presión, para mostrarse objetiva, para dejar de lado sus deseos y opiniones personales. Gabriela es una arquitecta competente, pero no tiene una experiencia lo suficientemente sólida para un cargo de gestión tan alto en una agencia importante como Saucier + Perrotte. Saludos cordiales. Unas horas después de enviar la carta, Céline se da cuenta de que la falta de tacto de Gabriela la ha entristecido.

Una mañana de noviembre, se sube al coche para bajar a la ciudad vestida con un gabán negro, un gran sombrero y unas gafas de sol. Parece una espía de un país en guerra. Aún no se ha anunciado nada, pero sabe por Pierre-Moïse que las obras de la sede central de Webuy finalizaron hace una semana, la entrega al cliente está prevista para enero, el tiempo justo para resolver algunas deficiencias. La mediateca Ernest-Cormier y los apartamentos de lujo estarán listos en primavera. Céline recupera fuerzas, es la primera vez que sale en mucho tiempo. Su chófer toma la salida, pasa por debajo del viaducto, luego el edificio aparece en el parabrisas. Lo ve por primera vez. Es grande como una montaña, no puede abarcarlo de un vistazo, el parabrisas corta una parte del tejado, se siente entumecida, casi vacía ante la inmensidad. Tiene las manos húmedas, los ojos también. Tuvo el arrojo de imaginar esa forma improbable y extravagante, las curvas se elevan en el aire y los elementos que se apilan y se engarzan producen un efecto de conjunto sorprendentemente coherente, un apelotonamiento de volúmenes imponentes como si un rascacielos se hubiera derrumbado sobre sí mismo, ablandado por materiales que se inclinan y se curvan, que forman arcos y esquinas, grandes prismas y salientes. Céline enseña en la garita su tarjeta de acceso, entra en el aparcamiento subterráneo casi vacío.

Circula libremente por el amplio vestíbulo, unos rayos de luz lo atraviesan. Dar la vuelta a pie le lleva casi una hora. Las grandes mesas y los sillones aún no han llegado, vuelve a la entrada y comprueba que la luz es más cobriza. Céline toma el portal que conduce al jardín interior cubierto con una cúpula de cristal, el enorme invernadero irradia serenidad, los jardineros trabajan duro, transportan plantas en carros, las plantan en tierra negra y luego las inundan con la manguera de riego, bajo el suelo circula toda una red de canalones invisibles para evitar la putrefacción y permitir el cultivo de árboles pequeños con raíces de superficie. Ese espacio clausurado entre muros, casi secreto, le es muy familiar, es el diseño que más le gusta, la atmósfera es pacífica y enigmática como en un cementerio pequeño. Al cruzarse con ella le sonríen educadamente, a Céline no le apetece hablar e imagina que con la mascarilla y las gafas no la reconocen. Toma un ascensor nuevo para llegar a la pasarela del piso quince, un gran paseo calado que rodea el edificio y despliega una decena de balcones que brotan de la carpintería ondulada del techo. La vista es impresionante, Céline queda abrumada por una visión imposible de asimilar. Cuando le cuente a Michel su escapada y trate de expresarle su emoción, no podrá echar mano más que de las categorías de lo falso y la alucinación; le aparece el indicio de un sentido por dilucidar, por descubrir, piensa en el sentimiento que la asalta cuando visita unas ruinas antiguas, unos yacimientos arqueológicos que le revelan que en los pliegues del tiempo descansa un mundo enterrado, encriptado, Céline no acierta a nombrarla pero conoce esa sensación. La altura de la construcción y la perspectiva panorámica de la ciudad interactúan con alguna molécula de medicamento, la exaltación que semejante visión engendra en su cerebro es de la misma naturaleza que la hormigueante sensación de una ciudad demasiado grande, inasible, lo mismo que trata de decir la Decco Tower en pleno corazón de Manhattan; eso es lo que pretendía expresar su diseño de las habitaciones más lujosas del hotel Iguazú en Brasil, oscuras y abiertas a la selva, construidas directamente en una pared rocosa para provocar horror y delicia; es el efecto visual del muro-cortina de una gran casa en la que puede verse la caída de un rayo y las tormentas que excitan el río en su adentrarse entre las altas orillas, una construcción inspirada en Frank Lloyd Wright y en los vientos violentos de Emily Brontë, erigida sobre los acantilados del fiordo de Saguenay; es la vista que recorta el ventanal acristalado de su propia casa de Pacific Palisades, el océano entero en una caja de cristal, absolutamente urbano a pesar del horizonte infinito, una isla desierta cerca de un barrio residencial cuyas ventanas, cuando hay una tormenta rabiosa, se ven golpeadas por las olas; eso es lo que produce el inmenso balcón que se cierne sobre el vestíbulo y cae abruptamente ante los visitantes aterrorizados cuando salen de los espaciosos ascensores del Warren and Susan Buffet Museum for the Arts. Una sensación que Céline considera no haber logrado captar plenamente en ninguno de sus edificios y que, precisamente a través de su ausencia, constituye la constante negativa, la línea maestra, el vacío organizador de todo lo que ha hecho. Esta mañana se siente más cerca de sí misma. Bajo sus pies se apiña una ciudad sucia y fundente, bañada en orina y en aceite de motor, una ciudad tenebrosa, miserable y astuta, ácida algunas veces, y ordinaria, una ciudad como las otras; la suya. No exactamente la suya. En la cima de su pequeño monumento, Céline se permite pensar que no ha errado el tiro.

De vuelta a casa, le pide al chófer que dé un rodeo por Roxboro; aparca delante de la entrada vacía de la casa de su infancia. Un bungalow que en el pasado fue fuente de alegría, en sus labios aparece una sonrisa conmovedora, se aventura con imprudencia en el patio trasero. No hay nadie y la valla no está cerrada. A través de las ventanas grises no se ve bien. En el pequeño patio en que crecían las plantas de su madre no hay ahora más que un rastrillo, un cubo de basura y un montón de dientes de león. Mamá dedicaba todos sus días libres a cuidar de un jardín que ahora ha sido reemplazado por un césped amarillento, allí Céline a los siete años mordía frutas agrias y metía las manos en la tierra húmeda, cuando ahora hace jardinería el olor podrido de la tierra arcillosa le sigue recordando a su madre. En la cartera que hay en el fondo de su gran bolsa de cuero lleva una foto hermosa y digna, la cara meditativa de esa mujer que murió tan joven. La presencia borrosa de su madre, la certeza difusa de una mirada en su espalda parece haber envejecido con ella y contra la vida. En aquella época Céline a su padre no lo veía casi nunca, se había vuelto temporalmente a Francia, fue una niña solitaria que pasaba de una niñera a otra porque la vecina no podía ocuparse de ella todo el día y mamá salía del trabajo tarde por la noche. Al tratar de encontrar la ventana de su habitación en el sótano, Céline recuerda haber sentido mucha rabia contra su madre, resentimiento por los continuos abandonos, una madre notaria que criaba a una niña sola, hace falta una determinación fuera de lo común, las madres de las familias vecinas tenían todo el tiempo del mundo, estaban disponibles para sus hijos, a veces Céline se enrabietaba pidiéndole a mamá que se quedara en casa, por qué ella no lo hacía como las otras madres, como las familias normales, las que tenían un padre; la niña vio que se le saltaban las lágrimas. Un día emergió del arbusto una pesada flor de múltiples capas, una camelia de otoño, una flor olvidada, llegada de un pasado en el que nunca iba a ser capaz de disolverse como tantas veces soñara en las noches melancólicas y empapadas en licores que asolan incluso las vidas más sublimes. Mientras rodea la vieja casa gris, Céline recuerda aquella camelia que salió de la nada, la flor había brotado de una ramita en medio del magro follaje del arbusto, un poeta ya había escrito que las camelias no tienen olor, sin embargo la suya desprendía un violento perfume que volvió a asaltarla cuando el ramillete de su infancia se le volvió a aparecer una noche de fiesta, estaba allí mismo, no podía sino ser tan real como la palma de su propia mano, pues sus raíces, de eso estaba completamente segura, habían perforado el mármol blanco. Céline pensaba a menudo en la camelia de aquella noche, en aquella cruel corriente de aire que le daba una textura extraña a los acontecimientos, la de la memoria en acción, inundada por las olas que se estrellaban contra el ventanal del apartamento de Dina, el presente teñido repentinamente con la tinta del recuerdo, como un archivero que se entretiene trayendo sensaciones e imágenes procedentes de un tiempo desaparecido y produciendo alucinaciones verdaderas, presagios ininteligibles e inquietantes. Le vuelve a la cabeza la melodía de Dina, Céline la canturrea paseándose por la casa gris. Esa noche, desde las profundidades de su conciencia le llegaron unas certezas violentas que la hicieron vacilar, aturdida por visiones delirantes y por los efluvios chispeantes y azucarados de la camelia solitaria, de la más singular de las amarantáceas, que con sus pétalos rosados y morados y negros, con su corola sin pistilo, coloreaba el arbusto que su madre cuidaba, ella le había asegurado que el año que las trasplantas las camelias no florecen, era la verdad más indiscutible de la jardinería, estaba escrito negro sobre blanco en todas las obras especializadas, pero la profecía o el mandamiento no impidió que, una mañana de octubre, la planta dejara colgar un monstruo negro aparecido en una noche y que desprendía un perfume difícil de olvidar. Aunque aún más inolvidable fue ese otro perfume, una segunda composición colmando de repente sus pulmones y el aire del penthouse de Dina, borrando el olor a cigarrillo que impregnaba la ropa y se colaba en el aliento, la flor intocada, perfecta, había lanzado su grito de muerte. Mamá la rociaba con agua jabonosa, convencida de que algún tipo de hongos o de insectos o de enfermedad invisible estaba royendo la camelia, las exhalaciones de la flor habían cambiado, los efluvios de la camelia llegaban hasta las ventanas abiertas de su habitación, difundiendo en toda la casa un perfume demasiado poderoso que nada tenía de encantador. Una noche de verano muy calurosa, casi sofocante, Céline se levantó de la cama para salir en plena noche, el olor nauseabundo provenía del arbusto sobre el que brotaba la inmensa flor, más brillante y vigorosa que nunca, pero la alteración del perfume, la corrupción del aire transmitía un mensaje ilegible, y la niña había descifrado lo que los demás se negaban a escuchar, un grito sofocado, un acto de muerte silencioso, una agonía muda. Lloró mucho, la niñera no entendía la causa de su dolor, se limitó a cerrar la ventana y esparcir por la habitación un poco de ambientador de un olor agradable que había encontrado en la farmacia. Al día siguiente la hermosa flor había muerto y el arbusto estaba amarillo. El mal olor había anunciado el ineluctable riesgo de la camelia. Durante la fiesta de Dina, Céline había visto ante sus ojos cansados el mismo arbusto, olido la misma flor. En aquella época su madre ya debía de estar enferma, ya debía de encontrar sangre en sus heces y sufrir dolores de estómago sin quejarse ni consultar nunca a un médico, y la flor se marchitó, las hojas de un verde profundo se desparramaban por el suelo dejando que las ramas desnudas se retorcieran dolorosamente en el vacío. Los pétalos cubrían la tierra en grandes matas. Unos días más tarde le quitaron a su madre. La niña fue arrancada de aquella casa descolorida por el olvido.

Visitar Roxboro y el Complejo Webuy la estimula, vuelve a llevarla a las fuentes de su deseo, a las cosas verdaderas que siempre lo animaron. Años más tarde, la niña que había crecido en aquella habitación del sótano erigió ese extraordinario edificio, semejante recorrido la maravilla, le cuesta asumir que es suyo. En esa casa apagada creció una niña herida, puso a trabajar a miles de personas, permitió que Montreal brillara, creó fundaciones, donó millones a diferentes causas, su trabajo fue reconocido por premios prestigiosos, la Legión de Honor, el Pritzker, todo ese recorrido lo nutre una vívida pasión por los lugares, por la belleza, por la furia de las floraciones efímeras y la eternidad del granito, del vidrio y del acero. Desde que no puede ejercer su oficio le llueven las ideas, su espíritu deambula por pasillos nuevos, cambia de sitio las ventanas o esboza una estructura, en sus pensamientos no deja de remodelar su casa de California, la oficina de Ateliers C/W, la sede de Webuy, Céline nunca se ha sentido tan inspirada, aún tiene edificios que ofrecerle al mundo, pero son proyectos que no puede acometer, la fuente creativa, el espíritu caprichoso que nunca se manifiesta cuando una lo llama, ahora se aviva con la censura, que en lugar de contener la presión y el flujo de formas e imágenes, volúmenes y horizontes posibles, la fomenta. Hay firmas de todo el mundo que se esfuerzan por contratarla, agencias americanas, francesas, danesas, chinas que le envían mails en los que elogian sus cualidades, sería maravilloso que se integrara en el equipo de que ellos disponen, algunas grandes empresas llegan incluso a prometerle un coche, un apartamento y un salario negociable. Céline sabe de sobra lo que significa trabajar para alguien, no tener la última palabra sobre las decisiones, podría fundar una nueva empresa, otra más, contratar a los mejores arquitectos, ofrecerles condiciones competitivas, durante los primeros años la compañía no sería rentable, pero podría desarrollar una clientela rápidamente, en Francia, Estados Unidos, Japón o Australia harían negocios con ella, sus museos, sus óperas, sus universidades son demasiado reputadas como para que las empañe un pequeño escándalo, Céline podría volver a hacerlo todo, volver a construir un atelier, reunir un equipo, aún le pueden quedar diez años de trabajo, puede que quince, hoy en día la gente se jubila más allá de los ochenta, también podría aceptar uno de esos puestos en Dinamarca, Alemania o China, ver si le gusta trabajar sometida, actuar bajo la tiranía de un superior, pensando en todo eso, Céline siente que algo se adhiere a su reflexión, Japón, Francia o Estados Unidos estarían dispuestos a darle la bienvenida mañana mismo, a proporcionarle un despacho en una ciudad agradable, un equipo joven salido de las mejores universidades, lo que no la convence de semejante posibilidad es la falta de prestigio de esas firmas desconocidas, la arquitectura ordinaria y la arquitectura de prestigio están separadas por un océano, pero a Céline lo residencial siempre le gustó, los presupuestos ajustados, y además dinero no necesita, Dinamarca y China la cortejan mientras que en Quebec, a la mínima que habla en un programa, se ponen a berrear en todas las tribunas, la presentadora recibe quejas y a ella en Twitter directamente la asesinan. Céline piensa que es como para preguntarse si el problema en esta historia no será Quebec, la última semana se ha puesto en contacto con varios productores, ha lanzado algunos anzuelos, ha tanteado el terreno para unos proyectos que germinan a toda velocidad; una hora más tarde, todos en todo el mundo han respondido a sus mails, excepto en Quebec, silencio radiofónico, rechazo cortés, dentro de veinte años se harán documentales revelando el sexismo que impregnaba la hostilidad de Quebec contra ella, el racismo contra Pierre-Moïse, su amigo, una figura inspiradora para las jóvenes generaciones, ha sido objeto de los más violentos mensajes, hay columnistas de periódicos intratables que han hablado de él con paráfrasis inconcebibles, escandalosas, dando a entender que Pierre-Moïse y Céline, ambos nacidos en Montreal, eran unos extranjeros que venían a arruinar la nación, él recibió mensajes de los estrafalarios retrógrados de la comunidad negra tratándolo de vendido, un opinador de la tele utilizó una serie de viejas comparaciones de la época de la segregación que probablemente comparte en sus cenas con amigos influyentes, una semana antes, el mismo opinador llamaba a Céline «señora en pantis», decía en antena «la señora en pantis que viene a darnos lecciones», afirmando en la frase siguiente que era una extranjera que no conocía a los quebequenses, el viejo fondo fascista y supremacista de Quebec alzándose contra ellos dos, eso es lo que ha sucedido, ese viejo fondo fascista que motiva a la actual izquierda biempensante, los nuevos sacerdotes y las nuevas devotas de la virtud defienden el mantenimiento del orden, el ideal moral, el castigo, esa peligrosa idea de pureza que tanto repugna a Céline, cuántas veces gente bien, personas muy comprometidas con la tolerancia y la bondad universal, le habrán preguntado de dónde venía, cuántas veces le habrán dicho sin siquiera tratar de herirla, como quien no quiere la cosa, que ella no era «quebequense», «Wachowski, ¿de dónde viene?». Puedes nacer y morir en esta provincia sin ser de aquí, y eso que Céline no tiene acento parisino, tiene un buen francés, eso es todo, muchas mujeres de su generación hablan como ella, han aprendido, sí, a construir frases completas y a utilizar las palabras adecuadas para designar las cosas adecuadas, lo cual en Quebec es señal inequívoca de despreciar al pueblo, aquellas y aquellos que se dicen de izquierdas y que han hecho mucho menos que ella por luchar contra las desigualdades y la discriminación, por financiar las artes y la cultura, la inclusión de las mujeres y los jóvenes en los mundos de los negocios y las artes, esas personas llamadas «de izquierdas» a Céline aquí le parecen más estúpidas que en otras partes, llevadas por una desmesurada voluntad de inmovilismo, le vienen a la cabeza palabras terriblemente misóginas, repugnantes, se apresura a borrarlas para no sufrir la estupidez de esas personas que hablan del matriarcado y del «gobiernomamá».* Dentro de veinte años, los documentales sobre el caso Webuy identificarán claramente la misoginia de este levantamiento popular, la verdad es que un clima tan tóxico solo es posible en Quebec, donde la convivencia de una pluralidad de discursos es sencillamente inconcebible, la más mínima controversia crea bandos perfectamente definidos que se enfrentan con argumentos falaces, una herencia, piensa Céline, de los viejos debates sobre el Sí y el No que dejan muy claro qué puede una esperar de una provincia como esta, en cualquier otra parte del mundo el proyecto Webuy habría sido criticado con inteligencia, en Dinamarca o en Japón podría haberse planteado un debate, y puestos a oponerse a su construcción, nunca la habrían colocado a *ella* en el punto de mira, habría habido polémica, todo el mundo se habría expresado con respeto mutuo, el proyecto habría seguido su curso desde el respeto mutuo, lo habrían suspendido, lo habrían modificado, pero todo desde el respeto mutuo, le habrían permitido seguir adelante con su carrera, habría habido una quinta temporada de *Old House, New House*, en Estados Unidos, en Francia o en Alemania no le habrían grabado la marca de la culpa en la frente con hierro candente, esas lógicas simplistas y bárbaras solo son posibles en Quebec, las oficinas de la calle Bellechasse han sido saqueadas por terroristas ideológicos en miniatura, si quiere seguir viviendo

* «Gouvernemaman»: neologismo quebequense de carácter peyorativo, fruto de la combinación de las palabras «gobierno» y «mamá», que alude de forma crítica a un Estado demasiado paternalista con sus ciudadanos. *(N. del T.)*.

sin guardaespaldas, a Céline no le queda otra que exiliarse. Le tocó nacer en el único lugar del mundo donde una debe acarrear para siempre el peso de un error, de una mancha, de una enfermedad sin remedio, y no es una enfermedad suya, sino de Quebec, los gobiernos impotentes y asustados, los consejos de administración perezosos y de medias tintas, piensa Céline, nunca se atreverán a arriesgarse a la polémica y asociarse ni de cerca ni de lejos con una persona etiquetada «poco recomendable», en Quebec la opinión ejerce su tiranía tribal y feroz, el público desinformado piensa lo que le dicen los advenedizos de los medios de comunicación, que tanto en la izquierda como en la derecha beben de ese viejo fondo fascista, todo cuanto a ella le reprochan, absolutamente todas las cosas de las que acusan a Céline quien realmente las encarna es Quebec, no es solo que Quebec las *encarne*, sino que constituye la única, la auténtica creadora de las fechorías de las que acusan a Céline, el pensamiento agotado de Quebec produce las peores lógicas, algo para lo que existen todo tipo de explicaciones históricas y psicoanalíticas, pero ahí es donde hay que buscar los razonamientos y las actitudes más perversas del mundo, la gente vendería a su padre y a su madre por preservar su buena conciencia, si fuese menester mataría para seguir creyendo que es justa y buena. Si Céline es abyecta es solo porque representa el producto perfecto de su sociedad abyecta, el exacto resultado abyecto de la estupidez y de la ignominia abyectas de Quebec que tan bien encarna el abuso, el arribismo, la destrucción, la corrupción, la tiranía que le reprochan a ella; Quebec no solo es el perfecto retrato de todas esas cosas despreciables, sino su orgulloso productor y mayor promotor. Céline es la pantalla en la que todos discernimos esas verdades.

El proyecto de documental que anda meditando recibe una buena acogida, varias compañías que colaboran con distribuidoras serias se muestran interesadas, les escribe desde su mail personal y les proporciona la documentación ampliada, preparada por un equipo de ideación que ha dado carne a sus primeras intuiciones. Le ha parecido original producir una obra no sobre los éxitos y los triunfos, repitiendo sin cesar el asfixiante esquema de una historia de éxito como las demás, sino una película sobre las dificultades, los fracasos con que puede tener que enfrentarse un individuo, lo importante es comenzar el rodaje lo antes posible, ella misma pondrá encima de la mesa una buena parte del dinero, pero es fundamental conseguir el apoyo financiero de personalidades influyentes, hay mujeres comprometidas que aceptarán ser productoras ejecutivas, un productor le ha asegurado que la crítica social que se lee entre líneas en ese relato de una caída seguro que les encantará, porque el documental en seis episodios lo contará todo, sin miramientos: los inicios triunfantes de la colaboración con Webuy, el gran malentendido que cuajó en la sociedad y el papel de chivo expiatorio que le asignaron a Céline Wachowski. En la descripción de las intenciones que acompaña al proyecto, Pauline ha sido muy clara, la idea no es compadecerse de su suerte sino mostrar que detrás del guirigay hay un ser humano, una mujer imperfecta que debe convivir con las consecuencias de su condena y que nunca ha conseguido reconocerse en el retrato que de ella han trazado los medios. No se trata de demonizar los movimientos sociales, por los que Céline siempre ha sentido una cierta simpatía, ni siquiera de contradecir las acusaciones, lo importante, y eso es algo que le han dicho todos los productores con los que ha contactado y todas las amigas directoras o actrices con las que ha compartido sus primeras intuiciones, lo importante es empezar a rodar lo antes posible, acumular material visual para procesarlo posteriormente, en los rodajes siempre suceden imprevistos que la cámara capta, la verdad hablará por sí sola. Como productora, por supuesto, Céline tendrá voz y voto en el final cut.

Poco a poco, mientras espera al rodaje, retoma el control de sus asuntos. Tras sus días de excedencia, Michel ha hecho de puente entre ella y el equipo que gestiona sus inversiones, los fiduciarios que la atosigan para saber qué hay que hacer con tales cantidades o dónde colocar tales ganancias, Céline les ha dado directrices, pero ya no tiene energía para involucrarse directamente, necesita desconectar de la actualidad bursátil, proteger su ignorancia, las próximas semanas no van a ser agradables para las acciones de Ateliers C/W, que en los últimos trimestres ya han perdido valor. Pocos días antes de la reunión fatal del consejo de administración, a uno de sus asesores económicos se le ocurrió la idea de especular discretamente con la caída de las acciones de los Ateliers a través de un hedge fund. Sus gestores de fondos tomaron en préstamo una cantidad significativa de acciones de NYSE (ACW) que, en caso de perder valor, reembolsarían a un costo menor, suponía asumir un riesgo, pero si funcionaba sería una manera sencilla de cubrirse las espaldas en un contexto desfavorable, y Céline pensó que en una contienda siempre vale la pena apostar por tus adversarios, aprovecharse de su potencial fracaso, el declive es una metamorfosis lenta, gradual, y en caso de caer se llevaría todo cuanto estuviese en su mano. Tan pronto como se emitió el comunicado de prensa que anunciaba su salida de la dirección de Ateliers C/W, efectivamente las acciones cayeron en picado, los accionistas empezaron a perder miles de dólares por segundo, lo mismo que Céline, salvo que ella, entre bastidores, recuperaba casi el equivalente apostando por su ruina. Sus pequeños actos de venganza le dan una razón para seguir viviendo. A veces piensa que si todas las bajezas de las que ha sido testigo se hicieran públicas, si hubiera un conocimiento cabal de los ambientes en que ella se ha estado moviendo, los insurgentes no serían ni de lejos tan conciliadores en sus demandas, las militantes serían más agresivas y atacarían a otras personas, y no solo a ella. Céline relee viejos mails, algunos de hace diez años. En esos intercambios hay héroes nacionales, ilustres hombres de negocios, ministros que muestran un desprecio banal y generalizado por el pueblo y los gobernantes, por el debate progresista del momento (igualdad salarial, matrimonio gay), un ministro de Cultura francés que escupe sobre sus colegas y sobre todo el país en una prosa que no habría disgustado al autor del *Voyage au bout de la nuit*, citados fuera de contexto cada uno de los mensajes viperinos que ahora ella encuentra con entusiasmo podría perjudicar gravemente la imagen de toda una serie de personalidades conocidas que, en otros mails, explican también y al detalle sus estrategias de evasión fiscal. Sin embargo, los mails preferidos de Céline son los de hombres y mujeres políticas que, con sus límpidas ambigüedades, se esfuerzan por camuflar maniobras ilícitas relativas a las licitaciones y a otras concesiones de contratos, la palabra «corrupción» no acaba de dar cuenta de todo ello, el término es demasiado imponente, demasiado escandaloso, lo que refiere no es ni más ni menos que el modus operandi normal y corriente del sector privado, ahora bien, si hablamos de servicio público, esos procedimientos llamados «corruptos» devienen escandalosos, ilegales, y sin embargo, trabajar siguiendo tus afinidades naturales, honrando tus amistades, acaso no es lo más natural del mundo, Céline nunca ha aplicado ninguno de los estrictos criterios de integridad que se esperan de los ministros, ella siempre que ha sido posible ha favorecido sin miramientos a las mujeres y a los homosexuales, ha elegido a sus asociados con el corazón y ha concedido mayores responsabilidades a las personas de confianza, esa en sus empresas siempre ha sido su prerrogativa; pero de unos años a esta parte la esfera política maneja unas expectativas de pureza inalcanzables y perjudiciales. Releer a todos esos representantes electos haciendo lo imposible por no nombrar lo que no pueden decir resulta francamente divertido, arroja unas perlas estilísticas que Céline le lee a Michel en voz alta, por puro divertimento. Es increíble lo que puede acabar confesando la gente cuando está desesperada y se siente en peligro, o al revés, demasiado confiada, cuando quiere conseguir algo o que le perdonen algo, Céline toma capturas de pantalla y clasifica los mensajes jugosos en una carpeta del escritorio de su ordenador.

Las barbaridades que sueltan para brillar en sociedad y sin la menor vergüenza los personajes de *Le Côté de Guermantes*, que sigue leyendo cada noche antes de dormir, le hacen pensar en los viejos mails que acaba de releer. Céline está convencida de que si el pueblo, si la gente del pueblo se hubiera enterado de todo cuanto llegaba a decirse en los salones, si hubiera conocido al detalle el mundo que Proust nos cuenta, probablemente a finales del siglo XIX habría habido una segunda Revolución Francesa, le llegan recuerdos vagos de una *Historia política de Francia*, la Comuna de París, la Banda Negra, las leyes facinerosas, el contexto social era explosivo, es una lástima que los militantes sean casi siempre imbéciles, que de hecho representen al arquetipo de imbécil, piensa Céline, un militante no lee nada que pueda desafiar su simplista visión del mundo, sobre todo no literatura, demasiado hambriento como está de relatos esquemáticos de la experiencia humana, de relaciones sociales maniqueas, ¿acaso las películas más populares del momento no nos muestran luchas heroicas contra las «fuerzas del mal»? Si las militantes hubieran poseído una pizca de inteligencia, el caso Webuy habría sido mucho más interesante. Su ejemplar de *Le Côté de Guermantes* es de gran formato, de la colección Blanche de Gallimard, un libro de calidad que ella pone encima de un cojín porque le acaba pesando en la muñeca. En el fondo, desde la época de Proust las cosas no han cambiado tanto, la mayoría de las personas de negocios tratan de hacernos creer que han salido de la nada, que son los artesanos de su éxito, sin mencionar jamás a sus padres médicos, banqueros, altos funcionarios, ni sus estudios en las escuelas privadas de las grandes ciudades, la aristocracia sigue existiendo, varios políticos franceses que ella conoce llevan partícula en el nombre y los orígenes de sus propiedades se remontan a la Edad Media, a alguna baronía con la que se hicieron por las armas unos duques por cuyas venas corría la misma sangre que por la de esos que, tras verlos dos o tres veces, nunca pierden la oportunidad de comentarte sus orígenes nobiliarios, imbuidos de una falsa humildad o de una vergüenza exagerada (si son de izquierdas) que en realidad delatan su añoranza por aquellos tiempos premodernos, Céline casi puede oír en sus voces el lejano llanto de los monarcas de antaño, quejándose de los cambios legales que los destronaron justo antes de ser guillotinados. Hoy ya no van de viaje a Balbec, esos balnearios han sido asaltados por las clases medias que han acabado imponiendo su mal gusto en todos los rincones del planeta, se reúnen más bien en lagos privados, superpoblados y devastados por las construcciones humanas, a pocas horas de una gran ciudad, donde apenas se puede nadar en paz sin ser arrollado por un yate, embarcaciones que pululan por esas aguas contaminadas donde crecen algas tóxicas atiborradas de gasolina y chardonnay derramado por accidente. Proust capta la esencia de un mundo que Céline ha llegado a conocer, sus amistades, colegas y clientes se mueven en ese universo paralelo sobre el que Proust escribe cosas hilarantes (por verdaderas) acerca de la necesidad, por ejemplo, de manejar la simplicidad, algo que cuesta muy caro, sobre todo porque tienes que hacer ver a los demás que podrías no ser simple (es decir, muy rico). Cuando lleva leído medio libro Céline advierte un rasgo llamativo del mundo de Proust: nadie trabaja. La caterva de millonarios que conoce se parece a los de la *Recherche*, con la diferencia de que hoy en día esa gente eso es precisamente lo único que hacen, trabajar, ese es el único tema de conversación posible y, para muchos, la sola razón de su existencia, los ricos de nuestros días no duermen, no hablan más que de dinero, demasiado ocupados como están trabajando doce horas al día no les interesa la cultura, ni siquiera las mundanidades, hemos perdido el sentido de la pereza, se dice Céline, el placer de la conversación, el arte de la ociosidad. A ella le cuesta tomarse un fin de semana libre sin responder a sus mails, sin abrir un documento en el que hacer alguna anotación para un proyecto en curso; tiene mucho que aprender de los Verdurin y los Guermantes.

Las primeras páginas de *Sodome et Gomorrhe* le hacen saltar las lágrimas. Nunca ha leído una descripción tan acertada del destino y las desgracias de los homosexuales –a quienes Proust llama «invertidos»–. Céline los ama con un amor irracional que le llega a la médula de los huesos, todos sus artistas fetiche son homosexuales, Robert Mapplethorpe, Armistead Maupin, James Baldwin, Jean Cocteau, ha visto todas las películas de Derek Jarman e incluso las de Rodrigue Jean, su adoración va más allá del simple interés, Céline está ligada al destino de los invertidos, sus creaciones siempre la han inspirado, percibe una misteriosa correspondencia entre la vida de estos hombres y la suya. Los sentimientos, las reacciones, las rabietas de los personajes homosexuales las capta enseguida, en las extravagancias de Charlus o de Notre-Dame-des-Fleurs todo le parece límpido y natural, la forma de hablar desbordante y plumeada que tienen esas personas libera algo en ella, como si en su lugar se estuvieran expresando en escena las locas de Tremblay, Proust escribe mucho antes de la epidemia del sida, pero presiente las calamidades que no han dejado de abatirse sobre esa raza maldita, abandonada por los dioses, Céline piensa en la mirada sedosa, en la piel marcada por las cicatrices de acné, en la inteligencia vívida y contenida de Jules, un empleado que murió a finales de los noventa con treinta y dos años, justo antes de que la enfermedad pudiera tratarse, Jules era un arquitecto prometedor, es indignante haber tenido que pasar sin su talento. *Sodome et Gomorrhe* explica por sí solo el amor de Michel por Proust, Céline entiende por qué para él ese volumen de la novela es tan importante, por primera vez tiene la sensación de comprender plenamente la experiencia de los gays, su desesperación, su humor mordaz y afligido, su esterilidad, la maldición que padecen de no ser nunca amados por el objeto de sus deseos, por los hombres de verdad, el peso de los secretos que acaban por sobrecargar sus espaldas, la mujer escondida en el fondo de sí mismos y que a veces se expresa con un gesto, con un movimiento involuntario de cadera. A través de su torrente de palabras heridas, Proust escribe las páginas más completas sobre el infortunio de los suyos. Céline busca el texto en internet y lo copia en un mensaje dirigido a Pierre-Moïse. Es absolutamente necesario que lea ese breve capítulo, treinta páginas entre las más bonitas de toda la literatura. Seguro que le encantará, Pierre-Moïse es tan sensible, siempre en busca de sí mismo, Céline está orgullosa de poderle descubrir ese texto sublime sobre su condición.

No entiende su emoji, un hombrecito que levanta una ceja. ¿No le ha gustado el texto? Cuesta creerlo... Se lo pregunta, pero no responde. Céline se ha quedado perpleja, se siente culpable por no haber presentado el capítulo, que ha enviado en un arrebato de entusiasmo, tendrá que comentarlo con él en persona. Espera no haber cometido un error. La melodía del teléfono la interrumpe. Aparece un número de California, probablemente una solicitud de precisión. Es tarde, incluso con el desfase horario; mañana responderá. Céline se ha dado cuenta de que no les debe nada a los asociados y colegas que llevan cuarenta años utilizándola, aprovechándose de sus éxitos, y que al primer contratiempo la dejan tirada, quién le dice que no han estado conspirando a sus espaldas desde hace varios años. El hecho de que los primeros que acuden a ella no sean periodistas sino filósofos no le disgusta, le hablan de un libro que le presentan como escandaloso, están a punto de acabar de escribirlo, sin entender del todo la relación entre el tema de la obra y la disciplina de esos investigadores e investigadoras de Stanford y de Berkeley, Céline acepta concederles una primera entrevista para ver de qué va la cosa. Se va una semana a California, la reciben en un despacho elegante donde tres profesores le explican que llevan varios años realizando una amplia investigación sobre Webuy, preparando un auténtico «libro negro» de Silicon Valley, el proyecto dispara hacia todas partes, aborda tanto la mercantilización de la vida privada como los nuevos modos relacionales en las redes, una filosofía de la interactividad acompañada de un desarrollo teórico sobre la economía digital, para los investigadores es decisivo añadir a su enorme galimatías algunos pasajes sobre el «neoliberalismo», la «gentrificación» y las «condiciones materiales» de las empresas web, recuerdan que la existencia de internet depende de unos grandes cables submarinos y de una mano de obra explotada, un día u otro esos cables acabarán siendo atacados por algún terrorista astuto, responde Céline para relajar la atmósfera, los intelectuales no se ríen, más bien añaden que en las fábricas y en los almacenes de Webuy, que contrata a sin papeles y se aprovecha del racismo de Estado en materia de inmigración, las condiciones de trabajo son indignantes, abusivas y graves. La compañía ha impedido numerosos intentos de sindicalización, continúa una profesora de filosofía de treinta y pocos, Webuy es sumamente opaca en materia de salarios, o acaso sus empleados no están obligados a una estricta confidencialidad, la multinacional tiene un volumen de negocios anual que ronda los cien mil millones, pero no paga impuestos en ninguna parte del mundo (excepto una suma simbólica en California), hay que poner de relieve los diferentes trucos imperialistas y la complacencia de los Estados, el impacto climático de los servidores y los materiales necesarios para la construcción de los aparatos tecnológicos, la extracción del mineral en los países africanos será objeto de capítulos distintos que están ahora en fase de redacción y que revelarán una situación de explotación de la que los gobiernos de todos los países implicados son cómplices por ceguera voluntaria, pero también por las generosas subvenciones concedidas a las minas. Nada nuevo bajo el sol, piensa Céline, sobre ese tema se han escrito cientos de libros sin que ninguna de las multinacionales afectadas acusara el menor impacto. Otro capítulo –que es por el que se han puesto en contacto con ella– versará sobre la epopeya de la sede social de Montreal, de la que los filósofos confiesan apreciar su «very cool design». De momento no pueden decir más, pero han caído en sus manos algunos documentos embarazosos para la Ciudad y para el gobierno. Al leer los primeros borradores del manuscrito, a Céline le parece que el relato que allí se hace de su participación en el proyecto es bastante justo. Se siente molesta por el estilo pero sorprendida por la honestidad del análisis, Céline desconfía de los ideólogos de ese tipo, pero más allá de algunos conatos líricos y algunas afirmaciones sentenciosas, el retrato de Webuy y de la economía contemporánea le parece sorprendentemente fiel a la realidad, los filósofos, que citan con mucho encanto a gente bien como Deleuze o Derrida, logran describir cambios históricos muy complejos, y ponen en palabras unas realidades que hace mucho tiempo que vienen frustrando a Céline. En su descripción de la evanescencia del mercado digital y de su cultura machista, reconoce todo tipo de situaciones que ella ha vivido, los autores consiguen atizar su indignación. En el transcurso de la lectura llega a la conclusión de que, en el contexto actual, ella probablemente no habría podido meterse en negocios, ¿cuántas otras mujeres que podrían desarrollar una carrera brillante quedan bloqueadas por los nuevos imperativos y las lógicas implacables que el libro describe? El capítulo sobre la colaboración entre Webuy y Montreal es verdad de arriba abajo; desde el primer momento se critica el hecho de que el debate haya cristalizado en torno a una arquitecta bien conocida, mientras que las dinámicas que hay en juego superan ampliamente su implicación en el asunto. La conclusión aún no está escrita, pero la idea es que, teniendo en cuenta las circunstancias, Céline Wachowski y su equipo parecen haber actuado de manera totalmente conforme a las expectativas ideológicas de la época y del sector en que se mueven. En el resto del PDF, Céline encuentra un rosario de nombres conocidos, las autoras no se cortan a la hora de poner el nombre completo de antiguos asociados y conocidos metidos en asuntos embarazosos, Céline piensa en los mails que leyó no hace mucho, evalúa desde todos los ángulos la idea de ponerlos en manos de los investigadores. El capítulo sobre las minas canadienses en África es devastador; si Webuy sale ilesa (en última instancia nadie quiere prescindir de un servicio tan conveniente), el gobierno canadiense y las compañías incriminadas tendrán que responder mínimamente; eso atraerá la atención y abrirá la puerta a nuevas investigaciones. El nombre de Cai, por supuesto, aparece en todas las páginas.

Despeinada y aturdida por su vuelo de veinticuatro horas, Dina llama a su puerta la mañana de un miércoles de mediados de diciembre. Después de haberlo seguido todo desde la distancia y de haber hablado con ella casi a diario, considera que la situación es lo suficientemente grave como para hacer ese viaje en avión, Cai vendrá más adelante a pasar las vacaciones y celebrar el día de Año Nuevo en Quebec. Michel abre la puerta con una sonrisa forzada, Céline llega a toda prisa con el pelo recogido en un moño fofo, Dina encuentra a su amiga en baja forma, Céline ha adelgazado y parece arrastrar un inmenso cansancio. Hace que le suban del sótano las cajas de luces, guirnaldas y cascanueces, Dina hace que le entreguen un árbol de Navidad. Lo decoran juntas comiendo ostras y bebiendo champán, Dina hace payasadas con una guirnalda, se la pone como la boa de una vieja vedete y consigue arrancarle una sonrisa a su amiga. Ha obligado a Céline a vestirse, a maquillarse, está resplandeciente. Tiene una de esas caras atípicas, que no cumple con los estrictos criterios de las revistas pero que con la edad se sigue afirmando y desplegando, adquiriendo una especie de majestad, de prestancia reservada a quienes rodean el cabo de los sesenta. Sus disparates acontecen bajo la discreta mirada de Michel; ambas saben ignorar sus juicios silenciosos. A pesar de las promesas mutuas de no tocar el tema, se permiten una conversación sobre lo que ha pasado, Céline mide entonces la brecha que separa el pequeño mundo del que hace casi un año que se siente prisionera y la vida real, la que nos dan nuestros padres, la que tenemos que vivir hasta el final, la que pulula fuera de nosotros, múltiple e incomprensible, inasequible al terror y a la impotencia que nos abruman; ahí afuera el mundo es indiferente a nuestras faltas y a nuestras pequeñas desgracias. A veces a Dina le cuesta seguirla, la historia que Céline le está esbozando le parece absurda, en su opinión todo ese enredo no tiene el menor sentido, sobre todo no hay que molestarse en interpretarlo. Siendo realmente honesta, confiesa que no entiende cómo puede tener un efecto tan devastador en Céline. ¿Por qué permite que todos esos embustes la afecten? Su trabajo es reconocido y estudiado en todo el mundo, sus edificios aparecen en películas, su serie es una de las más populares en Netflix, Céline piensa en el mail lacónico, sumario y frío que le envió la secretaria de su productor en pleno corazón de las ardientes tinieblas del verano para decirle sin mayores argumentos que no habría quinta temporada de *Old House, New House*. Dina le pide que le pase la pimienta y la saca de sus pensamientos; Céline intenta aislar el remolino de malos recuerdos y pensamientos dolorosos en que se había abismado para sacárselo de la cabeza. Esta noche están preparando una receta que Dina vio en un programa, es una cocinera de primera, se ha retirado el pelo por detrás de las orejas y lleva el delantal a rayas de Rolande, que se encarga de la ensalada y el postre mientras responde a sus preguntas sobre dónde están las cazuelas y las especias. Dina le acerca a Céline una cuchara de madera para que pruebe su salsa. Al sacar de la nevera el gran bloque de parmesano para echar la corteza en la olla, Dina le jura que en su opinión todas esas cosas no son tan terribles como ella piensa. Lo ha hablado mucho con Cai, él tiene esperanzas, Dina le cuenta que cuando los accionistas hicieron la votación para destituirla Cai se puso como una fiera; si no la avisó es porque debía mantener la confidencialidad, o lo dudabas... Con todos esos asuntos éticos es muy estricto. Céline no dice nada, hace como que busca algo en la nevera y piensa en lo distinta que es la ética que se vislumbra en los mails de Cai. Cuando se publique el libro del que Céline ha leído el corrosivo manuscrito, Cai se convertirá en la personalidad pública del momento, lo perseguirán los periodistas y puede que también la ley, Céline se pregunta cómo vivirá Dina ese alboroto, qué posición ocupará en el enorme follón y en el plan de comunicación que prepararán los empleados de su marido, ella que tanto se queja de ser el eterno apoyo del gran jefe en viaje de negocios, mantenida en una inmensa soledad, en una jaula dorada.

Dina es muy expresiva, cada una de sus emociones se trasluce en su cara, vuelve a probar la salsa parmesana y abre mucho los ojos, agita la mano porque está caliente y hace un ruidito con la garganta que quiere decir «está buena». Céline se siente culpable por no hablar con Dina sobre el manuscrito, pero comprometería la labor de los filósofos, no sabe cómo podría reaccionar Dina, Céline tendría que dar explicaciones, enfrentarse a una crisis, no quiere estropear las cosas con Dina, su amiga ha venido a pasar unos días con ella, hay que concentrarse en lo positivo. Mientras esperaba su equipaje en el aeropuerto, Dina ha visto las imágenes de una manifestación violenta delante del Complejo Webuy, le ha parecido que lo estaba soñando, aquello parecía una guerra civil, le ha recordado a Hong Kong en 2019... ¿Quién es esa gente para hacerles un feo a todos los beneficios que eso representa? Montreal sigue siendo una ciudad desconocida en el mundo, poco apreciada por los turistas. Su amiga le cuenta que cuando fundó su compañía en los años ochenta, en Quebec la informática apenas daba sus primeros pasos. Que casi cuarenta años después se instale aquí un conglomerado tan poderoso como Webuy habla de todo el camino que se ha recorrido. Jóvenes ingenieras e informáticos con los mejores estudios han desarrollado unas competencias que empiezan a pagarse, es un mercado con mucho futuro. A Céline lo que más la deprime es que ahora la arquitectura se perciba como una forma de capitalismo inveterado; «But capitalism's good, ma fille!», le dice Dina. De todos modos, en la era de la posverdad, la gente elige creer lo que quiere creer. Todo ese discurso de odio contra los ricos, que es casi cómico, según Dina reaviva una retórica anticuada y primitiva, la de un miedo visceral al dinero, es una forma de racismo aplicado a quienes han triunfado en la vida. ¿O acaso no es natural que la gente se enriquezca? Los padres de Céline no eran ricos, Dina viene de una familia acomodada, pero trabajó duro, como Céline. Los datos de las economías mundiales no dejan lugar a la duda: todo el mundo se está enriqueciendo, y en la mayor parte de los casos los niños crecen con más medios que sus padres, año tras año la pobreza disminuye. La resistencia ante semejante fenómeno, la oposición al enriquecimiento siempre viene de los mismos, de aquellas y aquellos que no han sabido subirse al carro de ese gran movimiento colectivo que todos los días saca a familias de la miseria y a gente de la calle, más que cualquier socialismo. ¿O es que quieren volver a vivir en el campo plantando patatas como hicieron sus antepasados canadienses-franceses e italianos, que todos los inviernos perdían si no un hijo, por lo menos sí algunos dientes por falta de vitamina C? El tono de Dina, que se quita el delantal para pasar a la mesa, se vuelve voluntariamente exagerado; ¿estamos teniendo en cuenta lo importante que es la vitamina C? ¿Y de dónde vamos a sacar esa vitamina tan esencial para la salud sino del smoothie de piña que una se toma todas las mañanas mientras los sirvientes la abanican con hojas de palmera (Rolande toma una hoja de ensalada y la agita junto a su cara), si el benéfico comercio trasnacional no nos permite comprar una piña fresca en cualquier parte del mundo? «Por las abominables burguesas que somos», dice alzando su copa. En el momento de brindar, al ver la sonrisa de su amiga, Dina piensa: está mejor.

A Céline le cuesta mucho entender cómo se pueden denunciar las desigualdades (¿quién se declara *a favor* de las desigualdades?) y al mismo tiempo rechazar un proyecto que va a crear centenares de empleos remunerados a partir de ochenta mil. O es falta de lucidez o de buena fe. Con una mano sostienen una pancarta que dice «Fuck Webuy», y con la otra se quejan de la falta de financiación del Estado y de los recortes presupuestarios. Apoyar la cohesión social, ¿no implica asumir esas contradicciones?, pregunta Dina sin tener pinta de conocer la respuesta. Al parecer es posible quejarse y a la vez aprovecharse... De todos modos, esos pleitos los va a ganar, afirma Dina poniendo en la mesa la gran bandeja de servicio. Es una oportunidad para tomarte tiempo para ti. La pasta está deliciosa, la salsa está rica y perfectamente acidulada, sabe a ajo y a aromas. En su larga carrera, Céline ha dado demasiado de sí misma, perdiendo el aliento en innumerables proyectos que tenían lugar en varios continentes, en diferentes zonas horarias, el teléfono le sonaba tanto de día como de noche, viajaba por obligación, casi nunca por placer, y no tuvo hijos. Céline no se conoce a sí misma, parece convencida de lo que hace, pero siempre ha obedecido a los caprichos de sus obligaciones, dejándose llevar por las imperiosas peticiones de los clientes, por sus exigencias y sus expectativas difíciles de satisfacer, hasta el punto de interiorizar esa relación, de ejercer sobre su propia persona el punto de vista de un cliente despiadado, nunca ha aprendido a satisfacerse a sí misma, a ser benévola consigo misma, para protegerse de los golpes tuvo que adormecer una parte de su corazón, una parte de su amor; con el paso del tiempo, Dina ha ido viendo cómo perdía el sentido de sus emociones, cómo negaba los cabreos y tristezas más primitivas, y ahora está pagando el precio de esas dejaciones. Dina estos días se ha marcado el objetivo de desenterrar a la insolente Céline de su juventud, la que se maravillaba, la que adoraba y odiaba y alababa o castigaba sin miedo a resultar incómoda, la que hacía piruetas sobre las olas y los remolinos como una sirena de pelo trenzado, con su traje acuático y sus botas de construcción, no puede haber perdido ese don de ser, de existir, de resumirlo todo en el instante en que sucede. Pronto cumplirá los setenta; todavía es joven, tiene que dejar de hablar como si estuviera lista para ser enterrada, deshacerse de esa fea tendencia a verlo todo negro, esa manía que tiene de trabajar en favor de su propia desgracia. Los años no han pasado en vano –como han hecho con todas nosotras– pero nada nos obliga a percibir ese paso del tiempo bajo el signo del desamparo. Céline hace oídos sordos a la experiencia, al sosiego que el tiempo puede aportarle de forma natural, y se escuda en una severidad, en una rigidez que camufla su sensibilidad a flor de piel, su orgullo herido. Mientras se adormece, Dina se dice que le tocará la fibra sensible.

Ella es quien hace el primer gesto. La toma por la cintura mientras Céline se ajusta el río de perlas ante el espejo. Se disfrazan de condesas como unas niñas. Su cintura es delgada, minúscula, tan diferente del cuerpo de ella, de curvas más firmes. Dina posa sus labios sobre los de Céline. Vuelven a salir a la superficie sensaciones olvidadas, destellos de memoria que recuperan un espacio vagamente familiar, ambas conocen los movimientos, la actitud de las manos, de los brazos. Sus cuerpos parecen controlados por otras mujeres. Tiene una piel tan fina, frágil como el papel. ¿Qué está pasando? Qué significa esto, qué puede significar todo esto en el fondo, se repite Céline, acostada entre los brazos de Dina. Se promete que no va a responder a esa pregunta, hay que dejarse llevar por las olas del presente y aceptar que de una vida destruida y devastada pueda nacer un poco de alegría. Se burlan de los relojes que recortan y zanjan, que dividen y subdividen poniéndose del lado de la autoridad, recomendando la sumisión, intentando vendernos el sentido supremo de la medida, ellas olvidan las horas y la concordancia del tiempo, desayunan y se quedan en bata todo el día. Por la noche, después de una larga caminata por la nieve, se ponen viejas películas en la pantalla gigante que a veces siguen con pasión y a veces con mirada distraída, hablando por encima de los actores, paran la película a la mitad y acaban de verla de noche ya tarde, durmiéndose antes de que Katharine Hepburn declame: «Sebastian saw the face of God». Un color difuminado, imposible de reconocer, colorea esa amistad vivida en habitaciones secretas o en lejanas carreteras de países extranjeros; en una hora se condensan meses enteros; por la noche leen libros que se intercambian por la mañana comentando las intrigas; su tiempo, traducido al nuestro, dura dos semanas. Celebran la Navidad sobriamente, solas con Valérien, el hijo de Dina, que hacia las once de la noche las deja para irse a otra fiesta. Céline olvida que el 27 de diciembre, su último día juntas –Cai aterrizará mañana en YUL–, es también el día de su septuagésimo cumpleaños. Cuando eran jóvenes, amarse era una extravagancia, una especie de suplemento agradable que nunca se tomaron en serio, un regalo que una recupera después de haberlo hecho, con el tiempo todo cuanto no sucedió se une a los momentos demasiado cortos, demasiado preciosos para sacarlos a la luz; todos los años se reservan unos días juntas sin decírselo a nadie, Michel es el único que lo sabe, se hace el despistado de maravilla, la señora ha dormido bien, le pregunta a Dina después de que ella haya vuelto a la habitación de invitados de puntillas. Las conversaciones entre Céline y Michel, en las que él capta las peticiones veladas en sus frases elípticas, conforman una especie de ballet del lenguaje, ella a veces se avergüenza de la confesión que le hizo hace más de diez años por exceso de confianza, ¿qué pasaría si un día despide a Michel y él quisiera vengarse? Mientras le pague, no hay nada que temer. Pero qué podría llegar a contar si un día lo pone de patitas en la calle, él que conoce todos sus secretos, tal vez habría que asesinarlo, pagar caro para silenciarlo. Céline rastrea situaciones delicadas, sus impulsos sentimentales, su pudor la protege; es tan difícil encontrar personas de confianza. Nadie tiene por qué saberlo, repite Dina. Nunca tuvo que usar la amenaza de Cai para que una y la otra imaginaran el desastre potencial. Dina evita hablar con Céline de las señales ambiguas que detecta en su marido, insinuaciones y guiños provocativos que Dina ignora. Si Cai nunca ha sacado el tema es porque no le importa, o puede que hasta saque un curioso provecho: y es que Dina, cuando vuelve a casa, está contenta unos cuantos días. A Céline le gustaría contarle a Dina la cuestionable implicación de su marido –por muy adorable que sea, no es nada personal– en toda una serie de empresas destructivas que han provocado guerras civiles, las compañías que Cai dirige tienen las manos manchadas de sangre, sus archivos secretos ocultan un reguero de innumerables víctimas mortales, por no hablar de las violaciones en las minas, las enfermedades, el trabajo infantil... El caso habría llegado a los medios sin necesidad del testimonio de Céline, antes de que Céline le concediera la entrevista, la investigadora al cargo de las pesquisas ya tenía toda la información importante, ella se limitó a corroborar ciertos hechos, a aclarar ciertas fechas, denunciar todas esas injusticias era su deber, pero Céline no sabe cómo reaccionará Dina, que lleva más de veinte años colaborando con los países pobres de África y América del Sur en cuestiones de ayuda humanitaria, que es prolija en obras de caridad, una escuela en un pueblo, un pozo en otro, cargamentos de vacunas, de cuadernos escolares, las revelaciones sobre las actividades comerciales de su marido, de las que ella aparentemente no sabe nada, herirán a Dina en lo más profundo de su corazón. A menos que sí esté al tanto. Dina sabe cómo equilibrar las cosas, mantener a raya todo aquello que podría debilitar su frágil alegría. Si es verdad que no sospecha nada, podría sentirse traicionada, tal vez necesite alejarse de Cai, pedirle explicaciones, la primera persona a la que telefoneará será Céline, eso está claro, los papeles se invertirán y Céline se hará cargo de Dina.

Nathan y Pierre-Moïse llegan los primeros, acompañados por Marielle, la hermana de Pierre-Moïse, que se ha separado poco antes de Navidad. Se quita las botas llenas de aguanieve y les cuenta que está quedándose en su casa hasta que encuentre otra cosa para ella y sus dos hijos; la casa anda revuelta, Nathan no se atreve a decirlo pero está un poco hasta el gorro. Dina ve a los niños por primera vez y le parecen la mar de monos. Marielle pregunta dónde está Céline (ha salido a hacer esquí de fondo) y si necesita ayuda. Hasta los niños se ponen manos a la obra, les han sacado una pequeña tabla de cortar, Mateo y Lysandre tienen la misión de cortar el pepino y de arreglar («quiere decir quitar las hojas», explica Rolande) los brotes de nabo, aún no se hacen a la idea de lo que se les viene encima, su vida se verá ligeramente alterada por la custodia compartida y el cambio de colegio, los niños a veces piensan en ello y le hacen preguntas a su madre, pero la mayoría de las veces sienten un miedo difuso que los petrifica justo antes de dormirse y les provoca sueños monstruosos que olvidan por la mañana. Cada vez que suena el timbre, Lysandre corre a abrirle la puerta a un desconocido distinto. Dina no puede contener un pequeño suspiro de desaliento al ver que su hijo, que ha quedado en venir a ayudarla a preparar la cena, llega más de una hora tarde; está en el horno con Rolande, el ayudante de cocina ha llamado para decir que estaba enfermo, su sustituto debería llegar de un momento a otro, afortunadamente el camarero puede echarles una mano, Dina es muy amable, pero piensa como una mujer rica que no tiene miramientos a la hora de invitar a última hora a una veintena de personas, improvisando ella misma un nuevo menú sin recetas precisas y sobre todo sin asegurarse de contar con el personal necesario; Rolande se pregunta quién va a lavar los platos y se responde inmediatamente: después de la comida, cuando todos pasen al salón, ella tendrá que ponerse los guantes amarillos para hacer ese trabajo que tanto odia y que, en principio, no forma parte de sus atribuciones.

Valérien entra por fin en la cocina todo sudado, se disculpa, abraza a su madre y se apresura a ponerse un delantal y a empezar con la masa para los raviolis. Pierre-Moïse advierte la mirada de Nathan, que se esfuerza por no sonreír demasiado, cada uno sabe lo que piensa el otro, Nathan ha visto cómo su novio miraba al hijo de Dina, cómo lo recorría de arriba abajo y volvía a sus cebollas, que ha ido metiendo en una sartén con aceite. En sus labios aún flota una sonrisa de medio lado. Lysandre se aburre y Marielle se molesta, «no empieces, acabamos de llegar». Han traído una maleta llena de Playmobil, así que si no quiere colaborar con los adultos puede irse al salón a jugar. La cocina es grande y la gente bulle alegremente alrededor de la isla central, mientras que los que no caben usan las encimeras para cortar verduras tomándose una copita de champán. Rolande se está cansando de las conversaciones, la música y las bromas. El menú que ha diseñado Dina es imponente, está estresada, tiene que reprimirse para no dar órdenes a los invitados; Valérien le sirve una copa, ella la rechaza riendo. Vuelven a llamar a la puerta, Lysandre va a abrir y deja entrar a Lucie, una amiga de Dina a quien Valérien llama «mitía», saluda a todo el mundo dando tres besos en lugar de dos, saca de su enorme bolso dos botellas de vino y una de champán que Pierre-Moïse pone al fresco.

Los niños se chinchan en el salón, Nathan pone la música demasiado fuerte, Dina para un instante y se toma el tiempo de observar esa escena improbable, gente que apenas se conoce cortando patatas y abriendo latas de tomate, personas que no tienen nada en común, pero que Pierre-Moïse y ella han reunido. Las invitaciones no han sido sencillas, varias personas estaban ocupadas y, de hecho, Dina no estaba segura de a quién invitar, Pierre-Moïse le proporcionó una breve lista de familiares, y luego ella añadió a la práctica totalidad de las personas que estaban en su propio cumpleaños, envió mails, hizo llamadas, al principio tenía en mente una gran fiesta con unos cincuenta invitados, gente significativa, muchas veces Dina notaba cómo les cambiaba ligeramente la voz al explicarles, tras los saludos, la razón de su llamada, le respondían dudando que tenían que consultar la agenda, que se lo confirmarían por mail, y luego le enviaban un mensaje diciéndole que no, que no irían, que esa noche ya teníamos algo, lo sentimos mucho pero es imposible cancelarlo, una lástima... Algunos aseguraban que estaban yendo con mucho ojo, que tenían síntomas preocupantes o que evitaban las reuniones por miedo a contagiarse. Una o dos personas tuvieron la indecencia de admitir que, con todo lo que había pasado últimamente, no se iban a sentir cómodos. Conteniendo su cabreo, Dina les respondía con firmeza, soltando en ocasiones algún comentario mordaz sobre el verdadero significado de la amistad. La noche sería más íntima y era mejor así. A falta de invitados, había comprado un montón de flores, tres muchachos ridículamente guapos se habían pasado por la tarde para colocar los ramos en el hall, el comedor y el salón, los floristas debían de tener treinta y pocos, al quitarse los abrigos aparecieron unos cuerpos musculosos, todos llevaban la misma camiseta demasiado apretada, húmeda bajo los brazos, Dina pensó «pero qué fertilizante les dan», y los empleados, con una media sonrisa en la boca y entre bromas y guiños, parecían perfectamente conscientes del efecto que su llegada había provocado en la clienta. Han instalado sus exageradas flores en coronas y racimos, encaramándose a unas escaleras de mano para colgar por todo el comedor una guirnalda de pequeñas insolentes azules adornadas con espinas tupidas.

Acaba de entrar en la cocina una amiga de California que se aloja en un hotel. Es muy conocida, pero Dina no ve la tele, ha olvidado su nombre, en los años ochenta la actriz actuó en una comedia romántica muy famosa... En el fragor del combate, con las manos llenas de remolacha, no tiene tiempo de presentarse pero Céline estará encantada de verla, hablando de Céline –Dina mira la hora–, estará de vuelta de un momento a otro. Dina pone a todo el mundo firmes para que se preparen mientras busca el jabón de manos, Valérien sirve otra ronda de champán (de hecho, es cava, piensa Lucie). Enseguida está todo el mundo en semicírculo delante de la puerta. Nathan oye llegar un coche, Mateo, a quien este se ha puesto al hombro, le derrama en el cuello un sorbo de sirope de granadina, Nathan apenas tiene tiempo de dejarlo en el suelo para limpiarse antes de que Céline empuje la puerta, encienda la luz y…

«¡SORPRESA!»

Se burlan de mí. Me han tendido una trampa para burlarse de mí, es lo primero que se dice al ver todas esas sonrisas engalanadas que gritan su nombre, se pone a llorar. No le da tiempo a asimilar lo que está pasando, no lleva las gafas y solo distingue una gran masa de gente ruidosa esperándola en casa.

«No me lo esperaba para nada». «Teníamos miedo de que te cruzaras con Phyllis, acaba de llegar». «Había olvidado que era mi cumpleaños». Céline se siente una tonta de remate, no se le ocurre nada inteligente que decir. Le pregunta a Nathan dónde ha puesto el coche. «Hemos aparcado en la casa del vecino». Lamenta saber que Marielle se ha separado de Fred, ¿los niños lo saben? Ellos no se acuerdan, pero a la casa de campo de esta anciana vestida de deporte de invierno ya han venido a bañarse en la piscina; Mateo no dice nada, asiente con la cabeza en silencio y mirando hacia otro lado. Céline no acaba de creerse que Sigourney se haya desplazado solo por ella, «you should sleep here, I have plenty of room», está acostumbrada a recibir a gente en casa o a dejarles las llaves. ¿Tienes billete de vuelta? Vuelve con mi avión, será un placer. Y al decirlo se da cuenta de que «su» avión ya no es suyo, sino de Ateliers C/W. La red de protección que ella creía tan sólida se ha descosido, hasta ahora Céline había podido contar con sus amistades, honestas y fieles, sus excelsos números de teléfono la protegían de todo, le permitían viajar rápidamente y tener acceso a los mejores médicos, siempre podía acudir a una abogada o una política que le debía algún favor, gracias a esa vasta trama de relaciones vivía con la sensación de tener cualquier imprevisto bajo una especie de control, podía manejar las situaciones más delicadas, volver en favor suyo un fracaso por la vía de recurrir a sus buenos contactos; no es que esos vínculos hayan desaparecido, pero ahora le parece que tienen un poder obsoleto, nadie puede ofrecerle lo único que realmente desea, invertir el tiempo, volver atrás.

Pasan del hall a la veranda, Michel y Marielle han preparado platos de aceitunas, humus y altramuces, Valérien sirve champán y se niega a que el camarero lo haga por él, llena las copas generosamente. A Nathan, Valérien le parece deslumbrante, es alto, carismático y con el punto justito de descuido, el pelo largo, negro, un poco sucio. Se siente como en casa, mariposea de un grupo a otro sonriendo, los invitados ya han ido formando grupos, los arquitectos alrededor de Phyllis, los demás se han separado según el idioma de las conversaciones. Nathan observa a los niños, que acaban de sacar unos trozos de muralla de plástico de la maleta y algunos accesorios, muñequitos de reyes, caballeros y campesinos; cuando él tenía su edad también eran los juguetes que más le gustaban. Se sienta en el suelo con Lysandre y Mateo, les pregunta si puede participar en la construcción del castillo. Los dos niños se montan las mismas escenas, construyen los mismos palacios que construían Nathan y su hermana de pequeños en la sala de juegos, podía pasarse horas inventando las historias más inverosímiles, dándoles vida a sus muñequitos, el castillo aquí, los campos allí, debajo de la mesa colocan un bosque. Nathan envidia su despreocupación. Mateo y Lysandre abren su maleta en cualquier lugar, en medio de un salón lleno de extraños, despliegan su mundo sobre la alfombra y desaparecen en sus fabulaciones sin ninguna vergüenza.

Valérien, junto a la chimenea, le hace señas para que se acerque. Nathan se gira para ver si hay alguien detrás de él, Valérien se ríe, no, te lo estoy diciendo a ti. Se acerca tragando saliva, hará todo lo que Valérien le ordene, obedecerle le causa una especie de placer secreto; está inclinado sobre un teléfono conectado al amplificador. Valérien lo mira a los ojos y le pregunta qué podría poner. Nathan vacila, piensa, tiene miedo de parecer ridículo, va a pensar que no sé nada de música, él es músico, con tanta angustia no le viene ninguna canción. «¿Qué escucha Céline normalmente?». (Valérien se pasa la mano por el pelo, se humedece el labio, agacha la cabeza, lleva una barba de un día, escasa). «Le gusta la "música de jóvenes", como ella dice», Valérien se ríe, Nathan también. «Pon *La nuit est une panthère*. No muy fuerte. Si el personal se queja, cambiamos». A Valérien ese álbum le encanta, «gracias, chaval», le ofrece su puño para que Nathan lo golpee o algo por el estilo, vuelve a tomar la botella, le rellena el vaso a Nathan bailando un poco, le guiña un ojo y durante esos instantes silenciosos Nathan no puede evitar preguntarse si Valérien será gay o bi, probablemente no (pero eso ¿qué cambia?, la trayectoria de las cicatrices, puede que nada). Lo comentará con Pierre-Moïse, que tendrá una visión más clara sobre el tema, juntos harán especulaciones viciosas e improbables; puede que sencillamente Valérien no sea homófobo, que se sienta cómodo estableciendo una cierta complicidad, un ligero flirteo que con un gay no significa nada, puede que eso no cuestione su propia sexualidad. Acariciar aunque solo sea en pensamientos la sexualidad de Valérien le da dolor de barriga, Nathan tiene calor y se siente ridículo. Vuelve a jugar con los Playmobil.

Qué tío tan cool. La botella ya está vacía, las botellas de champán son pesadas incluso cuando están vacías, Valérien camina al ritmo de la música hasta la cocina para buscar otra en la nevera, vuelve al salón para que se escuche el «¡pop!» del tapón, todo el mundo aplaude. La noche está aún en la fase del dejarse ver y la mascarada, a Valérien no le apetece contarle su vida a nadie, le gusta ir directamente al fondo de las cosas, hablar mirando a los ojos, arriesgarse al conflicto, al afecto y la connivencia, apostarlo todo al juego de la conversación y del encuentro, preguntándose qué hay debajo de la superficie pisa un muñequito, Lysandre lo mira con horror, como si hubiera matado a su mascota. Él se disculpa, se agacha, el duendecillo de mirada aterrada está intacto, vuelve a ponerlo junto al pequeño ejército de figuritas diciendo con una voz impostada: «Creo que me ha pisado un gigante, ¡por allí!». Lysandre se ríe, él le devuelve su duendecillo y se levanta un poco rápido. Ligeramente aturdido. Las conversaciones de la gente no siempre le interesan, el toma y daca social no le gusta, las charlas sobre actualidad o sobre política, la respetuosa atención que hay que prestar a la gente más tediosa, teme quedar atrapado en una conversación y juega al camarero para evitarlas todas, se mueve de una a otra con agilidad. Hablan de las vacaciones de Navidad o de cremas faciales. ¿Acaso no existe siempre una brecha entre la máscara social y el yo profundo, es posible encontrar una simbiosis, una adecuación? (Se plantea la pregunta pero ninguna parte de él, ni en la superficie ni en lo más profundo, ofrece una respuesta). Valérien siente un aguijonazo de culpabilidad pero enseguida se deshace de él; la conversación amigable que tuvo a principios del verano con aquella simpática periodista no tenía nada de cuestionable. Ahora le inquieta pensar en aquella joven más bien guapita que parecía atenta y bien intencionada, Wendy Savall no especificó cuál iba a ser el punto de vista de su artículo, le habló de él como un perfil, y Valérien habló con entusiasmo de su madrina, ya no se acuerda exactamente de qué le confió durante aquella conversación que duró más de una hora y terminó de forma alegre, casi tierna. Wendy se había puesto en contacto con él a través de un amigo común, le hizo preguntas generales, no insinuó el menor ataque personal, Valérien se sintió importante por el hecho de que acudiesen a *él* para rendir homenaje a la gran arquitecta que es su madrina. Ver su nombre en el *New Yorker* sería impresionante, puede que le ayudase en la música, esa revista la lee un montón de gente y Valérien está convencido de no haber hablado de Céline más que en términos positivos, de su amabilidad, de su sensibilidad, de cómo le hizo descubrir a varios artistas... Puede que hiciera algunos chistes para aligerar la atmósfera. Tal vez alguna pequeña caricatura. Pero nada grave. No, Valérien no tiene nada que ver con la reciente polémica, solo contó cosas bonitas, recuerdos felices, se centró en lo positivo. Marielle tiene la copa vacía, camina hacia ella meneando los hombros.

Ve al novio de su hermano divirtiéndose con sus hijos, no parece hacerlo por compromiso o porque Mateo y Lysandre le estén molestando, se siente conmovida por su benevolencia; tiene que pensar en darles las gracias por haberla acogido. Marielle y Nathan conectaron a la primera, ella fue el apoyo más sólido, el más activo en favor de su integración en la familia, Nathan era el primer novio que su hermano les presentaba, en el fondo no es que sus padres sean homófobos, solo es que crecieron en un medio donde esos amores no eran habituales, estaban prohibidos, suponían una infinita fuente de infelicidad, y ellos no querían ver sufrir a su hijo, el miedo a que Pierre-Moïse fuera desgraciado pesaba más que su orientación sexual; a Nathan le costó entender por qué tardaron tanto en invitarlo a los bautizos, a los funerales, no llegó a conocer a la abuela antes de que muriera, eso a Pierre-Moïse le hizo mucho daño. Aunque Marielle entendía su cabreo, le explicó que en una familia como la nuestra ese tipo de cosas lleva más tiempo, todo el mundo adora a Nathan, pero las cosas hay que hacerlas bien, paso a paso, encontrar el ritmo adecuado con los tíos, las tías abuelas. Pierre-Moïse sostiene que la familia de Nathan, tan abierta y tolerante, siempre ha celebrado la homosexualidad de su hijo, cierto, pero a pesar de todas las supuestas buenas intenciones, resultó ser de un racismo estúpido y bruto, por lo menos en los primeros tiempos, cuando no dejaban de caer en presunciones y en preguntas fuera de lugar; ni siquiera Nathan estaba al tanto de que sus propios padres, que sin embargo nunca miran TVA, pudieran estar tan llenos de prejuicios; conocer a la familia de su chati, de su novio, es una especie de marrón peligroso, nunca sabes con quién puedes encontrarte, solo porque alguien te guste no quiere decir que tenga que apetecerte pasar tiempo con su parentela. Al ex de Marielle, al padre de sus hijos, al hombre al que acaba de dejar sus padres lo adoraban, su madre lo consideraba como a un hijo, lo cual era mucho decir de un hombre del que Marielle ya no estaba enamorada, cuando le dijo que iba a separarse su madre reaccionó muy mal, estaba devastada por perder a Fred, esperaba que algún día pudieran invitarlo por Navidades. Sin prestar la menor atención a la tristeza de su hija, su madre le dijo una tras otra todas las posibles catástrofes que podían cernirse sobre los niños, reforzando así la dolorosa sensación que tenía Marielle de estar echando a perder su vida. Esta noche le gustaría pensar en otra cosa.

Nathan mueve un dragón de plástico en el aire, la criatura aterriza en el tejado del castillo, gritas fuerte, todos se dan la vuelta, tomas tres figuritas y las acercas con las espadas en alto. Tienes la cara muy seria. Para Lysandre no es un juego. Estáis en guerra. Marielle espera que Fred no les hable a los niños mal de ella, pronto irá a llevarlos a su casa y se marchará sola en su coche. Vuelve a la conversación sobre el cine de James Ivory. No le acaba de quedar claro si el cineasta celebra la aristocracia o la critica. A diferencia de su hermano, Marielle nunca se codea con gente tan adinerada, con fortunas que ascienden a cientos de millones o incluso miles de millones, tiene todo tipo de motivos para desconfiar de los ricachones, qué tendrán ellos que no tengamos nosotros para merecer todo ese dinero, para no preocuparse nunca por llegar a fin de mes, ni de la pensión alimenticia o de lo caro que te cobra la compañía telefónica cuando te pasas de gigas. Marielle no encuentra ningún argumento válido que justifique el hecho de no tener tantos medios como la gente que la rodea, a fin de cuentas son personas normales, no tiene por qué sentirse inferior, pero esta noche no se acaba de sentir cómoda, la idea de venir a casa de Céline le chirría desde el principio de la semana. Ya se ha visto en dos o tres ocasiones con la asociada de su hermano, y Céline siempre ha sido muy amable con ella, su hermano la venera, y Marielle cree que eso le impide ver con claridad, ella ha leído todos los artículos que se han escrito sobre la carrera de Céline, sobre su trabajo y sus negocios, son muchos los periodistas y los economistas que se han interesado por su trayectoria y a Marielle le ha tocado rendirse a la evidencia: Céline Wachowski tiene las manos sucias. Según dicen, el auténtico núcleo de su fortuna está en sus inversiones en grandes grupos digitales, Marielle cree haber leído en alguna parte que el funcionamiento de la aplicación Hosts se basa en el sudor de hombres y mujeres de la limpieza mal pagados, empleados temporales un poco como en Uber, que nunca tendrán un empleo estable y a menudo son inmigrantes que aún no disponen de permiso de trabajo ni reciben ningún tipo de protección, ni de los gobiernos ni de la empresa que los explota. El impacto ecológico de las obras de una empresa como C/W es muy importante, pero incomparable con el de las fábricas de muebles y productos de decoración. Con sus diferentes colecciones, Céline hace funcionar grandes fábricas en México, ¿o era más bien en Taiwán? En esas fábricas ya se han producido numerosos accidentes, historias que luego se encubren mediante juicios. La madera que abastece las fábricas llega en barcos, para producir sus muebles, asequibles pero bonitos, están devastando la selva amazónica y otros pulmones naturales de África y de Asia, Marielle piensa en aquella elegante mesa baja que en los años 2000 te encontrabas en casi todos los salones, cuántas mesas de ese tipo habrá vendido en todo el mundo, a Marielle le gustaría conocer la lista de materiales necesarios para fabricarlas, el costo humano que esconde ese producto que ha amueblado todas las casas de América y de Europa y que todavía puedes encontrar en algunos mercadillos de segunda mano, en su primer apartamento Marielle tenía una, ahora quisiera poder ver las manchas de sangre en cada uno de esos muebles, conocer los sacrificios que hubo que hacer a lo largo de la cadena de producción, desde los bosques hasta las fábricas de Taiwán, para producir esa mercancía asequible para los hogares occidentales, le gustaría que todos los cuerpos explotados aparecieran al pie de sus edificios, que el mundo entero pudiera ver la suma de torturas que han sido necesarias para que la empresa funcione, vuelve a pensar en ese hombre sin hogar que se suicidó tras su desahucio, Marielle estuvo triste durante una semana, nunca la muerte de un desconocido le había afectado tanto, los medios se pasaron unos días hablando de él y luego sin más pasaron a otra cosa, el tratamiento apresurado e impersonal del que fue objeto agrava el pesar, lo reactiva, cuando se enteró de la noticia de su suicidio Marielle vislumbró las profundidades de una desgracia insoportable, aún no se ha recuperado del todo. Tras leer varios artículos que en su memoria se entremezclan y se superponen, Marielle no puede celebrar el cumpleaños de Céline Wachowski sin sentirse culpable. Ha venido para no quedarse sola en casa, cuando está sola la tristeza todavía es demasiado intensa, por la noche se siente atenazada por unos pensamientos que no la dejan dormir, de todos modos no se quedará mucho rato, mientras tanto mejor entretenerse, Marielle observa las magníficas obras de arte, las alfombras perfectamente cuidadas, los elegantes sofás, las molduras antiguas, y no puede evitar pensar que el secreto de las grandes fortunas reside en un crimen olvidado porque fue ejecutado limpiamente. El mueble del salón fue concebido por un famoso diseñador noruego, él solito debe de valer decenas de miles de dólares…

Dina grita «Valérien» y luego vuelve a la cocina a toda prisa, le pregunta a Rolande qué queda por hacer, en una media hora va a haber que ponerse en marcha con el risotto, las verduras están cortadas, los raviolis en la nevera, queda meter en el horno la frittata; ¿los huevos son veganos?, ella no ha preguntado. Rolande está preocupada, el ayudante de cocina aún no ha llegado. Dina le responde que ya se las arreglarán. Valérien llega a echarles una mano, «qué bien, por fin, tesoro mío», lo sigue hasta la veranda donde hay un grupito charlando. Phyllis se ha sentado, no debe estar de pie, para ella es agotador. «¿Sabéis que esa mecedora de ahí está encantada?». Dina les cuenta la historia de la antigua propietaria de la casa. Phyllis la observa atónita. Dina no sabe si está sonriendo o no, a Sigourney la anécdota la fascina, deja escapar todo tipo de exclamaciones y jura que ella cree en los fantasmas y en las energías. Dina también, pero de otra manera. Ella cree que los últimos días ha estado circulando una energía diferente. Comentárselo a Céline le ha parecido inapropiado, su pesar es más banal, sin una causa precisa, pero es verdad que al aterrizar en Montreal Dina no se sentía demasiado bien. Lleva deprimida dos o tres años. Dina hace números, se remonta en el tiempo buscando puntos de referencia en un pasado que se aleja convertido en una pasta opaca, piensa en las vacaciones familiares abortadas hace ya… ¿nueve años? No puede ser que haga tanto tiempo, ella subdivide el tiempo en periodos para consolarse y matizar su desgracia, se dice que últimamente Cai trabaja mucho, que es una fase, que pronto se jubilará, Dina consigue autoconvencerse del carácter pasajero de sus males. Su marido y su hija han aterrizado hace dos o tres horas, Françoise le ha enviado un mensaje enseguida para decirle que deberían estar ahí antes de la cena. Dina reza para que no lleguen tarde. Esta vez intentará no llorar en cuanto Cai aparezca en el vano de la puerta, por qué llorar, echa en falta su calor; sin querer, mirando el Yayoi Kusuma de la veranda (un contorno de llamas rodeando unas enormes burbujas azules sobre fondo amarillo), se imagina por un instante acostada entre Céline y él, entre sus dos cuerpos calientes, Céline dormida en sus brazos y los de Cai abarcándolas a las dos, compartiendo un poco de su calor, de su poder, sintiendo su torso en la espalda. Se deshace de esa extraña imagen. El lienzo de Yayoi Kusuma no le gusta, demasiado colorido, demasiado llamativo. Dina vuelve a la conversación. A Phyllis solo le queda un hilillo de voz, la música está demasiado alta, Nathan debe de haberla vuelto a subir, tiene un ligero dolor de barriga, toma una aceituna y ofrece a los demás.

Qué habrá podido decir Gabriela para que Dina frunciese así el ceño, se ha quedado pensativa mientras le hablaba, ahora juega nerviosa con uno de sus pendientes y se pregunta «qué he podido decir». Dina ni siquiera se acordaba de ella, y eso que estuvo en su sexagésimo cumpleaños. Mientras Gabriela le hablaba, Dina se ha vuelto hacia otra parte, se ha puesto a contemplar el cuadro al otro lado de la habitación, un pequeño desplazamiento de su atención que ha bastado para que Gabriela se arrepintiera de haber venido. Pierre-Moïse ha sido muy amable al invitarla, pero aquí nadie la quiere; es evidente que Céline no sabía que iba a asistir, por qué a sus setenta años querría invitar a una exempleada, es un momento significativo, lo que quieres es verte rodeada de tus seres queridos, Céline al verla parecía sorprendida, le ha dicho «¡qué alegría verte!», pero mentía, una ligera ondulación en el tono de su voz que Gabriela ha reconocido. Cuando tenía la edad de los niños que juegan en la alfombra del salón con sus muñequitos, Céline era su ídolo, Lysandre tira del vestido de su madre para decirle que tiene hambre, Gabriela la toma de la mano, le propone jugar las dos juntas; Mateo había sacado su Game Boy, pero al verlas sentadas en la alfombra va con ellas suspirando, como si les estuviera haciendo un favor. Se reparten los personajes, Lysandre toma a la princesa, Mateo al mago, Gabriela elige un personaje masculino a propósito, un gnomo barbudo. El azul para los chicos, el rosa para las chicas; las cosas no cambian tan rápidamente como ella quisiera. «¿No quieres ser la reina?», le pregunta Lysandre. Últimamente Gabriela ha descubierto que las reinas no existen, toda una santa se ha vuelto humana ante sus narices, Céline es una mujer inspiradora, al principio Gabriela no creía lo que se decía de ella, Céline debía de haberse ablandado con la edad, a lo largo del último año, que se ha pasado dedicada a la gestión de crisis más que a la gestión de proyectos, Gabriela ha constatado que un ídolo puede caer en muchos errores. Céline es una mujer de su generación que tuvo que arrancar su lugar en el mundo de unas manos sumamente avaras; el único motivo por el que Gabriela habló con la periodista de *La Presse* fue porque, trabajando a su lado, ha sido testigo de las espirales de ansiedad que se monta Céline a base de dudar de sí misma, las catedrales de no-dichos, de sesgos cognitivos y de juicios silenciosos, Céline toma sus temores por hechos probados, actúa en función de fantasías, de quimeras, se siente perseguida por todas partes y transmite sus angustias a los demás con gestos involuntarios, con comentarios anodinos que, a la larga, son difíciles de soportar. Lo peor es que no acepta la menor crítica; al compartir su diagnóstico, Gabriela tenía la esperanza de que el ambiente de trabajo cambiara. Hay que hablar más sobre el clima irrespetuoso que reina en los ambientes de trabajo, lo que ella ha hecho es justo y necesario, sin embargo al leer el artículo Gabriela se sintió traicionada por los periodistas. Nada era del todo falso, todo es cuestión de montaje, le parece que su testimonio, narrado después de los otros dos en un artículo de título sensacionalista, adquiría una gravedad exagerada. Lo que vuelve el carácter de Céline –que en la superficie siempre es conciliadora– del todo insoportable es sobre todo la acumulación y la repetición de pequeñas cosas. Le preguntaron si su jefa era más severa con las mujeres, y Gabriela no cree haber dado una respuesta tan tajante; en Ateliers C/W confiaron mucho en ella, le dieron unas responsabilidades importantes para una empleada que coordinaba su primer proyecto de semejante envergadura, además, como es sabido, C/W respeta la equidad salarial y ofrece las mejores condiciones de Montreal, un arquitecto que empieza a 20 dólares la hora, trabajando con Céline Wachowski empieza ganando por lo menos 27 dólares. Está convencida de que todo este asunto tendrá repercusiones positivas en el estrés y el clima tóxico en el lugar de trabajo, es algo que va más allá de los individuos implicados; ha hecho lo correcto, espera que Céline sepa distinguir una cosa de la otra. Gabriela en el fondo la aprecia, por mucho que se sienta aliviada de haber dejado de trabajar en los Ateliers quiere quedar en buenos términos con ella a toda costa. La salida de su antigua jefa es una gran noticia para la agencia y su equipo; es lo que anda pensando cuando la ve entrar en la veranda. De camino a la fiesta se ha preguntado si solo venía para tranquilizar su conciencia, y antes de llegar no le ha dado tiempo de encontrar la respuesta. Céline no se lo tiene en cuenta, la prueba es que Gabriela está aquí esta noche y Céline se acerca a ella sonriendo.

En la ducha ha podido deshacerse de la sal en su piel y del llanto que le ha entrado al llegar a casa (en serio era necesario tanto secretismo), todavía llevaba su ropa interior deportiva, se ha quedado unos minutos bajo el agua caliente, Michel le ha secado el cabello y ella se ha hecho un moño y se ha puesto una horquilla detrás de la oreja, se ha dibujado una línea en el párpado y otra en los labios y luego se ha puesto los pantalones de pana rojos de talle alto, la blusa blanca de manga larga y los zapatos de tacón. La selección de invitados es sorprendente. Da una vuelta y saluda a todo el mundo. Por principio odia los cumpleaños –le parecen narcisistas–, sin embargo no puede ocultar la sonrisa que lleva pegada en los labios. Pierre-Moïse se ha dado cuenta, debe estar orgulloso de su sorpresa, aunque no lo ve del todo bien; más tarde trataré de abordarlo aparte para preguntarle qué le pasa. Mientras hace la ronda por el salón, Céline piensa en el aniversario de Dina, el suyo será más modesto, un refugio improvisado en mitad de una tormenta, un instante de alegría sin extravagancias, le alegra que no hayan invitado a más gente, sin demasiados colegas ni frívolos inútiles tratando de alimentar su cartera de influencias. Valérien, guapo a más no poder –le pone la mano en la mejilla–, le ofrece una copa de champán, todo el mundo bebe y Dina está encantada al ver esa sincera alegría en los ojos de Céline.

Llaman a la puerta, Dina se apresura. Vuelve seguida de Cai y Françoise, que exclaman: «¡Happy birthday!». Céline no entiende qué hace él aquí. Le da dos besos en las mejillas, toma a Françoise en sus brazos, se quedan un buen rato agarradas de las manos haciéndole todo tipo de preguntas. Mientras presenta a Cai y Françoise a los otros invitados, Céline se pregunta por qué Dina no la habrá avisado, su maleta sigue junto a su cama, piensa con un escalofrío, tendrá que pedirle a Michel que vuelva a llevarla a la habitación de invitados.

Desde que han llegado, Céline se ríe mucho, una risa crispada, habla nerviosamente para llenar el vacío. Pierre-Moïse se pregunta qué la habrá molestado, hasta hace nada Céline irradiaba buen humor, hace mecánicamente la ronda de conversaciones arrastrando a Valérien de la mano, le explica a todo el mundo que su ahijado es el vivo retrato de Saint-Loup en la *Recherche*, el libro de Marcel Proust, físicamente no se parecen (Saint-Loup es rubio), pero Valérien tiene el mismo corazón de oro, la misma bondad fundamental, es increíble cómo Valérien le hace pensar en Saint-Loup. Céline le pregunta a Pierre-Moïse si se habían visto antes, sí, claro, en el cumpleaños de Dina, ella cree que se llevarán muy bien, de hecho, está segura. Quiere hablar de Proust, pero nadie excepto Michel está interesado en el tema, y resulta evidente que Céline no tiene ningunas ganas de hablar con él.

Dina vuelve a la cocina y acaricia el hombro de Lucie, no ha visto que se están bebiendo su botella de champán, no de cava, de champán, Lucie ha traído otras dos botellas de tinto, una de regalo, la otra para la cena, y Dina ni siquiera se ha dado cuenta. Su amistad viene de cuando eran niñas, sin embargo tienen tan poco en común, Dina lleva desde siempre esa vida divina, para ella el dinero nunca ha sido un problema, si bien es cierto, piensa Lucie, que ha perdido el contacto con la realidad de las cosas. Lucie charla con Sigourney, hablar en inglés no le molesta, pero tiene la desagradable sensación de que las sobras se van reuniendo, aquí no conoce a nadie, pronto los enviarán junto a la anciana silenciosa de la mecedora, pondrán a todos los indeseables juntos a una punta de la mesa. Sigourney es una actriz muy famosa, y cada vez que se encuentra con gente famosa, Lucie se ve asaltada por esa sensación particular, una especie de dulce satisfacción, la sensación de que la vida le está haciendo una curiosa ofrenda, ya anda cavilando en cómo contar esta conversación a sus secretarias sin parecer presuntuosa, no se lo van a creer. A la actriz el trabajo de Lucie le parece notable, debe de ser muy fuerte tener un empleo como el suyo; por otro lado, seguro que es tan gratificante... Quiere saberlo todo sobre cómo Lucie se convirtió en trabajadora social; Lucie le explica que, por desgracia, ya no está sobre el terreno, trabaja en el rectorado, en la universidad nadie quiere ocupar los puestos de decisión, si no lo hace ella algún ingrato ocupará su lugar. Lucie explica al detalle el complejo funcionamiento de la administración universitaria tratando de exponer con claridad su babélica estructura y los juegos políticos que la engrasan. Su interlocutora es educada, pero el tema no le interesa, es evidente, Lucie se siente culpable por haber hablado más de la cuenta y le hace una pregunta a Sigourney para restablecer el equilibrio en la conversación. Ella le habla con voz triste de la desolación de Los Ángeles, del mundo del cine que ya no es como era, del perpetuo racismo de la policía y del gobierno, de la corrupción, de los incendios, de las quiebras, de los cierres, de los escándalos y de los suicidios. Le encantaría vivir en Montreal. «You know, it's not different here...». Ella no le cree, el sol allí es demasiado duro, la gente se deprime, muere muy joven. Según Sigourney, Hollywood necesitaría de gestores ilustrados como Lucie, en unos años no se producirá ni una sola película auténticamente artística, es desolador.

Cuando Céline lo toma del brazo para dar un paseo hasta el hall, Pierre-Moïse anda un poco distraído. Ella le pregunta con voz suave si es que pasa algo. Se lo ve triste, la mirada evasiva, ella nota que algo lo aflige. La puerta se abre, Pierre-Moïse nota un viento fuerte que lo succiona hacia el exterior, siente aflorar una vívida turbación, unas pocas lágrimas, pero siguiendo un arcano impulso la razón retoma las riendas, acaso es un momento adecuado, la noche de su setenta aniversario, para dejar ir la infinidad de pequeñas frustraciones y desilusiones acumuladas que en él anidan. Teme que ponerlas en palabras pueda volverlas más fuertes. Fue nombrado presidente-director interino de Ateliers C/W, y desde que un miembro del consejo de administración le telefoneó para anunciarle que estaban preparando su sustitución ya conoce el perverso alcance del adjetivo «interino», la idea era, le dijo el administrador, volver más neutral la compañía y su imagen, hace tiempo que se habla de profesionalizar su estructura, independizarla de su fundadora, reseguir las líneas maestras de su pesada huella para regenerarla, y según parece Pierre-Moïse forma parte de esa vasta herencia de la que quieren deshacerse; está demasiado cerca de Céline, todo cuanto a ella le reprochan a él también le incumbe de forma inevitable. «¿Va todo bien?», le pregunta Céline. Pierre-Moïse no dice ni una palabra sobre la pesadilla que han estado siendo estos últimos meses, manejando todo tipo de pequeñas crisis internas y organizando la transición en la dirección, ni una palabra sobre lo que tienen pensado hacer con él cuando haya acabado de estabilizar la gobernanza, ni una palabra sobre sus temores en cuanto al futuro de su carrera, sobre la firma propia que se dispone a fundar con un colega de la universidad, está decidido. Durante sus estudios no hizo muchas amistades, siempre sentado en primera fila, el pelota de los profes, lo llamaban, organizaban fiestas a las que nunca lo invitaban, se burlaban de sus proyectos mundanos mientras ellos presentaban obras abstractas, un trazo de pincel sobre un lienzo titulado *Meditación sobre el espacio 5*, en el departamento de arquitectura nunca se desprendió de la sensación de tener que negociar con ferocidad para merecer un respeto que otros gozaban de oficio, muchos años después Pierre-Moïse coincide con ese colega en el jurado de un premio, un tipo simpático en el fondo, juntos son más fuertes, sus ámbitos de experiencia son complementarios y ambos son muy ambiciosos, sueñan con convertirse en la referencia quebequense en arquitectura pública, en desarrollar proyectos en barrios pobres de Montreal y en diferentes comunidades minorizadas, el Afro-Descendents History Museum de Vancouver brilló en los círculos de la arquitectura y le abrió a Pierre-Moïse unos caminos hasta la fecha inaccesibles, a lo largo de su carrera siempre había soñado con un proyecto como ese, su colega admira ese edificio, Pierre-Moïse le habló de las reuniones que hicieron durante su investigación, su futuro socio también se estaba cuestionando el futuro profesional, como él, Pierre-Moïse había encontrado un interlocutor real, alguien que compartía sus dudas, sus vacilaciones, capaz de imaginar en torno a una copa de vino partenariados y proyectos pro bono. Pierre-Moïse no ha tenido tiempo de acusar el shock de su posible reemplazo, de desentrañar el complejo amasijo de pena y de rabia, el sentimiento de injusticia, se ha puesto enseguida en modo solución, se ha reunido con planificadores financieros, ha precipitado las decisiones; no esperará a que le enseñen la puerta. Dimitirá de los Ateliers, hará una salida pública para distanciarse de Céline Wachowski y, sobre todo, antes tiene que contárselo todo. Lo vio claro hablándolo con Nathan, Céline tiene una parte de culpa en toda esta historia, le dirá que tiene una parte de culpa en toda esta historia, Pierre-Moïse ha aprendido de los errores de su socia y se distanciará públicamente de ella, no quiere que se le pegue la mala reputación de Céline, pero ni hablar tampoco de hacer nada sin primero contarle el plan, ni hablar de romper esa amistad, siempre podrán mantenerla en privado. Ella lo entenderá, piensa al escucharle pronunciar estas palabras: «¿Va todo bien?». Céline mira a Pierre-Moïse a los ojos, podría aprovechar esta ocasión, contarle todo el mogollón que ha vivido este último año, todo ese guirigay le ha provocado unas dudas profundas e improductivas en su relación con su trabajo, en su visión del oficio, o acaso no necesita (escucha la voz de Céline) cultivar su confianza, dejar atrás sus vacilaciones y sus preocupaciones inútiles, silenciar esa voz tan cruel con la que uno acaba por identificarse, meditar sobre los corolarios de un proyecto, de un edificio, los intelectuales sostienen que los arquitectos son el síntoma de otros fenómenos más amplios y que su trabajo tiene consecuencias directas sobre la vida de la población precarizada, su trabajo a menudo está a sueldo de gobiernos o inversores privados, eso es cierto; a veces piensa en aquel hombre que se suicidó porque un propietario lo había echado de su vivienda. Al cuestionar la validez de algunos edificios que él mismo diseñó en el pasado, Pierre-Moïse desprestigia imprudentemente los parámetros de su concepción del oficio, en los pupitres de la universidad no los preparan para ese tipo de reflexiones, qué valor puede tener un museo si destruye la vida de familias pobres, sin papeles; ¿no estamos exagerando la responsabilidad individual de los arquitectos, se despoja realmente de sus derechos a gente en situación de fragilidad mediante unos simples planos y estimaciones de construcción? La relación entre su trabajo y la crisis actual sigue siendo oscura. Pensará en todo ello cuando tenga pleno control sobre su futuro y a ningún administrador reprendiéndolo por encima del hombro si rechaza un contrato, su capacidad de reflexión se ve engullida por una ansiedad venenosa que atenaza su espíritu, que necesita brincar y revolotear por encima de las cosas, aunque él no puede hacer nada, el trato que han infligido a Céline le escama, acaso estamos todos y todas en un asiento eyectable, a un milímetro del oprobio y el descrédito, percibe en la sociedad una sed de sangre que le es extraña y va contra sus valores fundamentales; la gente tiene derecho a equivocarse, no se puede reducir a una mujer a la lista de sus errores. La reputación de Céline se le va a pegar, lo malo es que a él asociarse con Webuy nunca le hizo gracia, lo dijo desde el primer momento. La pregunta de Céline, «¿va todo bien?», a Pierre-Moïse lo pilla con el pie cambiado, desde que tenía veinticinco años no ha dejado nunca de trabajar más de tres semanas al año, siempre encadenando proyectos exigentes sin espacio para sus dudas, sus incertidumbres; tampoco se concede el derecho a sentirse insuficiente, su lugar en el mundillo es frágil, se espera mucho de él, si flaquease perjudicaría a toda una invisible multitud de personas que lo apoyan y ven en él la señal de un cambio, una esperanza para los jóvenes, al dimitir se estaría confesando incapaz, y eso tendría consecuencias mucho más allá de su propia carrera. Mientras ella se lo lleva aparte en el hall para preguntarle si todo va bien, Pierre-Moïse condensa su estado de ánimo en una respuesta elíptica susurrada con una sonrisa: «Los últimos meses han sido estresantes, ya te contaré. Me está costando un poco desconectar». Céline le pone la mano en el hombro: «Es Gabriela. Te hace pensar en el trabajo. No sé si deberíamos haberla invitado». Él se siente un poco ruin, pero ese arreglo de momento les viene bien a los dos, asiente y traga saliva: es Gabriela. Ella lo coge por el brazo y vuelven al salón. Encendiéndose un cigarrillo, Céline piensa: «Ha preferido preservar el buen ambiente de la velada».

Todo el mundo toma asiento alrededor de la gran mesa en la que Rolande y el ayudante de cocina han repartido platillos sencillos, una entrada de burrata, una gran frittata de setas salvajes, un risotto de azafrán, unos raviolis de calabaza, un pastel de cebolla y confites de higos, una ensalada de brócoli y pomelo, otra, tibia, de brotes de nabo con ajo y limón, caviar de berenjena con remolacha, y quesos. Una cena sin ceremoniales, lo hemos cocinado nosotros mismos, dice Dina, un menú vegetariano. A Michel el tofu no le gusta y siente la necesidad de puntualizarlo. ¡El vino! Todos están secos, se nos olvidaba el vino. Rolande ya ha tomado asiento en la mesa y Valérien y Nathan le prohíben que vuelva a levantarse, corren a la bodega a escoger algunas botellas, tinto y blanco, el tinto empezando por el más ligero. Valérien acaba de abrir la suya y desliza su sacacorchos en el bolsillo trasero de Nathan mientras este se estira para coger un vaso del estante de arriba. Aunque la idea de tener sirvientes contratados le repugna (ellos tienen una mujer de la limpieza, pero eso no es lo mismo), Nathan se pregunta por qué Céline permite a Michel que coma con ellos. Lleva símbolos paródicos, la medalla desteñida de una casta a la que no pertenece; su chaqueta con estampados dorados es extravagante, mal tallada, la camisa lisa no es del tono adecuado, el fular y los anillos falsos no pegan con el resto. Michel ha metido baza a la mínima que ha oído que hablaban de arte comprometido, como siempre una fuerza contraria ha prendido en él, y ha tratado de explicar que el arte siempre ha estado del lado de los poderosos –no es un juicio de valor, es un hecho–, nadie se sorprende cuando consideramos el cine como un negocio como cualquier otro, pero los autores se complacen en pensar que su trabajo es ajeno a los intereses económicos. ¿Woolf no decía ya que para escribir hace falta un lugar propio? Quien difunde esas ideas biempensantes es la generación woke y su revisionismo; su sobrino comparte artículos a los que Michel responde en los comentarios, hay que estar al tanto de las maniobras del ejército para insultarlo, se creen que son los salvadores del mundo y forman parte de los que se han puesto a gritar sobre la explotación con lo de vuestros edificios (señala a Pierre-Moïse, que pasa a otra conversación), la conciencia bien bonita y la cabeza bien vacía. Si algo ha aprendido él a fuerza de leer, es que la literatura lleva inscrito en sí misma un germen de dominación, leer significa asumirlo, someterse a la autoridad, incluso a la tiranía del autor y de su lengua, obedecer a sus caprichos; cuando el autor es bueno resulta un placer, lo malo es cuando se trata de un vulgar juntaletras. Si retrocedemos en el tiempo, en el siglo XIX los autores escribían para alimentar una industria y jugarse los ahorros en la Bolsa. No es casualidad que todos los intelectuales respetables estuvieran en contra de la Revolución Francesa –una revolución burguesa–, que apoyaran a Napoleón y, antes de él, a los reyes de Francia e Inglaterra, Racine, Molière, Shakespeare, la lista es larga, todos escribieron sus obras maestras para apoyar y entretener a los reyes, obras de encargo que confirmaban la superioridad moral de sus mecenas sobre el pueblo. ¡Decirlo no es ningún desprecio! Al pueblo en esos tiempos lo tenían en la ignorancia, hoy en día es él mismo el que se aferra a su estupidez, el que la defiende con agresividad. Solemos olvidar que lo primero que hizo la literatura fue pensar, experimentar, probar la superioridad de unos sobre otros; a eso se le llama el talento. Como técnica, la escritura sirvió para contabilizar el crédito, luego, siglos más tarde, para rendir homenaje a los monarcas y a las grandes batallas; históricamente es obra de una élite. Nathan replica de manera confusa, mezclando nombres de filósofos y conceptos abstractos. Aunque Michel es un viejo blanco de derechas, Pierre-Moïse percibe la miseria de ese hombre. En realidad no cree en lo que va diciendo a los cuatro vientos con esos gestos alambicados, haría cualquier cosa por llamar la atención, intenta desesperadamente que le odien, Pierre-Moïse siente rechazo por quien encarna todo cuanto él no quisiera ser, y al mismo tiempo tristeza al imaginar hasta qué punto ese carácter hiriente se ha forjado a base de rechazo y soledad, lo mismo que sus teorías vanas, unas provocaciones gratuitas que no merecen reacción alguna; Nathan debería ignorarlo en vez de discutir con él. Lo que más le molesta de ese viejo esteta que Céline y otras damas ricas de West Island estuvieron manteniendo antes de convertirlo en su hombre de compañía, de ese criado que vive como un parásito alimentándose de las migajas que caen de la mesa alrededor de la cual, no obstante, él mismo toma asiento, es la soledad que emana de él, una soledad en que Michel parece regodearse, encadenando peticiones de amor inmediatamente acompañadas de agresivas negativas. Michel es un hombre solo que vive encerrado en las casas de Céline y no tiene amigos, amores ni familia. Según la experiencia de Pierre-Moïse, encarna la única dimensión unánimemente compartida de aquello que hoy en día, a falta de algo mejor, se llama la «homosexualidad», esa soledad que se siente desde la infancia y se agrava con la edad.

Desde el principio de la velada, la gente no deja de hacer acrobacias para no hablar de lo obvio, el único tema natural, un asunto sobre el que todos y todas tienen algo que decir. Sigourney mide mal el alcance del tabú y vuelve a la carga por tercera vez, «but what's the matter exactly?». Lucie le responde en voz baja con un guiño cómplice, «we try not to think about it». Lucie no entiende por qué Céline se lo habrá tomado tan a pecho. Y eso que Dina la ha avisado por teléfono, está *hecha polvo*, le ha dicho, *fundamental* no sacar el tema, está *hecha polvo*. Pero viéndola, Céline tampoco es que parezca estar tan hecha polvo. Tiene la risa fácil y no deja de hacer bromas, preside las conversaciones con ardor, Lucie no conoce mucho a la amiga de su amiga, pero esta noche vislumbra por primera vez la naturaleza de esa relación tan preciosa para Dina, Céline es una mujer carismática, de una risa muy generosa; no ve en ella ni la contención ni el cerebralismo que desprende su personaje televisivo. Por lo que dicen, ha metido bastante la pata, los periódicos no la dejan en paz, viéndola al cabo de la mesa divirtiéndose sin complejos con las anécdotas que le cuentan, Lucie siente que ha bajado la guardia, esta noche Céline es magnética, no se parece en nada a la mujer metódica que vio en una entrevista con un periodista agresivo de la CNN. Sigourney está explicando que muchas veces a su compañero de plano lo suben a un bloque de madera. Ella mide seis pies, y una mujer más alta que un hombre echaría abajo «all of Hollywood's sex ideology»; la gente se ríe. No debe de estar actuando mucho, Dina va al cine de vez en cuando y hace siglos que no la ve en la gran pantalla, preguntarle en qué película ha actuado últimamente, ¿sería descortés? Porque es famosa, sí, eso es cierto, su cara es conocida...

El risotto está delicioso, la ensalada de pomelo también, son cosas sencillas, pero Céline tiene la sensación de que las han preparado pensando en ella, todo tipo de delicias vegetarianas acompañadas de unos vinos tintos ligeros y naturales, llevada por la alegría y la glotonería todo lo prueba, Dina es una cocinera excepcional, la comida es mejor que en muchos restaurantes gourmet, ella insiste en que ha sido un trabajo en equipo, pero esta noche la jefa ha sido Dina, la corrige Rolande, el resto hemos ejecutado su plan. Todo está muy bueno, sí, es un auténtico placer compartir juntos estas buenas botellas y deliciosos platillos entre amigos, alrededor de una gran mesa que amuebla maravillosamente el amplio comedor, adyacente a la veranda, Marielle no ha acabado de entender el entrelazado de las estancias, se pregunta si la complejidad arquitectónica de la casa es aposta, recuerda haber leído en Instagram que en los países pobres, donde las desigualdades económicas son evidentes, los ricos viven en castillos provistos de imponentes defensas, murallas, alambradas, perros peligrosos, ametralladoras, el post seguía diciendo que en los países occidentales existe un sistema defensivo igualmente sofisticado, pero invisible. El aparato de protección es simbólico, consiste en el prestigio, la belleza de las posesiones, el arte retórico, todo un conjunto de relatos, una concepción del éxito que protege a los ricos de los robos legítimos que podrían infligirles los muertos de hambre, todo un aparataje de encanto, la creencia en el mérito, las joyas, los diamantes reflejan el valor de su propietario. Una despensa, un aparador, una cocina, si te equivocas de puerta te metes en un despacho, en el hall o en la biblioteca, la mansión de Céline desorienta, pierdes de vista el río y confundes la izquierda con la derecha, quién sabe si para protegerse de posibles intrusiones. Un agradable ventanal bordeado por un gran banco sobre el que puedes leer tomándote el aperitivo, cuando levanta la vista al techo se siente arrebatada por los detalles de un rosetón de yeso. Céline levanta la vista para ver qué está mirando Marielle, el rosetón, sí, Marielle se da cuenta y ambas se ríen. Céline no se lo pasaba tan bien desde hacía mucho tiempo, no puede tragarse el bocado, Pierre-Moïse y Marielle hacen su numerito, cuentan sus improbables recuerdos de infancia insistiendo en los detalles. Aquella vecina vieja y desagradable de la ciudad Mont-Royal a la que sus padres llamaban amablemente «la Víbora» y que asustaba a los niños, además de estar todo el rato quejándose del ruido. Un día Pierre-Moïse –en realidad fue Marielle, Pierre-Moïse debía de andar por los tres o cuatro años– va por la calle en su triciclo cuando la ve y suelta: «¡Es la Víbora!». Su madre iba justo detrás de él muerta de vergüenza, le dio una regañina asegurando que no tenía ni idea de dónde se habría sacado esas palabras tan groseras. Mateo y Lysandre, sentados con los mayores, se sienten orgullosos de haber entendido la broma, Lysandre se pone a repetir «la señora Víbora, la señora Víbora» para hacer reír a los adultos; «os juro que la anécdota es cierta, salvo que es algo que me pasó a mí, como siempre mi hermano mayor intenta apropiarse de las buenas historias».

Marielle tiene la sensación de hallarse frente a dos Célines; la mujer sobre la que ha estado leyendo en internet no cuadra con la que esta noche celebran todos. No hay que olvidar, se repite Marielle, que Céline explota a los más débiles, todo cuanto tiene a su alrededor fue construido sobre los cuerpos de hombres y mujeres machacados en fábricas de muebles, en cárceles, Marielle tiene la desagradable sensación de que todo el mundo está del lado de Céline, de que la mesa, las sillas, las paredes, el fluir de la velada sirven para defenderla, para hacerla pasar por una mujer amable y generosa, Marielle quiere recordar que Céline está en el lado equivocado de las cosas, que forma parte de unas estructuras que aquella joven criticaba en su perfil de Instagram, pero se siente llevada por la corriente de la velada y nadie le tiende la mano para acompañarla en su deriva. Marielle se siente bien entre los invitados. Desde que ha llegado no ha pensado en el divorcio. Escuchan lo que dice, le ríen las gracias, se siente mejor que con la mayoría de los colegas de trabajo, que no dejan de recordarle sus orígenes burgueses; ¿de verdad se es realmente burguesa siendo hija de un médico que migró en unas condiciones terribles y de un ama de casa, ganando apenas setenta mil al año y criando a dos hijos? A la larga, la mentalidad tribal y degenerada de sus colegas resulta agotadora, tienen una psicología de *cuñadas*, si Marielle cuenta su viaje a Bora-Bora, si llega con unos pantalones demasiado chic, le toca disculparse por tener tanta suerte, es como si lo que ella posee se lo hubiese arrancado a los demás de las manos, a la mínima que se da la vuelta le robarían hasta el boli. En el trabajo a Marielle le toca callarse, es absolutamente discreta en relación con su familia y con sus momentos de ocio, pues enseguida le harían un examen y sacarían conclusiones sobre su persona, asegurarían que no se distingue de la molesta masa de empleados gubernamentales, trabaja con gente perdida, que no ha tenido suerte en la vida, y al parecer habría que aspirar a su misma condición; esta noche Marielle no siente esa necesidad de ocultar sus opiniones, de ir con cuidado con lo que dice sobre lo que le gusta y no le gusta, me aceptan como soy, y eso que probablemente pertenezco al mismo grupo social que la cocinera que habla tan fuerte.

En la otra punta de la mesa, la conversación sobre el edadismo de Hollywood se extiende y se ensancha como un líquido derramado, Pierre-Moïse habla de una crisis de la transmisión en Occidente y cita un ensayo, Nathan no está convencido, estamos en una pirámide demográfica invertida, en muchos aspectos los babyboomers siguen ostentando el poder. Phyllis no está de acuerdo, pero le cuesta meterse en la conversación, su vecino habla demasiado fuerte. Phyllis querría que le sirvieran un vaso de agua, pero no se atreve a interrumpir a los dos hombres que la rodean. Toda su vida ha hecho un trabajo que la obligaba a dar un golpe en la mesa. Le hacen preguntas, ella cambia de conversación y cuenta historias para distraer a la gente que la escucha. Pero tiene la cabeza en otra parte. Los niños deben pensar que tiene cien años; tiene noventa y seis. Por las noches no logra descansar lo suficiente y no tiene ganas de luchar por un vaso de agua. Le duelen los ojos. Cuando los cierra, todo es blanco. A veces se pregunta adónde iremos después, si una podrá llevarse las cosas que más quiere.

Una cosa es segura, añade Lucie –ignora que al decir lo que va a decir provoca una cierta angustia en Marielle–, y es que pasados los cuarenta, la sociedad considera que las mujeres ya no son buenas para la seducción. «Disfrutadlo, señores», dice mirando a Pierre-Moïse, que piensa que, de hecho, con los gays pasa lo mismo. Sigourney está de acuerdo, Céline también, aunque precisa que, a los sesenta años, se produce una renovación en la lista de pretendientes, y en la bandeja de entrada de tu mail aparece, vete tú a saber de dónde, toda una población de ancianitos proponiéndote matrimonio, hombrecitos libidinosos adictos a la Viagra (Marielle les sugiere a Lysandre y a Mateo que vuelvan al salón a jugar hasta que llegue el postre) cuyo dinero ya no basta para atraer a jovencitas y que quieren arrastrarte a su mansión para que les hagas masajitos en los pies y les prepares paté hasta el fin de tus días. Hoy en día hay un tabú generacional con el hecho de reconocer el conocimiento que te da la experiencia, con la modernidad vivimos en unas sociedades orientadas hacia el futuro, según Pierre-Moïse la ideología del rendimiento, el neoliberalismo, desprecia los conocimientos adquiridos con el tiempo, la experiencia, los viejos no tienen la oportunidad de transmitir su bagaje, los apartamos de la vida política, el alzhéimer es un síntoma de ese proceso, ellos mismos pierden el dominio de sus conocimientos; Céline eso lo ve a veces con los jóvenes arquitectos, no tienen ni idea de quiénes pueden ser Lutyens o Roebling (todo el mundo asiente, pero en la mesa nadie excepto Pierre-Moïse sabe quiénes son Lutyens y Roebling); Pierre-Moïse habla de Japón, donde tienen una relación completamente diferente con los mayores, podríamos tomar ejemplo de Japón; o de los autóctonos, piensa Lucie; Michel sube la apuesta, los jóvenes ya no tienen cultura, libran una auténtica guerra contra la cultura. Para Gabriela todo es más complejo; en las sociedades tradicionales, el Quebec anterior a la Revolución Tranquila, por ejemplo, los jóvenes no tenían derecho a expresarse, les era imposible hablar por ellos mismos, les daban un tortazo, y eso hoy sigue siendo un peligro, nos obligan a cargar con los errores del pasado, como si *nosotros* tuviéramos que hacernos responsables de la basura anterior. Nathan está de acuerdo con ella, siempre les toca pagar a las generaciones más jóvenes, hoy acarreamos las deudas de los boomers y mañana serán los niños de ahora quienes paguen por nuestra inacción medioambiental. Los errores del pasado no se imprimen en el presente de forma íntegra, los procesos de transmisión son mucho más sutiles, reflexiona Céline, lo que heredamos es el inconsciente de las generaciones anteriores, cada generación rechaza las características más evidentes, más visibles de la de sus padres, si tu padre cambia el aceite del coche al borde de la autopista, es muy probable que tú acabes militando por el reciclaje o por salvar a las ranas, pero eso no es más que fachada, un cambio de forma o de dirección; los proyectos inacabados, los deseos traicionados, las humillaciones, las heridas psíquicas, todo eso es lo que en realidad forja la mentalidad, lo que pasa intacto de una mente a otra en un tiempo que no evoluciona de una forma lineal, sino a base de repeticiones y sobresaltos. Los jóvenes y su vigor desplazan las estructuras, cambian los modos de hacer, maquillan los antiguos discursos, es el éxtasis histérico –en un sentido freudiano, aclara– de la juventud, que obedece al Superyó de la época (ya nadie presta atención a lo que dice), pero todo eso en realidad refuerza el auténtico ejercicio de la tiranía, que tiene sus raíces en el inconsciente, no nos hemos deshecho del fascismo (dice todo eso con voz calma, sin hacer pausas, con una sonrisa), el verdadero cambio solo podría llegar de una comprensión profunda de las lógicas inconscientes del pasado; los peores rasgos de la humanidad, no lo dudemos ni por un instante, cambian de aspecto pero siguen organizando las desigualdades del presente, y eso es porque no han sido eliminados por una toma de conciencia radical. Al decir esto, Céline se da cuenta de que lo que realmente hay detrás de esta conversación sobre la herencia y la vejez, lo que está teniendo lugar en silencio, en otra escena, en el subsuelo de la conversación, es un juicio a su persona; las posiciones de cada cual se vuelven más claras y, sorprendentemente, la irritan menos.

«En mi opinión, lo que ha sucedido con Webuy es eso. Quebec no ha sabido aceptar que una mujer mayor, una mujer de setenta años le ofrezca un pedazo de futuro». Nadie se atreve a hablar, Françoise susurra «sin duda...», pero no añade nada. El imponente silencio llama la atención de Cai en la otra punta de la mesa, levanta la mirada y luego vuelve a su discreta conversación con Phyllis. Céline lanza su ataque, rompe el tabú con una intervención calculada, explica que en las peticiones de los manifestantes hay algo de perturbador, un germen fascista, le están pidiendo al gobierno, a una instancia superior, una intervención casi divina, *borrad lo que no sabríamos ver.* Así es como funciona la ceguera ideológica, a través de todo tipo de rituales uno se autoconvence de que su punto de vista es el correcto, se encierra en su madriguera y luego se construye una especie de pantalla que distorsiona la realidad; y sin saberlo, está militando por la regresión de la sociedad, por la abolición de un proyecto que pretende sacarnos de nuestro letargo, uno pretende que está luchando contra el poder y al mismo tiempo exige una intervención autoritaria del gobierno, en quien de todos modos hemos delegado nuestra capacidad de acción. La idea de la democracia representativa es esa, arguye Françoise desde la otra punta de la mesa, desde donde intenta seguir dos conversaciones al mismo tiempo. Céline le da la razón, acaba añadiendo que eso induce una forma de fascismo psíquico, si miras lo que sucede en Estados Unidos todavía se ve más claro: votas cuando puedes y el resto del tiempo esperas a que el poder intervenga en tu favor. Puedes pasarte mucho tiempo rezando. Cómo una mujer tan rica puede quejarse tantísimo, piensa Nathan, es una locura que el dinero, que el poder –debe de tener el presupuesto anual de un municipio de tamaño medio, el número de teléfono del primer ministro y de una decena de senadores estadounidenses– no le permita estar por encima de todo eso, la víctima eterna; intenta mantenerse tranquilo, siente que su lado estridente empieza a aflorar.

«Estoy totalmente de acuerdo con que ahora mismo eres el chivo expiatorio, es como si estuviesen proyectando en ti toda una serie de asuntos que van más allá, que te superan... Pero, a pesar de todo, ¿no te parece que en ese compromiso hay una fuerza positiva? Ver a los ciudadanos saliendo de su zona de confort para expresarse es buena señal, ¿no?». Los comentarios de Gabriela van en contra de la posición que defendió ante ella en el pasado; Céline se sorprende, luego se sorprende de sorprenderse. Dina desplaza un poco el asunto al añadir que más que un grupo de ciudadanos son una manada de animales... Estamos en una época de cambios, continúa Pierre-Moïse, por fin empezamos a darnos cuenta de que todo cuanto instauramos en los años ochenta convencidos de que nos haría más libres (la precarización del trabajo, la deslocalización de la producción, los recortes en temas sociales, en cultura, la desregulación de los mercados), era pura bullshit; Céline está de acuerdo, repite «pura bullshit». Creo que en este momento no sabemos *qué* cambio queremos colectivamente. Queremos retroceder, piensa Rolande, que no tiene la oportunidad de desarrollar la idea. Pierre-Moïse continúa, lo cual también explica el ascenso de la derecha: es gente que propone una respuesta clara al problema, diciendo «es culpa de los negros o peor, de los árabes». «¡O de reptilianos satano-pedófilos!», grita Valérien. Nathan responde en tono sarcástico: «Ah, yo eso sí lo creo». Desde hace un año está de moda decir «es culpa de la señora rica que dice palabras complicadas en las entrevistas», pero eso cambiará. Lo que en el fondo hay detrás de todo eso son las injusticias económicas, el poder de Wall Street y de los financieros, eso es lo que al final se pone en cuestión. Céline dice que en Wall Street hay gente que está muy bien. Pierre-Moïse se ríe, Gabriela lo mira con una sonrisa crispada; entiende la idea, por supuesto, pero lo que le fastidia es la evasión fiscal, la gestión empresarial offshore. A Gabriela le cabrea que se pase de puntillas sobre ese asunto, nadie habla de que el nombre de la festejada haya salido en esas listas de gente riquísima que se niega a pagar la parte que le corresponde, acaso Gabriela es la única que ahí percibe un regusto de hipocresía, cómo puede ser que Céline critique a los poderosos y el retroceso en inversión de los gobiernos y al mismo tiempo evite pagar sus impuestos, Gabriela quiere hacerla hablar, es lo adecuado, reina una atmósfera ligera, la discusión es amistosa. «A mí me parece que hay mucha gente a la que le cuesta entender el tema de la evasión de impuestos». Era algo más fuerte que Gabriela, le pesaba sobre la conciencia, era una china en su zapato. Todo el mundo se vuelve hacia ella. Céline la mira a los ojos, en su pupila puede apreciarse el brillo de una llama azul. «¿A qué te refieres? Solo quiero estar segura de entenderte bien». Gabriela toma todas las precauciones necesarias, balbucea un poco, menciona empresas gestionadas offshore, no los Ateliers directamente, pero sí otras. El nombre de Céline en las listas de fortunas que se aprovechan de las grietas del sistema para... Gabriela no es una experta, pero cuando te quitan el 50 por ciento de tu salario en impuestos, escuchar que todos trabajan duro es inquietante. «Haces bien en plantear el tema». Céline responde con buen humor, como si Gabriela le hubiera hecho una pregunta como cualquier otra.

Estamos en un mercado globalizado muy competitivo, las empresas deben maximizar sus beneficios; hoy en día no tenemos el menor margen de maniobra, dependemos completamente de los accionistas, que solo tienen en mente la rentabilidad. Cai asiente. A la hora de establecerse, una compañía puede escoger entre varios países, y seguro que elegirá aquellos en que los costes sean menores. Es una cuestión de competitividad entre Estados, de retorno sobre las inversiones; el país recauda los impuestos y se beneficia de numerosos empleos en las oficinas y a través de bancos importantes. Cai entirely agrees with Céline. Cada vez hay más políticos que quieren legislar, pero en el estado actual del mercado, es imposible. Todo se vendría abajo. Precisa que quien se beneficia de la gestión offshore son sobre todo países pequeños, países emergentes, y que es totalmente legal. It doesn't please the big Western countries, of course. Los países ricos ven cómo su dinero fluye hacia las economías emergentes –que además lo necesitan– e intentan pintar un escenario maniqueo y catastrófico donde la culpa la tienen las empresas. Es legal, pero ¿es honesto?, pregunta Nathan, saber que Facebook o Webuy no pagan un centavo de impuestos en Canadá es exasperante, Phyllis está de acuerdo con él, es terrible que esas empresas no participen en la financiación de los programas sociales de los que se benefician sus empleados. Françoise conoce bien la cuestión, a su juicio es seguro que al final habrá tratados mundiales para reducir las diferencias de imposición entre los países. Hay que tener en cuenta que, si tuvieran que pagar las enormes sumas que les exigen países como Canadá, Alemania o Francia, muchas empresas simplemente no podrían funcionar, seguir siendo competitivas. We would lose their services, it would be more profitable for them to go bankrupt. Webuy nunca habría venido a Canadá sin las subvenciones y las ventajas fiscales, aclara Dina dirigiéndose a Gabriela. Además, nosotros también pagamos muchos impuestos, recuerda Céline: ella está en la horquilla más alta. Su salario está gravado en más del 50 por ciento; después de eso, ahorra un dinero que luego, cuando lo retira, le vuelven a gravar por *segunda* vez (¡y es el mismo dinero!). Eso es problemático, y no fomenta el ahorro, los economistas llevan diciéndolo desde hace tiempo, pero no hay forma de cambiar esas leyes anticuadas; si ella no hiciese nada para optimizar sus sobreimpuestos, sus asesores en fiscalidad la enviarían al asilo, todos los años gracias a ellos ahorra un montón de dinero, y ellos se aseguran de que todo sea legal, todo dentro de las reglas. Si no trabajase con sus abogados fiscales, es alucinante todo el dinero que perdería; Gabriela debería conocer a los de Céline, si quieres puedo conseguirte una entrevista, te sorprenderías. Marielle ha oído que las personas ricas de verdad suelen vivir de unos préstamos que los bancos les conceden a un tipo de interés muy bajo, que para ellos eso es más ventajoso que retirar dinero colocado, porque ese se lo gravarían; que todo queda respaldado por el patrimonio. Lo ha leído en alguna parte y no se atreve a preguntar si es verdad. Céline ha amado el dinero y ha deseado el dinero, lo dice dirigiéndose a Pierre-Moïse como diciéndole «tú también»; eso es algo que, deshaciéndose del típico sentimiento de culpabilidad canadiense-francesa, ella siempre ha confesado, no duda ni de su talento ni de lo que puede aportar a la sociedad; siempre he querido dejar mi marca, creo que lo he hecho y que no hay nada malo en ser ambiciosa, las mujeres necesitan de esa ambición para abrirse camino en nuestro mundo, un mundo que se resiste a verlas triunfar, y además no es que desempeñemos una función cualquiera, no manejamos minas ni petroleros... Cai se disculpa, pero sin las materias primas, compañías como Ateliers C/W no podrían hacer su trabajo; Françoise asiente; igual estamos lejos del gran arte, pero lo que hacemos es esencial. Yo no estoy diciendo que lo que hacéis vosotros no sea importante, la diferencia, piensa Céline, es que la base misma de nuestro trabajo (y mira a Gabriela) es contribuir a la democracia, facilitar la circulación, la igualdad en los accesos, creo que después de casi cincuenta años en la brecha, yo puedo decir que he hecho mi parte (otra vez mira a Gabriela, que baja la mirada), salvo que hoy en día es como si confundiéramos la ambición, la verdadera *ambición*, con una suerte de vanidad orgullosa y codiciosa. Gabriela asiente con la cabeza y mira al mantel; Marielle está decepcionada de que después de hacer una pregunta tan pertinente sobre el fraude fiscal, Gabriela abandone el barco, qué falta de valor; le dirige una mirada vehemente. Gabriela tiene demasiado claro que librar una batalla abierta, un gran debate sobre la validez del modo de vida de Céline Wachowski, no serviría de nada, su fortaleza justificativa son las construcciones más extravagantes, más temibles y más sólidas de su catálogo, Gabriela ha visitado cada una de sus estancias, cada uno de sus pasillos varias veces y empieza a saber orientarse en sus meandros, Cai, Dina, todas esas personas viven en las mismas torres de marfil inexpugnables que les protegen de cualquier cuestionamiento, Gabriela no se hace ilusiones al respecto.

Hoy en día, creadores de verdad no hay muchos, confirma Michel. Estamos asistiendo a la emergencia de una *casta* (Céline pone el acento en la palabra «casta») que aprovecha cualquier ocasión para dar un pelotazo y construir un bloque inmundo que dentro de diez años habrá que demoler, gente que no tiene ética; eso en sus tiempos no pasaba. A Cai la idea de invertir en bienes raíces nunca le ha entusiasmado, hay todo tipo de sectores que son mucho menos dañinos y tienen una necesidad clamorosa de dinero, como la investigación médica, las materias primas o la energía. Dicho lo cual (Céline sin querer interrumpe a Dina, que iba a decir algo), si hay una cosa que ella odia aún más que a los parásitos que solo piensan en su cartera y nos arruinan la vida (y hace un gesto con la mano) es a los oprimidos que están enamorados de su opresión, los que están tan apegados a su protesta que acaban temiendo que esa opresión desaparezca y dejen de tener algo que decir. Michel está de acuerdo, vivimos en una época oscura. Marielle busca la mirada de Pierre-Moïse desde hace rato, se pregunta qué pensará él, mañana se lo comentará, es un tema delicado. Nunca se lo ha preguntado, pero Marielle se pregunta si Pierre-Moïse y Nathan no estarán involucrados en todos esos asuntos de dinero sucio. Lleva un rato sin decir nada, tiene miedo de soltar algo inapropiado, pero de todos modos lo intenta: «Yo muy al tanto no estoy, pero lo que dicen los manifestantes es eso, ¿no? Denuncian la "casta" de la que tú hablas, que es perjudicial para Montreal. En el fondo es un poco lo mismo». Lucie añade que, de hecho, lo que ha conmocionado a la opinión pública es el nombre de Webuy, a favor, en contra, no tienen buena reputación. ¡Son unos cerdos! La culpa no es tuya, yo en tu lugar habría hecho lo mismo, pero Lucie ha leído sobre el tema y Webuy son unos cerdos. Michel opina que a todos esos llorones habría que matarlos. ¡Excepto a los que son cutes! ¡A esos los reeducaría yo!, y se ríe él solo. Pierre-Moïse responde a la pregunta de su hermana: yo con muchas de las reivindicaciones de los manifestantes estaba de acuerdo. El problema es que era todo tan confuso... Hubo una gran falta de comunicación por su parte, errores estratégicos, Nathan asiente con la cabeza. Oías a gente denunciando las injusticias económicas y los recortes presupuestarios –okay, fine–, y por otra parte a unos maníacos, unos auténticos maníacos, gritando «¡anarquía!» y amenazándonos de muerte. Ya lo has visto, Marie, nosotros aún tenemos a un policía haciendo guardia delante de casa... A mí me parece que con propuestas más claras, menos radicales, el movimiento habría llegado a más gente. Céline respeta su punto de vista, pero no lo comparte. El problema es que en Quebec no nos salimos nunca de la mesura, nos disculpamos por existir y pedimos educadamente que no nos pisoteen mientras nos quedamos ahí parados para que lo hagan. El problema es esa actitud, según Céline. Michel está de acuerdo. Cai parece perdido, está escuchando, pero Lucie se pregunta si comprende la desenfrenada conversación que ahora tiene lugar en francés. A Céline lo que le habría gustado es ver a la gente rebelándose de verdad, y no a una pandilla de bobos con pancartas serigrafiadas con POWER TO THE PEOPLE. Los dominados, los verdaderos dominados lo que tienen que hacer es mantenerse firmes; deberían dejar de suplicar por su salvación a todos esos médicos y abogados que tenemos de gobernantes («a los médicos les han subido el sueldo», añade Rolande). El pueblo actúa como un niño que se deja mandar, eso es lo que más me repugna. Pues no, no seré yo, Céline Wachowski, quien impugne vuestras reformas y haga cumplir las normas laborales en las fábricas. Por mucho que los multimillonarios a los que tanto admiráis, a los que adoráis en secreto, se pongan a donar todo su dinero para causas nobles, salvaros no os van a salvar –baja un poco la voz, adopta un tono grave para efectuar un ascenso vibrante–, dejemos de una vez de esperar al Mesías... Que por una vez Quebec se ponga en pie. Pero no, queremos llorar en la calle y sobre todo dejar bien claro que allí estamos, llorando, pero sin armar demasiado ruido. Estamos demasiado apegados a la sumisión, la sumisión es cómoda... Para el 90 por ciento de la población, derrocar al Estado ni siquiera es una opción. Céline a quien respeta es a los que rompen escaparates, a los que se enfrentan a la policía, punto final. Ella podría darles una lista de gente a quien asesinar.

El ambiente es tan tenso que se podría cortar. A Françoise lo de Céline no le parece divertido, a Cai y Sigourney les sorprende y levantan las cejas. «Ya, pero pse... –responde Nathan–, todo eso está muy bien, pero las revoluciones no son tan graciosas... No estamos en *Les Misérables* –lo dice con acento inglés–. Esa revolución tuya llegará si trabajamos para que en los consejos de administración y en la dirección de las empresas haya más gente de color, más mujeres y más gays. Seguimos viviendo en un mundo en el que en las listas de las personas más ricas del mundo no hay más que hombres heterosexuales». Cai le pregunta a Céline si estaría dispuesta a step down, a donar las tres cuartas partes de sus activos si la obligaran a hacerlo. Ella responde: «Anytime!». Él da un teatral sorbo de vino como aguantándose la risa. «Hemos trabajado por lo que tenemos, tampoco es que estemos en una época que *exija* la revolución –responde con emoción Gabriela–, eso nadie lo quiere. Tenemos unas leyes eficaces, lo que pasa es que no las aplicamos desde hace tiempo, el problema es ese. Lo que quiero decir es que la mayoría de la gente vive bien, aunque todavía haya injusticias y todo eso». Marielle tiene demasiado presente lo que le pasó a su padre como para estar de acuerdo con discursos revolucionarios que siempre pretenden hablar en nombre del pueblo pero lo acaban despreciando, pisoteando, asesinando. Pierre-Moïse advierte el juego de manos retórico al que acaba de asistir: Céline le ha dado la vuelta a la conversación, ahora sin darse cuenta sus adversarios la defienden. Os lo advierto, lo que me ha pasado a mí mañana os puede pasar a vosotros, añade. Estáis al inicio de vuestras carreras, y protestas por el cambio las va a haber siempre. Esto los próximos años solo va a empeorar. Tengo conocidos que me han escrito por el miedo que tenían –y mira a Cai–, se sienten unos indeseables, tienen la impresión de que su posición en el mundo no deja de cuestionarse, por primera vez en su vida se preguntan qué tienen derecho a hacer y qué no. ¡Saben que el job que ellos hacen es mucho peor que el mío! Es gente que trabaja en las sombras, que ama esas sombras; lo último que quieren es estar en el punto de mira. Tampoco voy a deciros que esté por la erradicación de los ricos, solo que si de verdad la gente quisiera liberarse de las cadenas inconscientes que la subyuga, lo haría de otra manera. Y lo que dicen los pasacalles de estos últimos meses es otra cosa; claman por su hambre de autoridad. Buscan un amo, un amo que defienda sus ideales pseudo-progresistas, pero a fin de cuentas un amo; y a fuerza de buscarlo, corren el riesgo de encontrarlo. Yo me he pasado la vida librándome de dominaciones. Aprendí que una no puede contentar a todo el mundo y que, si quieres conseguir algo, tienes que hacer sacrificios. Gabriela está turbada, se levanta de la mesa y sale del comedor. Cai se pregunta si algo la habrá molestado o si siempre se marcha así de brusca. Pierre-Moïse quiere levantarse de la silla e ir tras Gabriela, preguntarle qué le pasa, no sé, algo que hayamos pasado por alto, pero si se levanta y se va sabe cómo podría interpretarlo Céline, y ante la duda se queda en su sitio.

Céline recupera la calma. Si no quieren mi edificio, que me echen. Pero que no me hagan cargar con el peso de las desgracias del mundo. Que no me hagan pasar por la mala. Ahora mismo me tienen como un cuerpo extraño que justifica sus pesares. Me odian, pero no demasiado: si lo que quieren es pintar mi cara en las pancartas y llamarme vaca porque no les llega para poner bombas (ve la cara de la gente alrededor de la mesa y precisa: es una metáfora), mejor no tenerme demasiado lejos. Hace un momento, Pierre-Moïse, hablabas de chivos expiatorios, pues te corrijo, en realidad soy, o más bien *somos*, a vosotros también os incluyo –dice señalando la puerta por la que ha salido Gabriela–, *medio* chivos expiatorios, nos mantienen con vida encerrados en el corral para mantener su buena conciencia y poder decir: «¡Ah! Ahí la tenemos, la malvada cabra que se zampa nuestras coles». Sin acabar con ella. Que te tengan dominado es provechoso, las sedes sociales dan grandes dividendos y los gobiernos, bonitas medallas. ¿Acaso fue el pueblo quien me echó de la dirección de mi compañía? Nadie responde. El tono se ha enconado un poco, piensa Lucie. Tras un instante de silencio, Nathan asiente: «Es una absurdidad»; «repugnante», subraya Dina como pasmada, mirando a Marielle a los ojos. No, fue un atajo de financieros de Londres y Nueva York que temían por su culo y el de sus accionistas. Ellos son los que acabarán haciendo la revolución.

Según Dina –es lo que quería decir antes, Céline se disculpa por haberla interrumpido–, todo eso podría haber quedado resuelto con el referéndum (*God oui*, se regodea Michel). En el fondo no era un asunto identitario, sino la posibilidad de que Quebec fuera dirigida por poetas, antropólogos, hombres de cultura. Quebec se convierte en la plutocracia que hoy conocemos tras ese fracaso (fue un robo, aclara Rolande). Lucie no se atreve a tomar la palabra, recuerda los debates que animaban entonces la vida cotidiana, ella por aquel entonces se inclinaba más bien por el «No», nunca tuvo simpatías por el nacionalismo quebequense, pero a veces echa en falta aquel fervor, aquella gran adversidad que hacía la política más vívida. Despejan la mesa, el pastel lo sacarán más tarde. Céline dice al aire: «Estamos arreglando el mundo».

Arrastra su silla hasta el otro extremo de la mesa para charlar un poco con Phyllis y Sigourney, de quienes se han estado ocupando por turnos Valérien y Cai. Se disculpa por las discusiones en francés, qué va, para nada, escuchar una conversación tan expresiva en la lengua de Molière es muy bonito, la música de la lengua, es encantador.

Gabriela sigue sin poder creer que Céline haya sacado esa historia de los «sacrificios», por suerte nadie lo ha advertido. Céline ha pronunciado la palabra dirigiéndose claramente a ella, «sacrificios», se estaba refiriendo a la renuncia de Gabriela, a su discusión telefónica; no tuvo el valor de ir a decírselo en persona. Céline sacó toda la artillería sentimental, le preguntó si era por culpa suya, luego se describió a sí misma como alguien que ayuda a los demás y a la que siempre acaban abandonando. Le dijo que llevaba cuarenta años viviendo esa misma situación: a las mujeres como ella les cuesta mucho rodearse de personas leales. Luego puso en juego su encanto, tocó su más sentida sonata, alabando largo y tendido los méritos de «su» empleada, Gabriela tenía a su edad más potencial que muchos arquitectos que luego se labraron grandes carreras en los Ateliers, ni siquiera Pierre-Moïse era tan maduro en ese momento, Gabriela era una artista fuera de lo común, los Ateliers no podían permitirse el lujo de perderla, Céline estaba dispuesta a hacer lo que Gabriela quisiera para retenerla, para que terminase el proyecto Webuy; cuando acabaran las obras, en veinticuatro meses, podrían volver a hablar de su posición en la empresa. Pero Gabriela se había preparado su argumento, estaba dispuesta a soltar la bomba que la libraría de las ataduras que Céline trataba de asegurar a la desesperada, acabaría con su espectáculo de luces y colores. Su madre estaba enferma. Cáncer de mama. A Gabriela le iba a tocar viajar con frecuencia a su ciudad natal para apoyarla y ayudar a su padre; en francés es muy bueno, sí, pero de lenguaje médico no sabe nada. Con la mención de la enfermedad de la madre de Gabriela, hubo algo que se cerró, los canales emocionales abiertos un momento antes quedaban obturados. Gabriela había tocado algo, cómo explicar esa sensación innegable de la clausura, de una puerta que se cierra. Céline se abandonó entonces a una despiadada lección sobre la importancia del «sacrificio», presumiendo que Gabriela nunca había tenido que hacer ninguno en su vida, ningún sacrificio después de trabajar sesenta horas a la semana para los Ateliers, entonces se sintió arrebatada por una ira volcánica, su jefa le propuso contratar a una enfermera privada para que cuidase a su madre, seguro que debió de seguir proponiendo otras sugerencias aún más estúpidas, Gabriela ya no la escuchaba, le venía a la mente un sinfín de insultos en francés y en español. Por primera vez, Gabriela se permitió levantarle la voz a Céline, quitarle la palabra para no devolvérsela en cinco, diez minutos, ¿cómo se atrevía a hablarle de sacrificios? Céline había pronunciado la palabra que no había que pronunciar. Todas las lágrimas y los gritos que llevaba años tragándose salieron de golpe, en una misma y tortuosa frase. Luego Gabriela se calló. «¿Has terminado?», preguntó una voz al otro lado de la línea. Esperaba su carta de renuncia para el lunes. Gabriela colgó con un terrible sentimiento de culpa. Había hablado demasiado, se había pasado de la raya, Céline no la iba a perdonar nunca, y esa crisis lastraría su carrera, eso era seguro, las habladurías ya recorrían el despacho, se culpaba por haber sido tan emocional, tan sensible, tan frágil, se odiaba a sí misma; se repetía esos mismos pensamientos una y otra vez; no dejó de hacerse reproches durante meses. Hasta el día en que Céline la llamó por teléfono para invitarla a comer; Gabriela aceptó, sería la ocasión de aclarar las cosas; bebieron vino, recordaron buenos momentos; para su antigua jefa era primordial que quedasen en buenos términos. Habían tenido sus más y sus menos, y ese día Gabriela tuvo la sensación de que las aguas volvían a su cauce; mejor tener a Céline de su lado, mucho menos preocupante para su futuro. Había acudido al aniversario con la esperanza de continuar con ese proceso de reconciliación, hasta que Céline sacó a la luz esa maldita referencia a los «sacrificios».

Pasan al salón, los invitados se reparten en los sofás y los sillones; Rolande les desea buenas noches a todos, ha sido un placer cenar con ustedes, y vuelve a la cocina. Lysandre empieza a estar cansada, se acuesta en el sofá y llora por nada. Marielle toma una decisión: «Los niños a la cama». Mateo hace como que se queda dormido en la alfombra, ronca fuerte como un payaso. Pierre-Moïse trata de tomarlo en brazos, pero es pesado como una piedra. ¿Hay algún sitio en que pueda acostarlos? Es tarde y si no duermen, mañana no habrá quien los aguante. Céline se agacha junto a Mateo y Lysandre, que pueden ver de cerca sus ojos azules. «¿Queréis que os enseñe mi habitación?». A Mateo le gustaría, pero no se atreve a responder para no darles la razón a los adultos, que quieren acostarlos demasiado pronto. Lysandre asiente con la cabeza.

Suben detrás de Céline hasta la enorme habitación de techos altos. Marielle no había visto nunca un acuario tan elegante, ocupa una pared entera, al fondo de la habitación, y en él nadan perezosamente unos pequeños peces de colores, corales tropicales, una estrella de mar, y donde eructan unas anémonas para luego retraer sus tentáculos mecidos por las corrientes. «¿Queréis que Céline os preste su cama?». Marielle los arropa con el cobertor que ella le saca del walk-in, Céline enciende la lámpara del acuario y apaga las otras; la atmósfera en la habitación es relajante. Sobre la mesita de noche hay un librito, cerrado con una lengüeta de cuero, que parece un grimorio, Mateo quiere tocarlo. Le gustan los libros, dice Marielle. «Adelante, pero te costará descifrar las palabras». Mateo lo abre y no entiende nada, está escrito en un idioma extraño, desconocido, en un viejo papel amarillento. «Es un libro de historias, en el que además vienen oraciones y poemas. Es muy, muy antiguo…». «¿De la Edad Media?». «Casi. Perteneció a mi padre, y antes de él a su padre. ¿Os gustaría que os leyera una historia?». Los niños asienten. Marielle se sienta junto a ellos en el borde de la cama. Lysandre pregunta si es para niños, no hay imágenes. Desde la cama, parece que Céline esté bajo el agua, los peces desaparecen detrás de ella y surgen de su cuerpo. Se pone a leer lentamente, de manera ligeramente entrecortada, traduciendo sobre la marcha lo mejor que puede.

En un país de desiertos y montañas, el viento del desierto soplaba sobre la cresta de las montañas.

Un niño caminaba cara al viento por un sendero sinuoso.

Las ráfagas de arena lo cegaban.

Él cerraba los ojos y seguía su camino.

Sabía que a veces en ese camino acechaban granujas que robaban a los viajeros.

El niño llevaba una pesada carga, una gran cesta rebosante de melocotones maduros.

En el horizonte no tardaron en aparecer tres siluetas de tres hermanos.

Niños, lo mismo que él, conocidos en toda la aldea por sus fechorías y sus robos.

Los tres hermanos se colocaron en mitad del camino.

El niño suplicó clemencia, pues el día era ventoso y el camino largo.

Los tres hermanos se apartaron, pero uno de ellos le puso la zancadilla y el niño tropezó.

De la canasta escaparon los melocotones rojos y jugosos como ratas expulsadas de sus nidos.

Rodaron en la arena y se malograron bajo los pies de los ladrones.

Estos tomaron algo de fruta y huyeron.

Mientras recogía los melocotones del suelo, el niño podía oír sus risas resonando en el valle.

Céline levanta la mirada, los niños la siguen, esperan a que continúe. Continúa.

En ese país de montañas y desiertos, la gente se disputaba los dulces melocotones porque consolaban de tan áridos vientos.

En la aldea, el niño los vendió todos.

Al mediodía, tenía los bolsillos llenos y la gran canasta vacía.

Sin embargo, no tomó enseguida el camino que llevaba a su casa.

Cerca del pueblo vivía un hombre muy viejo.

De él decían que era el más sabio de todos los seres.

Decían que poseía todos los conocimientos sobre el significado del mundo y el sentido de las cosas, de las penas y del llanto, que hacía que los árboles muertos floreciesen y que curaba a los enfermos.

El niño llevaba consigo un gran pesar desde la mañana.

Llamó a la puerta del viejo.

El hombre se levantó sobre sus viejas piernas para abrir la puerta con sus viejas manos.

El niño había cruzado la aldea para hacerle una pregunta a la que solo el viejo sabría responder, él que todo lo sabía, que conocía el peso de cada piedra de la montaña y la forma de cada grano de arena del desierto.

«Tres niños me han robado unos melocotones.

Son los hijos del panadero, que están alimentados con buen pan caliente.

Sin embargo, me han quitado la fruta.

Yo imploro al desierto y a las montañas.

Cada noche rezo a los espíritus del viento.

Y a pesar de todo, la gente es malvada.

¿Por qué el espíritu del desierto no me protege de los granujas?».

El viejo vaciló.

Le pidió que le repitiera su pregunta.

Se pasó la mano por la barba.

Hurgó en su memoria.

Pero no le vino respuesta alguna.

«Pequeño, eres más sabio tú con tu pregunta que yo con todas mis respuestas.

Yo he escrito todos los libros del mundo, pero no sé por qué la gente es mala.

Por qué los espíritus del viento son indiferentes a las desgracias de los niños.

Vuelve dentro de cien días y tendré la respuesta».

Corrió hasta el pueblo a pedir un caballo lo suficientemente fuerte para cruzar el desierto y escalar la montaña, luego partió a un largo viaje.

A Marielle le parecía que la lectura era más fluida. Desde hacía un rato, Céline miraba más a los niños que al texto, como si recitara de memoria, pero en la penumbra Marielle no veía bien del todo. La silueta gris de la narradora se recortaba sobre las algas luminosas.

No volvieron a verlo.

Luego, al alba del centésimo primer día apareció un caballo, y sobre él un anciano agotado, torturado por el hambre y la sed.

Había recorrido el desierto y subido a la montaña.

Le dieron de comer, le ofrecieron agua fresca y finalmente pudo susurrarle al niño: «Ven a verme mañana».

Al día siguiente, nadie respondió a la puerta del viejo.

La muerte lo esperaba entre las sábanas, las manos abiertas.

Sobre la mesa había un gran libro acompañado de una carta destinada al niño.

«Pequeño:

En el transcurso de mi largo viaje he descubierto mil cosas que no sabía, pero no hallé respuesta a tu pregunta.

Toma este libro de páginas en blanco, sin imágenes ni escritura.

Anota en él todo lo que vivas.

Cuenta tus viajes por senderos polvorientos, las cosechas de melocotones y los días de descanso a orillas del río.

Cuenta tus sueños y esperanzas.

Escribe y no perderás nada.

Más tarde, puede que llegue la respuesta».

Enterraron al viejo en el cementerio.

Las lápidas estaban mojadas por las lágrimas de los muertos abandonados por los vivos.

Los libros que había escrito fueron reunidos cuidadosamente.

Construyeron para ellos una biblioteca que contenía todo el saber del mundo, el sentido de las cosas, de las penas y de los llantos.

Todas las noches el niño tomaba la pluma para contar su jornada.

Confiaba al libro sus temores y sus angustias.

Hablaba de las vidas fantásticas que se imaginaba y de las penas que hacían trepidar su pequeño mundo.

Contó cien veces la historia de cien granujas que robaban cien melocotones.

La textura de la arena, el sabor de la fruta, los colores del paisaje, la comodidad de la casa, todo lo registraba en su gran libro.

Luego el tiempo pasó y el niño creció.

No volvió a abrir el libro y lo olvidó.

El niño se había convertido en un hombre que ya no soñaba.

Ese hombre vivió una vida de penas y alegrías.

Algunos días, la monotonía del trabajo, el viento caliente y los manzanos secos borraban el horizonte.

El hombre llevaba consigo una gran tristeza, a veces volvía a pensar en el niño que un día fue.

En sus recuerdos, los tres granujas le parecían menos crueles.

El sendero que el niño recorría a diario le parecía ahora menos largo, menos penoso.

Para el niño, el tiempo era menos seco, la sed menos imperiosa y, a veces, de un simple fruto maduro brotaba la alegría más vivaz.

El hombre echaba de menos aquellos tiempos en que todo parecía menos duro.

Un día encontró el grimorio en el fondo de un gran cofre de madera.

Su infancia estaba encerrada en ese volumen como una mariposa en una caja.

Al abrirlo, hallaría los perfumes desaparecidos.

Pero en las páginas que iban pasando ante su mirada, el hombre no encontró nada.

Ninguna palabra.

Algún dibujito de vez en cuando.

Manchas de tinta.

Párrafos borrados, sin el rastro de un solo carácter.

Los escasos fragmentos legibles le parecían insensatos, sin valor.

Las páginas habían embebido toda la tinta, todo su pasado había sido devorado por el libro.

Acababa de perder lo más valioso que poseía, la garantía de que el recuerdo de los días felices quedaba registrado en algún sitio.

Maldijo a los espíritus del viento, las montañas y el desierto, y luego, en su locura, caminó hasta el cementerio para escupir sobre la tumba del viejo.

El sol se ponía sobre el desierto y pronto las montañas quedaron sumergidas en tinieblas.

Agotado por su viaje, consumido por el dolor y la amargura, el hombre se durmió sobre la tumba.

Cuando la luna se elevó en el cielo, lo despertó una presencia ansiosa.

No lejos de él se hallaba una silueta encorvada.

El hombre reconoció al viejo.

«Con tus gritos y tus oprobios, has perturbado mi sueño», tronó una voz grave.

El hombre se lo contó todo a la aparición.

Los días felices, la vida dura, los frutos escasos, los más largos caminos y los más áridos vientos del desierto.

El hombre tenía la esperanza de hallar consuelo en el libro, y sus páginas se habían borrado.

«Una vez creí en el poder del libro», explicó el anciano.

«Pero la magia ha abandonado mis grimorios.

¿Qué habrías encontrado, dime, leyendo los relatos de tu infancia?».

El hombre vaciló.

«El vacío, el dolor intacto.

Unos días aún más desafortunados».

La pena que aquejaba al hombre era grande, pero el viejo tenía razón.

Los escasos recuerdos que habían sobrevivido ya no tenían sabor.

«¿Dónde han ido a parar mis recuerdos si ya no están en las páginas del libro?», quiso saber el hombre.

El viejo sonrió tiernamente, pero sus ojos parecían prestos a llorar.

«Con el tiempo, los recuerdos de las páginas se concentran y forman burbujas negras.

Un día, esas burbujas mueren.

Y de estos capullos nacen mariposas grises.

Tú las has visto revolotear en los armarios y en los sótanos.

Los insectos escapan de las bibliotecas y se reúnen en el bosque.

Forman nubes inmensas.

Tú las has visto flotando en la montaña.

Cuando hace frío, las mariposas bajan hacia el río.

Se retuercen y mueren por cientos en un último aleteo.

La superficie del agua está cubierta de pequeños cadáveres.

Los insectos se arrugan, se quiebran, se disuelven como sal en el río.

Y ya no se los vuelve a ver».

«¿Nuestros recuerdos se pierden para siempre?».

«Ya has visto grupos de campesinos trabajando en el arenal.

Seres exhaustos, la espalda curvada, descalzos, desecados por la arena.

Con grandes abrigos se ocultan a la vista.

Ese pueblo recoge grano por grano la sal que el río deposita en las orillas.

Van llenando pacientemente sus minúsculos saquitos con nuestros sueños perdidos.

Tienen los dedos quemados por tan fino polvo.

Todo cuanto queda de nuestros recuerdos borrados, indescifrables, está en sus manos secas.

Las historias desaparecidas no vuelven, pero a veces sí recuperamos su sabor».

«¿Qué hacen con la sal?».

El anciano se encoge de hombros.

«No se sabe.

Hay quien dice que la venden».

Se calla por un momento.

«Hace mucho tiempo, un niño le hacía una pregunta a un anciano.

El pequeño, con las manos y las rodillas arañadas por la arena, se preguntaba por qué unos granujas le habían quitado sus melocotones.

¿Te suena?».

«Sí».

«El viejo no halló nunca la respuesta.

Pero de estar en su mano, hoy le diría lo que una vez le confió uno de esos campesinos:

Que a veces olvidamos el sabor de la sal».

A Céline se le rompe la voz, la historia se interrumpe. Un pececito naranja pasa por detrás de ella y desaparece entre las algas. Lysandre duerme, Mateo se sube el cobertor hasta la barbilla. Marielle le acaricia el pelo y le resbalan unas lágrimas por las mejillas. Les da un beso a los pequeños, sale de la habitación sin decir una palabra, cierra la puerta suavemente, tiene la sensación de que Céline acaba de hacerle una confidencia íntima, sin embargo no puede traducir ni el fondo ni la forma de su confesión. Céline camina despacio, hablan un poco en lo alto de la gran escalera. Marielle ha estado bebiendo, durante la cena no han dejado de llenarle la copa. El cuento que acunó la infancia de Céline hoy la sigue emocionando. Las confesiones florecen con naturalidad, las discusiones se anudan y entretejen en lo alto de los peldaños; el temperamento de Céline es nostálgico por naturaleza, no tuvo una infancia apacible, añora aquella época por no haberla podido aprovechar lo suficiente; Lysandre y Mateo la conmueven, Céline siente que todo lo absorben, su mente está en plena formación. A su escala también viven grandes dramas, le dice Marielle. Ella no echa tanto de menos su infancia como sus veinte años, Marielle tuvo siempre una energía vital inagotable, hasta hace poco podía trabajar toda la noche para no retrasarse, sesenta horas a la semana además de salir los jueves, los viernes, los sábados y a menudo también los domingos, Marielle tiene la impresión de haber perdido la espontaneidad de aquella época de su vida, no es algo que esté relacionado con la separación, no, todos lo decían, tenía una rara espontaneidad, un rasgo de personalidad que no afloró hasta que dejó atrás la opresiva casa familiar y se libró de la obligación de ser una buena hija, a los diecinueve años Marielle descubrió en sí misma esa insospechada espontaneidad, esa capacidad de salir al mundo sin pedir disculpas, de relativizar los peligros y los terrores que le había transmitido la sofocante paranoia de sus padres. En aquella época la insolencia, el riesgo, los imprevistos eran fuente de auténtica alegría, recuerda con cariño el tenso placer que le proporcionaba tratar de encontrar su lugar en el mundo y la satisfacción que sentía cuando por fin lo lograba, los años de estudio son determinantes en nuestra formación como personas, piensa Céline, a Marielle sin saberlo le había estado faltando el aire desde los doce años, ahora de repente podía respirar con total libertad, creía que iba a sentirse así de libre para siempre, no tenía miedo de resultar cortante, de hablar demasiado fuerte, de decir cosas que contradecían las de unos y otros, asumía riesgos inútiles que inquietaban y entretenían a sus amigos, acostumbraba a meterse en problemas, no planificaba nada, improvisaba con seguridad, desoía las costumbres de los demás cuando le parecían demasiado estrictas, las relaciones demasiado artificiales y contenidas, Céline no se pierde ni una sola palabra de la confesión de Marielle, tiene la sensación de que la joven le está hablando de su propia vida, de que le está contando su propia historia bajo una máscara distinta, la antigua Marielle llenaba el espacio, vivía con una rara desenvoltura que ella creía natural y eterna, que confundía con la vida misma, la joven que un día fuiste sigue estando ahí, le susurra Céline señalándole el corazón. Con el tiempo, el decorado se fue estropeando, el cielo empezó a desplomarse sobre su cabeza pedazo a pedazo, a descascarillarse hasta cubrirlo todo con su polvo tóxico, Céline opina que todas quedamos encalladas en un periodo de nuestra vida, para Marielle sus años de universidad fueron como una segunda infancia, un tiempo perdido para siempre y sustituido después por una vida repetitiva, aburrida, dura, de joven adulta ha tenido su ración de zozobras y dificultades, vivir sola es un estrés, que te despidan del curro al final del verano y tener que buscarte otro, estudiar en otra universidad, con compañeros de piso nuevos, aunque todo eso, con la distancia, le parece llevadero, casi divertido. Lo cierto es que hasta lo echa de menos.

Céline la toma de la mano y bajan las escaleras en silencio. Antes de entrar en el salón, Céline mira a Marielle: «Nos parecemos mucho, tú y yo». La cercanía acaba revelando una especie de igualdad radical entre las existencias, una igualdad incómoda, piensa Marielle, que se siente culpable de haber hablado tanto. Su regreso al salón tiene lugar a la luz de las bengalas que coronan un pastel de chocolate, se cantan las canciones de rigor y luego lo sirven en porciones generosas sobre platos pequeñitos. No es un pastel azucarado, lleva mucho cacao, como a Céline le gusta; para acompañarlo, Pierre-Moïse acaba de abrir un oporto que no tiene mucho éxito. Se reúnen todos alrededor de los sofás del salón para darle a Céline algunos regalos bellamente envueltos, mermeladas caseras de un color morado hechas con higos y granadas, un hermoso cuaderno de parte de Phyllis, una novela de Philip Roth, las obras de Yōko Ogawa traducidas, un gorro de lana de merino para esquí de fondo y un dibujo de David Hockney que Cai ha sabido encontrar y que representa una pequeña cabaña en un árbol florecido, a Céline le encanta, reconoce perfectamente el estilo de David, le da las gracias a Cai muy calurosamente. Pierre-Moïse se ha esperado hasta el final para ofrecerle su regalo, un magnífico boceto del Bellechasse 305, un boceto sencillo en perspectiva y con tinta china que bosqueja los rasgos básicos de la composición con líneas rectas y seguras y pintado a la acuarela sobre papel japonés. Céline lo abraza y le promete que lo enmarcará. Del salón emana una atmósfera cálida, la composición recuerda un cuadro antiguo de algún maestro holandés, numerosas presencias heterogéneas reunidas alrededor de un largo sofá, en la luz tenue se abren paso gestos furtivos, a veces un brazo se detiene en el camino, proyecta una sombra sobre la alfombra, queda fijo en una pose explicativa, teatral, una mano en la boca, una risa detenida, los cabellos y las camisas aireadas por un vientecillo suave que acaricia la piel, los tejidos, una brisa fresca, los invitados se dejan llevar por conversaciones alocadas y divertidas, abundan las burlas, una anciana discreta no puede evitar reírse de las bromas de una mujer más joven, Marielle ha aislado a Valérien al final del sofá, eso a Nathan le irrita, la gente lame los restos de chocolate fino que quedan en los platillos, el azúcar y las risas nos sacian de una alegría sincera, esta noche en la casa reina una verdadera alegría; Céline por un momento quiere creer en los milagros. Le vienen a la memoria sus aniversarios pasados, la gran fiesta por los treinta años de los Ateliers, acompañada por fastuosas celebraciones, reportajes, un documental y publicaciones retrospectivas, no, la vida fluye hacia la paulatina reducción de nuestro círculo afectivo, hay todo tipo de personas que ya no le hablan, que temen ser vistos en compañía suya, las comunidades adyacentes se dispersan y la dejan sola con sus pensamientos mal digeridos, esa obsesiva reflexión sobre la edad, sobre el futuro, sobre el sentido del destino, en su entorno siguen quedando algunos individuos singulares, puede que extraviados, que a pesar de todo le dan la mano, la razón no logra imponerse a sus sentimientos, demasiado vastos, desbordantes, sofocantes, pues aman sus defectos y los desgarros de su trayectoria. Cuando hace un rato ha subido a su habitación, Céline ha comprobado que la maleta de Dina ya no estaba allí. En nada su amiga se subirá al coche de Cai, sus hijos se reunirán con ellos para Año Nuevo, lo pasarán en su apartamento del centro, a Céline por supuesto la invitarán, siempre es bienvenida; ve cómo Cai abraza a Dina junto a la chimenea y un escalofrío le recorre la columna vertebral. Céline podrá pasarse cuando quiera, sentirse como en casa, por supuesto, mientras ellos se dan discretos besos en el cuello, Céline piensa en la maleta desaparecida de Dina y vislumbra la noche de mañana, en que estará sola en una casa demasiado grande, tras dos semanas será el regreso de una soledad absoluta, baja la mirada hacia una gran mancha en la alfombra color crema, le ha encantado ver a los niños de Marielle allí jugando, derramando su sirope de granadina por todas partes, en la vida hay cosas más graves que una alfombra estropeada con granadina, esta noche Céline aprecia las cochinadas conmovedoras, los accidentes que dejan en los objetos el rastro del paso de las personas, que depositan alegres cenizas sobre las cosas, Valérien ha puesto una música groovy, baila, el ritmo arrastra palabras arrebatadas, antes de que acabe la velada Céline quiere pasar un instante con cada una de las personas que se han desplazado por ella; asir unas vidas que se le escapan. Que Phyllis haya venido para ella significa mucho, su primer apoyo, su modelo cuando era joven convertida en amiga, Céline nunca logrará hacerle entender todo lo que le debe. Le hablan de sus setenta años, le preguntan qué planes tiene. ¿Se jubilará? Céline está abrumada con tantas preguntas; formula una ella también para evitar responder. Ahora el vacío le da vértigo, el futuro, lo que su futuro ha sido se esfumó sin dejar ni siquiera un aroma; tal vez le queden algunos retazos sueltos de alegría, vibrátiles en el aire. Los invitados empiezan a marcharse. Lucie le da un abrazo, gracias por habernos invitado. Phyllis jura que la llamará mañana para charlar con tiempo. Las conversaciones no necesitan de nosotros, prosiguen por sí mismas su lento fluir sin resolver los enigmas, sin llegar jamás al fondo de las cosas. Valérien sube el volumen y baila con Françoise y Sigourney. Encerrados en su forma brutal y material, los objetos callan. Céline va donde Cai, él la toma de la mano, la hace dar una vuelta; incapaz de camuflar la pequeña alegría de haber vivido, ella deleita a todos con una sonrisa imposible de retener.

Ya no los esperaban. A través de las ventanas del salón, Cai ve unas sombras moviéndose en el exterior, «Céline, are we waiting for someone?», es cuando estalla una ventana, todo el mundo se esconde instintivamente creyendo que es un disparo; es una piedra enorme del jardín. Se oyen gritos, formas agitadas ahí fuera. Por un momento parece que vuelve la calma, enseguida advierten que la casa está rodeada por una multitud. Presencias borrosas que se mueven por todas partes. Pierre-Moïse grita que están en el lado de la veranda, ve unas siluetas cerca de las ventanas. La puerta no está cerrada con llave, por ahí es por donde han entrado. Rostros encapuchados, cuerpos de todas las formas vestidos de negro, bocas abiertas que gritan y cantan, dos o tres individuos enmascarados llevan bates de béisbol, una joven vuelca un sillón antiguo, un chaval rompe el espejo de un golpe seco. Avanzan hacia el salón y van tirando al suelo todo cuanto encuentran en las mesas, en los estantes. Cai intenta dialogar, pero los intrusos siguen avanzando, ignoran sus llamadas a la calma, no se sabe qué es lo que quieren, qué idioma hablan, alguien grita de pánico. Ni un segundo para reflexionar, todo el mundo corre hacia el hall dejándose los tacones altos por el camino. Siguen a Céline escaleras arriba, suben y se encierran con llave en una habitación. Vuelven a abrir para que entren Rolande y el ayudante de cocina llorando. Cai y Pierre-Moïse colocan una gran cómoda contra la puerta. Los hijos de Marielle están aterrorizados por toda esa gente que ha entrado de improviso en la habitación y que parece tan asustada. Marielle trata de calmarlos para evitar que se pongan a gritar. Una vez a salvo, podrán pensar en lo que está sucediendo. Una tropa enmascarada, toda de negro –¿cuántos eran?, pregunta Dina, ¿veinte, treinta?–, ha irrumpido en el salón y se ha repartido con sus zapatos sucios sobre la alfombra crema, inundación de violencia y terror. ¿Qué quieren? Apenas nos atrevemos a formularse la pregunta, hay que permanecer tranquilos, todos y todas acurrucados juntos. Valérien llama a la policía. Abajo se siguen oyendo alaridos, revientan ventanas, rompen objetos de madera, a través del suelo llegan sus crujidos. En el estruendo estallan risotadas como de hienas. «¿Cuál es su objetivo, romper tus cosas?», pregunta Nathan. Seguramente han venido a secuestrar a Céline, piensa Gabriela, aunque no se atreve a decirlo en voz alta. A Michel le parece que probablemente será gente que está en contra de Webuy. Parece que se acercan unas voces, nos andan buscando, susurra Nathan aterrorizado. Cuando le dio la dirección de Céline a Marine, su amiga involucrada en los círculos militantes, no pensaba que su banda elegiría para dar el golpe precisamente la única noche en que él iba a estar en su casa; espera que la información no haya caído en las manos equivocadas, se enfada con Marine por no haberle dicho nada. En la habitación, todos se reúnen alrededor de la cama, como para proteger a los niños. Los terroristas ahora han subido. Alguien llama a la puerta, Pierre-Moïse dice con una voz firme: «Hay niños aquí». Céline le da un golpecito en el brazo y le hace «¡chsss!». Es su primera reacción desde que todo empezó, se había quedado petrificada y callada en su rincón hasta que Valérien la agarró del hombro y la llevó con los demás. Céline tiene vigilantes a tiempo completo en la entrada, ¿qué están haciendo? Igual se han quedado dormidos. En el acuario, los peces se dejan mecer por la corriente del filtro, se zambullen, le dan la vuelta a una piedra en el fondo del agua, indiferentes a lo que sucede en la casa. Un objeto pesado golpea la puerta y hace temblar la cómoda, dos golpes, luego tres. Nathan no puede evitar ponerse a gritar, lo cual hace llorar a los niños. Marielle ya no intenta calmarlos, está sentada con ellos en la cama y los tiene en brazos. «Vamos a morir todos, esta noche es la noche». Difícil evaluar el tiempo que tarda en llegar la policía, entre una eternidad y un instante. El guardia les abre la valla, entran dos furgones por encima de los parterres y aparcan. Los golpes en la puerta se han detenido. En el pasillo se oyen pasos. Bajo la ventana, Françoise ve a una veintena de agentes saliendo de los furgones con cascos, escudos y porras. Los gritos de alegría se transforman en berridos monstruosos, en vociferaciones infernales. Se oyen quejas de dolor. A Céline le cambia la cara: «Más les vale no matar a nadie en mi casa…».

Michel cree que sería mejor esperar a que abriese la policía cuando fuese seguro. Céline, de mal humor, responde bruscamente: «Ni hablar». Les ordena a Valérien y a Pierre-Moïse que muevan la cómoda. Cai trata de razonar con ella y acaba ayudándoles. Los hombres deciden seguirla por el pasillo hasta la escalera. Valérien advierte que le tiemblan las manos. Abajo, la acción parece haberse calmado, aunque de vez en cuando se oye un gran chillido. Céline avanza con cautela y observa los daños. Pierre-Moïse se pregunta cómo se sentirá, su rostro ha quedado petrificado en una expresión neutra. Valérien le pone la mano en el hombro, pero ella la retira con una sonrisa de circunstancias. Las paredes blancas del amplio corredor están llenas de pintadas, CAPITALIST WHORE, la alfombra está manchada de barro, nieve y matojos de hierba con forma de suela de bota. Un idiota ha clavado su puño en su Pellan preferido, justo arriba de las escaleras; Cai es quien se da cuenta. Céline aguanta la respiración, parece aterrada.

Los cuatro bajan lentamente la escalera principal. No saben cuántos eran y no hay que descartar que pueda quedar algún intruso escondido en cualquier sitio para cogerlos por sorpresa. Pierre-Moïse, Cai y Valérien se mantienen muy cerca de Céline, justo detrás de ella, sin darse cuenta adoptan pose de guardaespaldas. En el hall se encuentran con Yosef, uno de los guardias, da pena, la policía lo interroga. Valérien piensa que podría haber sido cómplice de este rocambolesco asunto. Aunque el agente la interpela, «¿Señora?», Céline ni siquiera lo mira y sigue su camino. Por todas partes hay lienzos valiosísimos y muebles antiguos volcados y maltratados. El suelo está lleno de astillas de madera, aquí ven una mesa de café, allí un aparador o un armario tirados en el suelo, patas arriba como una bestia herida. Una escultura de Giacometti –una pequeña cabeza negra colgando del extremo de un pico– que parece intacta pero yace en el suelo entre trozos de platos de porcelana. Los gemidos se intensifican. En cuanto llegan al salón, les salen al paso dos agentes y les preguntan si son los dueños del lugar; al ver sus atuendos deducen que sí. Debe haber unos cuarenta hombres y mujeres fuertemente armados, están por todas partes. Pierre-Moïse odia a la policía, le entra un ataque de asco. Varios de ellos tienen inmovilizados a un montón de jóvenes nerviosos a los que empiezan a meter en unos minibuses que hay delante de la casa con los faros encendidos. El salón está asolado, invadido por las fuerzas del orden que caminan con sus gruesas botas por la alfombra crema. El gran espejo es un mar de miles de trocitos que reflejan desde el suelo las sombras danzantes de los cuerpos que circulan. Además de unos grandes Exactos, han desgarrado los Montauk y han saltado con los pies juntos encima de la mesa Nakashima. Los agitadores no parecen estar muy cómodos, la cara aplastada contra el suelo, las manos a la espalda, son jóvenes y Céline comprueba que hay tanto chicos como chicas. Algunas de las caras le resultan familiares, gente a la que ha visto manifestándose delante de sus oficinas o acosándola cuando entraba en su coche. Reconoce a la joven que una noche, a la salida de Ateliers C/W, la agredió en la plaza pública; es la segunda vez que la arrestan, dos enormes policías la tienen retenida, se revuelve con vigor y sin esperanza. La mayoría están sentados en posiciones incómodas y siguen moviéndose incluso con las muñecas sujetas por firmes bridas de plástico. Céline siente que un leve pánico se le agarra a la garganta y la aturde. Escucha distraídamente las preguntas del agente a las que responden Pierre-Moïse, Cai y Valérien. Ella mira hacia otro lado. De repente, interrumpe el interrogatorio y le pide al policía que se vaya. El agente no parece entenderla, se ríe tontamente. Ella se acerca al centro de la estancia e intenta levantar la voz: «Bueno, ya está bien». No se la oye. Se acerca a cada una de las enormes policías para que se levanten tirándoles del hombro. Un antidisturbios se dispone a hacerle una maniobra para neutralizarla, hasta que su jefe le grita: «¡NO!», y la suelta. A ella le entran ganas de matarlo. Vuelve a levantar la voz y adopta un tono educado para afirmar que esta noche no va a haber ningún arresto. Tanto intrusos como agentes quedan desconcertados. Pide que les corten las esposas de plástico. Hace con los dedos como unas tijeras. «Era un jueguecito y ahora ya está. Ha habido algunos accidentes con los muebles, pero nadie se ha hecho daño y todo el mundo se va a casa». «Todo bien», dice meneando la mano ante la mirada de un policía que sujeta a una joven rubia, arrodillada en el suelo, que no debe tener más de dieciséis años.

La grandota intenta razonar con ella, «nos ha llamado por una invasión de domicilio, señora, esto es serio». Céline la mira a los ojos y le contesta blandiendo su uña pintada: «Recoge tus cosas y a tus amiguitos y luego ya estáis sacando el culo de esta casa. Aquí los invasores de domicilio sois vosotros». Valérien se rasca la cabeza, Cai se toca la frente y no trata de ocultar su desaliento. Pierre-Moïse se acerca suavemente y le dice al oído: «A ver, Céline…». Ella lo mira con severidad, aunque él sigue viendo el pánico en sus ojos. Él retrocede, de todos modos va a hacer lo que ella quiera. Céline se acerca al centro de la estancia. «Señoras, señores». Los policías vuelven la cabeza hacia ella, los intrusos que pueden hacerlo levantan la mirada. «Ha habido un malentendido, pero ya está resuelto». Habla con un tono falsamente ligero, con un acento de locutora, le tiembla la voz. «Todo puede volver a la normalidad. Apreciamos mucho su trabajo, pero pueden volver a sus coches e irse a casa. Gracias y buenas noches». La jefa de la brigada intenta razonar con ella por segunda vez, presenta algunos argumentos, le explica las consecuencias de su decisión, le habla largo y tendido, tanto que Céline se enfada y le acaba diciendo con los dientes apretados que en el teléfono tiene el número del ministro. Los antidisturbios, confundidos, acaban obedeciendo a su comandante. Se van pasando unos alicates para ir cortando las esposas, que dejan unas marcas rojas en las muñecas de los jóvenes. Por una vez los intrusos permanecen tranquilos. Un joven se quita el pasamontañas llorando, debe de tener veinticinco años, Cai está impresionado por su juventud. El chaval se acerca a Céline, los agentes se interponen entre ellos. Ella le enseña la puerta del patio de la veranda. Mientras la chusma empieza a marcharse, Céline le pregunta a una joven si quedan compañeros suyos en la casa; la chica parece intimidada y al mismo tiempo agradecida, da un vistazo a la sala y luego responde: «Creo que no, éramos doce». De pronto piensa en aquellas y aquellos que ya han metido en las lecheras: «¡Hay que sacarlos!». A Céline se le escapa una risa insolente y le desea buenas noches.

Los invitados son liberados de la habitación, Michel coge una caja de pañuelos y la hace circular. Se entretienen en el pasillo hablando en voz baja, como si tuvieran miedo de bajar. Igual es que había algún punto débil en la pared, pensará más tarde, un defecto en el cristal, se diría que es un golpe preparado, vibraciones de botas contra el suelo, ondas que habrán reverberado en las piedras de los cimientos, los maderos aún resuenan como cuerdas de un contrabajo y producen un sonido imperceptible, demasiado bajo, que hace cosquillas en el pecho, las pulsaciones hacen temblar toda la estructura de la casa, un eco de las perturbaciones que acaban de producirse. El estruendo viaja por el suelo de mármol, por el yeso y por los montantes de las paredes, vibra hasta los suelos de madera del segundo piso, que concentra la energía hacia la habitación, hacia la base del acuario, cuyo gran tímpano de cristal amplifica cada sacudida. Gabriela necesita estar sola para dejar que le baje el estrés, está perdida en su contemplación, en algún lugar en el fondo del agua amarilla del acuario, cuando un trazo obstruye su campo de visión. Un largo surco raja el cristal. El tronco de la grieta se desvía desde la esquina inferior y va creciendo hacia el centro, parece un gran árbol que ahora se extiende por la pecera. No tiene tiempo ni de decir una palabra cuando un millar de capilares estallan de golpe. Retrocede bruscamente, se protege la cara. Los trozos de vidrio explotan. Todo el mundo se sobresalta, aquellas y aquellos que ya están en el pasillo se preguntan qué está pasando, se precipitan hacia la habitación y se encuentran el acuario destrozado, su pared reventada en enormes fracciones. El agua acarrea sus esquirlas y forma un lago inmenso que se va extendiendo por debajo de la cama, Céline acaba de reaparecer en la habitación y ve el charco fluyendo hacia las paredes, hacia cada rincón, entre las hendeduras del suelo. Actúa rápido, intenta taponar la corriente usando sábanas, la colcha. ¿Qué acaba de pasar? Aquí no había nadie. Cai le echa una mano, sus zapatos de cuero están empapados. Sobre la grava reposan montones de algas blandas. El resto del agua se escurre en ríos cortos. Una anémona yace enmarañada, sus tentáculos caídos. Gabriela tiene dificultades para entender lo que acaba de suceder ante sus ojos, barre mecánicamente el agua tibia con los pies descalzos, no puede frenar el derramamiento, Céline la avisa, casi arrebatada, «¡ojo con los trocitos de cristal!». Podría cortarse los pies. Sale de la habitación dando saltitos. El suelo está lleno de peces multicolores boqueando, fuera del agua el tamaño de las criaturas acuáticas se percibe de otra manera, algunas descansan inmóviles, como muertas, los peces payaso se ven minúsculos, apenas un poco más grandes que un dedo, un pez ángel más grande lucha con furor. Dina a punto está de pisar un magnífico pececito rayado de rojo y blanco. Ver a estas criaturas extraordinarias, de colores brillantes, tiradas por el suelo me rompe el corazón. Mira a Céline, que sigue manejándose desesperada con un cobertor para achicar los cientos de litros de agua, tratando de recoger los peces, pero los hay por todas partes, una raya extrañamente doblegada, un pez luna sacudiéndose en el charco, se aprecia su flanco pequeñito subiendo y bajando. Nathan llega con Valérien, llevan unos cuencos de agua grandes en los que han vaciado un salero entero. Valérien consigue atrapar un pez amarillo muy resbaladizo. Apesta a fondo marino hasta en el pasillo, las manos de Nathan huelen muy fuerte. Céline está ahora de pie encima de la cama. Observa la escena sin moverse. Hay una buena pulgada de agua salada por toda la habitación, es un verdadero lago. No sabe qué hacer, está embebiendo las molduras, los listones del suelo, la ropa de cama agoniza en el suelo, no tiene ningún sentido, es la gota que colma el vaso, no es posible que todas las catástrofes del mundo se le vengan encima la misma noche. Sale de la habitación mojándose los pies y se dirige hacia el baño. Michel la intercepta en el pasillo, lleva una pila de toallas, le da una y le dice que acaba de llamar a emergencia de siniestros. Acudirán en media hora.

Rolande y el ayudante de cocina se dan un respiro para salir a ver el salón devastado y luego vuelven a lavar los platos. Sobre el mostrador que hay junto al lavabo hay algunos peces dejándose flotar en grandes cuencos. No parecen muy allá. Gabriela juguetea con los jirones de un sofá y se pregunta si Céline podrá arreglarlo. Dina propone trasladarse a la sala de estar del segundo piso, es más cálida y no ha sido mancillada por tan detestables visitantes. Con todas esas emociones nadie quiere separarse, la gente que pensaba volver a casa ya no quiere irse, ahora no. Céline se sienta en el sofá de dos plazas con la mirada vacía. Se concentra en su respiración, intenta sentir algo. Hace un año que sus pesadillas andan llenas de gente que irrumpe en su casa para secuestrarla, violarla, matarla, para destruir sus cosas, debería estar traumatizada, en una auténtica crisis, sus pesadillas acaban de cobrar forma, y sin embargo no siente nada, en ella se expande un vacío a mayor velocidad que el charco enorme de su habitación. A su alrededor se cuentan unos a otras lo que acaba de suceder con una especie de emoción contenida, el pánico va dejando paso a la efervescencia, beben rápidamente e intentan restituir las impresiones del momento, sus reacciones, tanto las hábiles como las débiles, las palabras son confusas y se encabalgan, no acaban de entender las motivaciones de los jóvenes terroristas, nadie ha resultado herido, ¿qué querían? Lo material es lo material, piensa Dina. Pero es terrible, replica Michel, han destruido cosas importantes, han matado unos peces muy caros. Por no hablar de las obras de arte: un Pellan así es único en el mundo… Crueldad animal, piensa Nathan; Marielle no ve la conexión entre la rotura del acuario y los manifestantes, debe de haber alguna pero no acierta a verla. ¿Tal vez algún tipo de petardo en algún lugar de la habitación?, sugiere Nathan. Gabriela lo habría oído… Cai plantea la posibilidad de que los intrusos hubieran sido contratados por alguien, empiezan a proponer nombres por pura diversión: una firma rival, Donald Trump, Quebec Solidario. La risa relaja. Céline, como para cortar la conversación, le pide a Michel que encienda un fuego, nos relajará. Mirándose el reloj, Nathan advierte que ha pasado poco más de media hora, cuarenta minutos máximo desde el inicio del ataque. Nadie lo cree, jurarían que han pasado horas encerrados en la habitación. El tiempo se ha condensado, la experiencia brutal infundida en nuestra imaginación nos ha hecho perder el hilo de la noche. Los niños están tumbados en la meridiana, Lysandre se está durmiendo y Mateo juega a la Game Boy. Céline está en la luna, Françoise se sienta a su lado, le echa el brazo alrededor de los hombros, le pregunta cómo está. Ella la mira, «todo bien». Llega Dina junto a ellas, ¡los expertos en siniestros están en camino! Ellos lo arreglarán todo. Valérien ha salvado varios peces... Vas a necesitar unos sofás nuevos, pero en dos o tres días todo estará bien. No te preocupes... Céline evita cruzar las miradas, un dolor sin origen se revela en ella como un mensaje secreto al pasarlo ante la llama de una vela, un código cifrado, en su mente florecen historias que taponan las grietas de su tristeza. En medio del salón, encima de la mesa de centro, hay un imponente ramo de flores, camelias blancas, su flor favorita, la de su primer recuerdo, detrás de la casa de cuando era niña en Roxboro, un pequeño patio entre una valla y los edificios vecinos. Nathan se acerca a ella. Observando su sonrisa discreta, su aire ligeramente sarcástico, Céline se sorprende a sí misma sintiendo una inesperada especie de ternura, sin embargo Nathan la odia, habla mal a sus espaldas, escupe sobre Céline y sus logros, desprecia a las mujeres como ella, cómo puede Pierre-Moïse soportar a ese ridículo pretencioso, unos mechones cortos le tapan los ojos, siempre con esa sonrisa burlona. El agotamiento se va acomodando como una sábana sobre los muebles. Françoise y Cai parecen muertos de cansancio. Las canciones se encadenan sin orden alguno en modo aleatorio, Céline quiere apagar la música, pero esta que empieza ahora le gusta, lenta e intensa, un canto góspel que entona su sabiduría pastoral: «May the work I've done / Speak for me». Cai tiene la cabeza apoyada en los muslos de Dina, que se levanta un poco la falda para sentirse más cómoda. Se pasa lentamente la mano por el pelo, luego se la vuelve a pasar.

El asalto sume a Céline en un desconcierto insondable, no le quedan fuerzas para preocuparse, para hacer reproches. Sola en medio de todos esos amigos que conversan en voz baja, acomete el duelo de las vidas potenciales, se le aparecen las zonas clausuradas, derrumbadas, de sus laberintos interiores, voy a poner la casa en venta, acaba de decidir sin más entre dos caladas de cigarrillo, las paredes vibran de recuerdos y de presencias desvanecidas, Céline no puede seguir viviendo en estas tierras hostiles que tanto la agotan, Montreal es su purgatorio, se vuelve a contemplar su vida pasada, expuesta en trofeos sobre la chimenea del salón, pero no ve nada, ninguna de estas baratijas le permite comprender los deseos malogrados, las extrañas que ella ha sido, los sueños ya marchitos, inaccesibles, no le viene a la cabeza ningún poema rimado, ninguna canción antigua, el vacío es inmenso y el pánico se apodera de ella, le atenaza el pecho mientras da las gracias a todos una última vez por haber estado presentes, mientras levanta la copa para dar testimonio de su gratitud por la cena, los regalos, los momentos de alegría, el apoyo moral, y constata que ese es el punto vacío en torno al cual gravita esta noche, no puede dejar de pensar que con el tiempo la vida adquiere una silueta opaca, flácida; que esa informe sensación de ser una misma, acechada por el oleaje de la duda, solo se mantiene en pie gracias a los retornos furtivos de una certeza aún más liberadora, la de no haber vivido, la de no habitar ese cuerpo que ha visto unos paisajes brumosos en los que ya no se distinguen el cielo, el mar y las montañas, si acaso le queda una colección de recuerdos límpidos, unas pocas imágenes que pueblan un gran desierto, acaso no debería tener una sensación de culminación, la noción de algún tipo de directriz para los años que aún vendrán, poseer una tierra más fértil que esa extensión pedregosa que en ella se ensancha, alguna certeza fraternal debería fructificar en ella, algún valor o rasgo de personalidad, ¿no debería todo ello empezar a reembolsar, a asegurar algún tipo de consistencia, a conferirle cuando menos la impresión de haber llegado a alguna parte? Ya no sabe qué pensar. Señalándole este aniversario, la están obligando amablemente a tomar lo que debería ser suyo. Ahora bien, Céline constata que la vida es el falso reconocimiento de una forma que no existe, recortamos un castillo, un lagarto en una nube, Céline toma la medida del vacío y constata que las esencias de sí misma la están ganando ya cansadas, las tímidas dobles que la toman de la mano en una puesta en escena improvisada, despertadas ahora por el desorden y el vandalismo, desfilan ante sus ojos y toman parte en una fiesta que ya termina, juntas forman una multitud de extranjeras arrojadas a la noche a riesgo de una conversación inmediatamente arrastrada por una borrasca que deshace los peinados y seca las lágrimas. Todo el mundo nota la corriente de aire, la ventana rota por la parte de abajo deja entrar el frío, quieren marcharse ahora. Los latidos del corazón se ralentizan, hay que desmenuzar cada pequeño momento, cada pequeño ruido, interpretar los acontecimientos violentos que acaban de producirse para mantener a raya la terrible sensación de que el sentido nos ha abandonado, de que nos han lanzado al vacío. La posibilidad de que exista un significado oculto nos inquieta. ¿Habrá algún secreto oculto en el fondo de las cosas? Quién sabe si algún día, pasado el tiempo, ante algún tribunal de deidades con cabezas de animales, todo tenga algún significado y al final nos sea dada la respuesta. Entretanto, hay que celebrar el milagro sencillo de estar ahí aun cuando todo se desmorona, aun si hemos acogido la seductora llamada de la muerte, aun si conocemos demasiado bien los ataques excesivos del dolor que drena la vida y le confiere un sentido, por lo menos una frágil osamenta incrustada de oraciones escritas por algún copista que garabatea la fórmula suprema de la existencia en un pequeño pergamino para que luego un puñado de granujas, ajenos a las oraciones y a las plegarias, seccione el hilo de sus días con una cuchilla sucia. Céline quisiera denunciar ante sus amigos y sin perder el aliento esa existencia de la que nada sabemos, que a cada instante, recorriendo senderos imprevisibles en bosques abigarrados, se revela incomprensible, una vida que ya nada alberga, formada por momentos infinitos y disparejos sobre los que sopla un viento sin origen; ver a toda esa gente celebrando su aniversario, verlos compartir la repugnante agresión de que ha sido objeto no debería causarle tanto dolor, sufre del amor de los demás por esa persona que ella no es, tiene un nudo en la garganta y, por fin, se pone a llorar.

Dina advierte los sollozos de Céline, le acaricia la espalda. La emoción carga la pieza de electricidad, Gabriela no sabe qué hacer ante semejante demostración de sentimientos sin reservas, se queda en la retaguardia. El dolor de Céline se refleja en el de Marielle sin que ella pueda hacer nada por evitarlo, la emoción verdadera se transmite íntegra de un cuerpo a otro, Céline se atormenta por su reputación y por su salud, ha sido presa del mismo terror que Marielle hace un rato, ha visto a Céline en acción, haciendo todo lo posible por mantener la calma, por minimizar los daños en la habitación, Marielle tiene el estómago en un puño, unas ganas terribles de vomitar, las desgracias de Céline, su textura, la carga emocional de su tristeza, le resultan demasiado familiares, en el fondo todo se resume a la cuestión de la desgracia, de la distribución de la desgracia, ver a alguien llorando siempre le hace llorar a ella, se siente estúpida por verse así de turbada, como si se estuviera apropiando de una tristeza que no le pertenece, pero cuanto más las contiene más fuertes son sus lágrimas, Pierre-Moïse abraza a su hermana y Marielle estalla en llanto. Menos mal que los niños no la ven, vierte su estrés sobre el hombro de su hermano, su cuerpo está muy tenso, al menor ruido se sobresalta; la imagen de los peces muertos la aflige; Marielle no había vivido nunca un ataque tan de cerca, ¿puede hablarse de terrorismo? Siente que el espacio ha sido violado, destruido, que su integridad se ha visto amenazada; así aprenderá a andar entre ricos. De no haber acudido esta noche, Marielle nunca habría conocido ese tipo de horror, el más traumático de toda su vida, su mente contaminada con imágenes de películas de terror, de cuerpos despellejados a machete, de hachas, los cadáveres de sus hijos yaciendo como pececillos en charcos de sangre, Lysandre y Mateo han reaccionado con gran madurez, se han mantenido tranquilos aun cuando el miedo se apoderaba de todo el mundo. No han visto explotar el acuario, Marielle no se imagina cómo habría reaccionado la pequeña de haber visto cómo quedaba la habitación… Mañana tendrá que hablar con ellos sobre lo sucedido, explicarles tranquilamente los hechos y dejar que expresen sus emociones.

Nacen conversaciones breves muy pronto llevadas por otras, desviadas por un detalle, la atención se evapora en una palabra llegada al azar y las copas ya no se vacían tan rápido. El viento sopla entre las botellas vacías recogidas en la encimera de la cocina, una corriente de aire se entremete a través de sus cuellos y les arranca una nota sorda. Dina está completamente ebria, va abrazando a todo el mundo y les dice que los quiere mucho; esa noche funesta la van a recordar para siempre. Michel empieza a sacar los abrigos y las botas. Pronto los muebles intactos irán entrando en un camión para ser almacenados, luego vendidos, algunos acabarán en la gran casa de Estrie. Nathan y Pierre-Moïse friegan los últimos vasos con el ayudante de cocina, Céline les ordena que dejen de hacerlo y ellos desobedecen con descaro. Los invitados abrazan a Céline y arrastran sus pies por el barro hasta el coche. Fuera, al final del camino de entrada, acaba de aparcar el enorme camión de la empresa de limpieza. Justo antes de irse, Gabriela tiene la imperiosa necesidad de pedirle algo a Céline; habla en voz baja; se disculpa por venirle ahora con eso, pero es importante. Solo quiere saber si Céline ha tenido tiempo de escribirle la carta de recomendación. Céline sonríe. «He hecho la recomendación que te mereces». Gabriela se siente aliviada, la abraza y vuelve a darle las gracias. Cai insiste en que Céline vaya a pasar unos días con ellos, ¿tiene algo planeado para Año Nuevo? No debería quedarse sola, está preocupado por ella. Pronto no quedan invitados en la gran casa vacía, manchada de tierra, agua salada y pintura en espray. ¡Dina por poco olvida su maleta! Michel sube a buscarla. Solas en el vestíbulo, Céline y ella se abrazan con fuerza, como buenas amigas que no volverán a verse en meses, puede que en años. Al soltarse, Céline advierte que Dina derrama una lágrima. Oye los pasos de Michel en la escalera. Ambas sienten gratitud, tristeza, se manejan entre la alegría y la vergüenza de muy antiguas promesas. Cai mete la maleta en el maletero y se despide agitando la mano.

Michel acaba de recibir a los expertos en siniestros que se ocuparán de su habitación. Ayuda a Céline a trasladarse a la habitación de invitados. Céline se acuesta pensando en los peces muertos que yacen en su habitación, la imagen la subleva. En la oscuridad, un montón de otras certezas intentan penetrar en su cabeza, que está a punto de agrietarse, Céline ha bebido demasiado y siente un arrebato de furia, pero la contiene, bloquea esos sentimientos, no se atreve a dejarlos atracar en las orillas del lenguaje. Da una vuelta, otra, se sumerge en el sueño y vuelve a emerger. Le duele la cabeza, hace venir a Michel para que le traiga unas aspirinas, luego se queda dormida.

Al entrar en la mansión, Amalia se queda pasmada, lleva casi dos años trabajado de limpiadora y nunca había visto una casa tan lujosa, techos así de altos, un espacio de vida tan grande, hasta hay una escultura de un artista conocido, intacta, junto al piano de cola. El salón está completamente arrasado, parece que por allí se haya pasado un Hulk muy cabreado. No les han dicho nada sobre lo que ha sucedido y nadie hace preguntas. Mientras la jefa de servicio les plantea el plan de juego y asigna las tareas, Amalia observa las pinturas que decoran las paredes de la cocina, arte abstracto *mediano*, por lo que ha visto en otras casas en que ha estado por trabajo, a los ricos les chiflan los colores planos, es un arte más popular que el figurativo. Rara vez encuentra arte figurativo, y cuando lo encuentra, suele ser algún horror contemporáneo rollo Corno, lienzos demasiado estilizados en que aparecen musas pavoneándose en posiciones de revista barata, con torpes empastes propios de «consulta de dentista», como a ella le gusta decir. Le han asignado el saloncito adyacente a la cocina y el comedor, a ella y a un tal Jules, uno nuevo, Amalia espera que curre como es debido. Además de ellos hay por allí al mismo tiempo un equipo de expertos en siniestros, mucho movimiento. Recoge su material fantaseando con que, si fuera rica, se pagaría algunos artistas contemporáneos interesantes, rollo de los que en unos años se hacen unas stars, o reproducciones de obras antiguas en formato original, seguramente un Turner o un Lessing, o los dos, y fijo un Pieter Brueghel el Viejo tamaño natural, que puede quedar fetén, una ventana abierta a un mundo fantasmagórico, como si las escenas salidas de la imaginación del pintor estuvieran allí de verdad, al otro lado de la pared, el tipo de pintura que puedes pasarte horas mirando para apreciar cada detalle insólito y divertido, Amalia lo ha hecho muchas veces en internet. La inteligencia de Brueghel, es una apasionada de su visión de la existencia, muchas veces ha dicho que «lo amaba de amor»; se saca los auriculares del bolsillo, en principio escuchar música mientras trabaja no está permitido, así son las cosas en el Paño Azul, es la forma de hacer de la compañía, pero a la jefa de equipo que le ha tocado hoy se la suda, Amalia tiene una nueva lista de reproducción, con Queen, Frank Sinatra, Elvis, todos los viejos cantantes que a ella le gustan y que ya escuchaban sus tías cuando era pequeña. En su corcho tenía clavada una postal con el autorretrato de Brueghel, ese viejo señor de pelo alocado, por aquel entonces empezaba un máster sobre su obra, iba a pasarse un año entero reflexionando sobre las composiciones de su artista preferido, el único que representa el mundo como lo veía ella a sus veintitrés años, poblado de situaciones bizarras, de perversiones banales y de curiosidades. Jules y ella empiezan por el saloncito de la chimenea. Para

Amalia, Brueghel representa el entramado de pulsiones sombrías y confusas que condicionan nuestra existencia y constituyen el auténtico trasfondo de eso que llamamos «sociedad», el mundo está lleno de situaciones ininteligibles, de una multitud de existencias desconocidas que viven a su propio ritmo, revoloteando sin coherencia, Amalia piensa que el sentido de nuestras vidas parece una carrera errática hacia un destino siempre cambiante, vivimos tal como nos lo mostró Brueghel, en un teatro de gestos incomprensibles, nuestras trayectorias topan con trastornos inimaginables, violentos estallidos en nuestras vidas regidas por rituales arbitrarios. En el lienzo, esas acciones y gestos cotidianos recuperan su carácter extraño, llenos de una belleza absurda; la necedad, la maldad, la alienación existen, sí, aparece así un mundo que no puede reducirse a una perspectiva única, a una verdad última, los seres son a veces groseros, vanos, también son divertidos, sufrientes, vencidos, codician y ofrecen, luchan, se aman y, desde el punto de vista del pintor, conforman una formidable reserva de energía. Jules también se ha puesto los auriculares, así que no tendrán que chismorrear, buena noticia. No sabe por qué, pero esta noche Amalia lamenta haber dejado aquel máster, siente nostalgia de sus años en la universidad, echa de menos pensar en Brueghel, mañana aprovechará para admirarlo en su gran Taschen, durante el máster entendió que el pintor había logrado representar con empatía las emociones más complejas de las mujeres, los hombres, los niños e incluso los animales; mucho antes de que lo hiciesen los filósofos, en sus escenas al aire libre se cuestionó sobre el entrecruzamiento social de los afectos y logró poner todo eso en formas y colores, el viejo maestro le había valido una A+ en su trabajo final de «Introducción a la pintura flamenca y holandesa», la profesora elogió la pertinencia de su análisis y la invitó a seguir investigando bajo su tutela, obviamente habría que plantear una hipótesis más compleja, someterla a la prueba de otros cuadros –«Me pongo con la aspiradora», le dice a Jules, que lleva diez minutos limpiando la campana de la chimenea con ahínco, ella tiene prisa por pasar a otra habitación, ahí se siente encerrada–, la profesora celebró aquel ensayo en que Amalia argumentaba que Brueghel «armonizaba la gran cacofonía del mundo». Intenta tapar el estruendo de la aspiradora subiendo el volumen ya fuerte de sus auriculares, el caótico hormigueo de los cuerpos en Brueghel la apasionaba, la multitud de gestos, de personajes, de animales, de botellas vacías, ceniceros llenos de cigarrillos fumados hasta la mitad, pañuelos olvidados, vasos de champán sin tocar, bandejas de servicio en las que queda una asombrosa cantidad de bocaditos, antes de ponerse con el comedor Amalia se zampa unos cuantos. Espera tener la oportunidad de limpiar en otras habitaciones. Lo que más le gusta de su trabajo es visitar lugares a los que el común de los mortales no suele tener acceso, ser testigo de la forma de vida de los ricos, poder imaginar cómo es su vida cotidiana, le gustaría ver las habitaciones, los cuartos de baño, le gustaría subir al piso de arriba, pero hay que ponerse manos a la obra, los guantes de goma ya empiezan a darle calor y le rozan el eccema, mañana le picará a muerte, eso está claro. En la gran mesa de madera cabe una veintena de sillas, por lo menos los camareros y las camareras –que ganan más en propinas– se han llevado la mayoría de los platos más pesados. El vino derramado ha empapado el mantel y ha manchado la mesa, ha penetrado en la madera, ella se pregunta qué hacer en una situación así, le hace un gesto a Jules, se quita un auricular y le pregunta. Él no lo sabe… Anyway el gran mantel blanco lo van a tirar, Jules eso lo sabe. Cuando empezó en el Paño Azul, pensaba que tirar un mantel tan bonito como ese, una tela así bordada, no tenía sentido, cientos de platos de plástico, utensilios prácticamente nuevos, copas y vasos, cantidades inimaginables de alcohol y de comida, luego volvió a verlo otras veces: la gente lo tira y ya está. Consideran que comprar todo eso desechable es menos trabajo y luego pagan a gente como él para que lo tiren por ellos. Jules se pregunta qué hará en la vida esa mujer que los ha contratado, al entrar se ha cruzado con ella, una blanca, franca, de unos sesenta años aunque bien guapa para su edad, emperifollada as fuck, casada con un caballero asiático muy carismático (podría ser actor; la mujer, bien pensado, también). ¿Igual del mundo de la publi? Jules piensa en el aspecto de la pareja y se dice que de todos modos tienen pinta de «sociedad de inversión», temas financieros. Eso o incluso: inteligencia artificial. Hostias en vinagre... los colonizadores del siglo XXI. Mejor no ponerse de mal humor. Cuando Jules le da demasiadas vueltas a cómo va el mundo, a tanta injusticia, al poder de las compañías y a todas esas cosas se pone a frotar la misma lámpara spot como un poseso; Jules se pasa la noche entera informándose, diversifica sus fuentes y encuentra noticias que los grandes medios de comunicación (que pertenecen todos a multimillonarios o a gobiernos) nunca cubren, duerme poco y no se deshace ni un solo día de esa fatiga acuciante que él sortea con comprimidos de cafeína. De vez en cuando, las noches especialmente penosas, se estresa pensando en el día siguiente, calculando las escasas horas que le quedan a la noche, y entonces le entra un ataque de angustia: berreas como un pardillo solo en casa, respirar te cuesta horrores, quieres pegarle a la pared, hasta que de pronto se te pasa. Todo muy freak. Céntrate en lo positivo. Piensa en la voz de tu app de meditación. Mañana libras. Escuchas tu nueva playlist. La chica con la que te han emparejado trabaja bien. Mola. Pero no parece muy relajada. Jules sabe que con la t-shirt blanca y la gorra del Paño Azul echada hacia atrás está de miedo, se escogió la camiseta una talla más pequeña a propósito para que le moldeara los pectorales, pero la chica ni lo mira.

En total son quince, han entrado a las cuatro de la mañana, hombres y mujeres de la limpieza que cobran el salario mínimo, todos en uniforme, que es la firma de la empresa, un delantal blanco sobre un traje azul, todo el mundo con guantes, un gorrito o una gorra para no ir dejando el pelo por todas partes, armados con harapos más que con paños, y casi nunca azules. En no más de tres o cuatro horas habrán fregado hasta el último rincón, habrán pasado por todas las habitaciones excepto por aquellas en que los operarios han colocado unos grandes ventiladores para secar los estragos que ha causado el agua. Hay que sacar un montón de cubos de basura, la jefa le pide a Amalia que haga un viaje. A ella no le importa, hará una pausa. Llena un carrito con seis, siete bolsas y toma la llave del garaje, «si no encuentras los contenedores me dices, pero por teléfono parecía bastante fácil». Hace varios viajes, la escalera es espaciosa, Amalia examina su reflejo en el gran espejo, se quita el horrible gorro del uniforme, se arregla el moño en que se ha recogido los gruesos cabellos, parece una muerta, desde que trabaja de noche tiene unas ojeras indelebles, no es el mejor horario para procurarse ratos de self-care, eso le da un poco un look heroína chic de los noventa. Amalia arrastra sus bolsas hasta el garaje, donde duermen cuatro coches de lujo, un Audi, un BMW, un Porsche y otro de una marca que no conoce pero seguro que caro, se nota, si ella fuera rica se quedaría su viejo Matrix solo para hacer sentir mal a sus colegas banqueros o P.-D.G., si un día tiene dinero Amalia se comprará un descapotable, eso seguro, un híbrido para lanzarse a la carretera en verano con el pelo al viento, para ir hasta Kamouraska por caminitos de campo, solo de pensarlo ya flipa. Tira las grandes bolsas en el contenedor, que es grande y está limpio. La basura, metida en dos o tres bolsas de plástico, no huele.

Céline se despierta con el ruido sordo de los ventiladores industriales. La casa está limpia, siente que empieza a recuperar el control de la pesadilla de anoche. De madrugada llega un cámara para tomar algunas imágenes de la devastación. Lamenta que hayan limpiado las huellas de barro de las alfombras. En algunos planos se ve a Céline deambulando entre los desperfectos o contemplando la lluvia a través de una ventana rota. Es una lástima no haber empezado antes el rodaje, piensa la directora, podrían haber conseguido unas imágenes impactantes de la intrusión; es la fantasía de toda documentalista, captar un acontecimiento en vivo, en el fragor de la acción. Aunque las imágenes del barullo, los sillones y las obras de arte desgarradas, los muebles y los platos rotos bastarán para ilustrar sobriamente todo el odio que se ensaña con ella. Ha sido la primera ráfaga de una gran tormenta, a Céline el golpe de viento le ha dado de lleno en la cara, pero todo cuanto le ha sucedido hay que entenderlo en segundo grado, leer los acontecimientos como el síntoma de otra cosa, como partículas flotando en el aire que se aglutinan para formar cuerpos inéditos y oscuras premoniciones.

En los meses que siguen, muchos son los que ven palidecer su estrella a plena luz, sumirse los astros en el polvo. Céline ataca cosas que ella misma construyó, se ensaña con palomas de barro que rompen a llorar en televisión, demanda a desgraciados que se portaron mal con ella. En otros tiempos se habría sentido culpable, pero volver a los impulsos destructivos, a la parte mortífera y negativa de su persona le sienta bien. De la gran conmoción nacerá la alegría, cuál es el sentido de esa alegría que se manifiesta, se extiende y se alarga cuando el universo se vuelve hostil, una nueva euforia le hincha el pecho, relaja el nudo de su garganta, ha vivido cosas de una dureza sin par, y esa carga le confiere una vitalidad nueva. Cuando Anderson Cooper le pregunta sobre el asunto en la CNN, Céline responde que pensó en el suicidio, pero que todavía cree tener cosas que ofrecer al mundo; ha elegido el camino de la curación y la reparación. Ha contratado un equipo de consultores en ética y se propone reflexionar de manera lúcida sobre su rol social. Su jubilación precipitada le deja mucho tiempo libre, el espacio necesario para darse cuenta de que ha sido una fuente de desgracia, de que construyendo edificios ha afectado gravemente a la vida de muchas personas, debido a accidentes en fábricas, a condiciones de trabajo mejorables, recuerdos siempre borrados por una nueva construcción, hay gente que creció en esos pisos que ha habido que destruir para construir tal museo, tal sala de espectáculos, por cada avance hacia una ciudad más animada, más hermosa y acogedora, ha habido que cometer sacrificios terribles, y en ocasiones, por las noches, se le aparecen sus caras tristes, sus vidas trastornadas; a través de la ventana de su habitación contempla enjambres de cuerpos que se arrastran alrededor de la casa, durmiendo sobre los muretes, en el jardín, el conjunto de esas vidas destruidas pesa sobre su conciencia, el fantasma de un hombre suicidado hace apariciones evanescentes, todos esos cuerpos espectrales rompen barreras antes muy sólidas, son seres silenciosos que no piden nada pero que con su sola presencia ponen de manifiesto consecuencias involuntarias y lamentables, una nunca avanza en territorio virgen y la pureza no existe, para cada gran proyecto hay que arrasar edificios, talar árboles; con su escasa oscuridad, la sombra del brazo que esboza un gesto hacia la luz mata un brote, una yema en crecimiento. Un proyecto público contribuye de forma efectiva al progreso de ciertas comunidades pero también a la desgracia de otras. Dar un paso atrás le permite evaluar con mayor exactitud su responsabilidad, Céline tiene la sensación de que en ella se ha formado una auténtica barricada para defender esa idea, encerrada bajo capas de discursos tranquilizadores, de rasgos de carácter abruptos, de decisiones sabias para su carrera y su reputación: puede hacer daño a los demás. Es lo más sencillo y lo más difícil de aceptar. Cuando era joven trataron tantas veces de robarle cualquier tipo de poder, de hacerle creer que no tenía la capacidad necesaria para actuar sobre el mundo, que se ha pasado buena parte de su vida sintiéndose invisible, justo al lado de sí misma, observando pensar, hablar y moverse a una mujer a la que no conocía; cierto que tiende a obviar el bien que hace, la parte positiva, no hay que olvidar que su intención era justa, le recuerda su psiquiatra, ha contribuido a la riqueza arquitectónica de los pueblos, les ha ofrecido un poco de belleza mediante la creación de espacios responsables y democráticos de los que todo el mundo puede disfrutar, solo hay que ajustar la balanza, medir equitativamente los errores y los aciertos. Por primera vez, todos esos discursos tranquilizadores, esos talismanes de psicólogo, esos mantras balsámicos ya no funcionan, las fórmulas mágicas están gastadas, el deseo sincero de construir un mundo más bonito, más justo y más igualitario, ese deseo se ha invertido, se ha girado como un guante. Se ha transformado en certeza: Céline causa daño. Montando su circo por el mundo causa fracturas, ¿acaso no es esa la verdadera revelación que escondía la *Recherche*, que causamos daño y luego hacemos cualquier cosa por no medir el mal que hemos causado, por seguir ajenos al terror que ejercimos contra los demás, justificándonos en el Bien, poniéndonos del lado del Bien y autoconvenciéndonos de nuestras nobles intenciones? La única salvación posible, escribe Proust, es el olvido, el liquen que borra el nombre grabado en la tumba de nuestros crímenes; los delirios del autor sobre el tiempo recobrado esconden el verdadero propósito del libro, piensa Céline, la esperanza de una redención, la fantasía de un lugar donde el sufrimiento de los demás ya no existiría. Tomamos tantas precauciones para no causar daño que ni siquiera podemos imaginar que somos tan terribles como esas personas que nos causaron daño a nosotros y que, en nuestras mentes humilladas, adoptan rasgos monstruosos, les inventamos máscaras repulsivas porque somos mucho peores que ellos. Causamos daño, causamos daño y luego morimos, no hay más. No existe acercamiento posible entre unos seres y otros, piensa Céline, no hay acercamiento posible exento de esas colisiones y de esos daños; cada relación es un suplicio soportado e infligido del que nunca nos recuperamos. Toda la envidia del narrador de la *Recherche*, toda su ansiedad, su paranoia por la infidelidad de Albertine no sirven sino para motivar su ambición de tortura, sus pasiones totalitarias, para fundar en el Bien sus trampas, sus ataques y sus cárceles. Creemos responder a una agresión pero atacamos, creemos proteger del fuego pero quemamos, creemos salvar del ahogamiento pero retenemos bajo la superficie del agua esa cara azulada, asfixiada que nos arrastra hacia el fondo. Eso es lo que Proust nos revela. Nuestro miedo a hacer el mal es una forma desviada, lo mismo que nuestra defensa virtuosa, solo un teatro interior que nos aleja del mal que hemos cometido, en cada momento, en cada gesto, ese mal que se extiende y trastorna el mundo. El dolor de los otros, su sufrimiento, es inconcebible, resultaría demasiado perturbador para nuestro espíritu tan frágil, con tal de no ver el daño que les hacemos estamos dispuestos a matar.

Si hoy Céline toma la palabra es para apoyar un movimiento que considera esencial para el resto del mundo. Le gustaría servir de inspiración para los jóvenes arquitectos, protegerlos contra ciertos errores. Cada semana a Céline le piden que dé su opinión sobre una nueva revelación, a veces es ella la que pone a los periodistas sobre la pista de un nuevo escándalo. Su colaboración en varias investigaciones le ha granjeado el favor de la gente del oficio, el público en general ignora que ha estado enviando a los medios de comunicación auténticos dosieres que incluyen numerosos documentos –mails, contratos, facturas, acuerdos confidenciales–, delatando así a un tercio de la comunidad empresarial canadiense, a una docena de milmillonarios de todos los países, casi al mismo número de políticos estadounidenses, canadienses y franceses, a la práctica totalidad de los miembros del consejo de administración de Ateliers C/W y a varios antiguos socios, nombres importantes contra los que tenía información comprometedora que ha venido a sumarse a la lista de fechorías que cometieron, recopiladas desde hace tiempo por enemigos revanchistas, todos ellos tienen una antigua rival, un amargo adversario que los observa desde lejos y compulsa sus bajezas, dibujando una imagen radicalmente distinta del retrato justo y bueno que proyecta esa gente de negocios. Durante varios meses, las caras de hombres de pelo blanco y dientes blancos han estado apareciendo acompañadas de unos titulares que hablaban de despidos, persecuciones, conflictos internos y afrentas a la justicia; las noticias se parecen las unas a las otras al punto de que uno pierde rápidamente el interés por esas historias complejas, aunque provoquen importantes movimientos en los cuerpos terrestres, en el fondo de los océanos. Sus palabras circulan entre los periodistas, que la admiran por su valor y recuerdan que ella siempre ha trabajado por la colectividad, por los valores progresistas, en el parecer de quienes fabrican la opinión pública Céline Wachowski ha recuperado su estatus de soberana ambivalente, más allá del Bien y del Mal, alguien que obedece a principios más altos y más profundos, inasequibles al común de los mortales. Ofrece a los medios de comunicación material suficiente para llenar una temporada completa de noticias políticas y económicas. En la televisión, en los periódicos, en el escenario de un gran estadio donde concede una entrevista muy sentida a Oprah Winfrey, Céline detenta un discurso que antes nunca se había oído en los mass media: «It took me a long time to acknowledge this, because, you know, it's quite a confronting idea, but I'm convinced that it's the only way now to heal our communities, to stop climate change and global inequalities». En un pequeño recuadro de la portada de *Le Monde*, puede leerse junto a su foto: «La única resolución posible de las paradojas de nuestros tiempos consiste en la desposesión de los poderosos».

A la hora de hablar de la riqueza carecemos de matices, eso resulta palpable en la manera en que no hacemos diferencias a la hora de culpar a cualquiera que haya triunfado, como si conformaran una clase homogénea, como si el simple hecho de tener éxito fuera intrínsecamente malo, Céline quiere centrar la atención en los milmillonarios, un grupo muy poco conocido del que ella misma forma parte, la mayoría de los problemas que conocemos, las hambrunas, la pobreza, la falta de acceso al agua potable, las catástrofes climáticas podrían resolverse si las grandes fortunas se rascaran un poquito el bolsillo; en el mundo hay cerca de 3.000 milmillonarios, los diez más ricos poseen más de 100 millardos de dólares americanos en fortuna personal y en activos; si sumamos el valor de esas cantidades, tenemos cerca de 1.500 millardos de dólares; el presupuesto anual de un país como Francia es de 250 millardos; imaginemos todo lo que podríamos hacer con solo una porción de ese dinero. En el episodio final del documental que apareció en abril, Céline presentó estas ideas. Entrevistó a economistas y filósofos, e ilustró sus ideas con unos visuales instructivos que aclaraban ciertos conceptos abstractos. Ante una sala llena de jóvenes elegidos a dedo que beben de sus palabras, Céline recuerda con firmeza que las leyes deberían limitar las cifras abstractas que engrasan las cuentas bancarias de los hombres (sobre todo son hombres) más ricos del mundo, merece la pena defender la esperanza de una redistribución de la riqueza, la gente le aplaude. Habría que votar unas reglamentaciones para expropiar a los propietarios que posean más de cien viviendas, limitar la especulación inmobiliaria, las ciudades, sostiene Céline, tienen que invertir en fundar modos de habitación alternativos, cooperativas o viviendas más fáciles de adquirir para los primeros compradores. En nuestro mundo, la distribución de los roles es desigual; todos los años Céline dona decenas de millones de dólares a organizaciones benéficas, sin embargo no le bastaría una vida para gastar todo su dinero; un poco menos de cinco millardos de dólares («which is not much from the point of view of many of my billionnaire friends»). Hay que penetrar la inexpugnable fortaleza de las grandes fortunas, Céline es la punta de la lanza que abre el primer resquicio en la muralla antes de que todo se venga abajo, se adhiere a ese vasto movimiento de transformación social, se procura un lugar en el lado de los buenos de la historia y formula una idea clara: sigamos valorando el éxito, el triunfo, la competitividad sana, el espíritu empresarial responsable, que son fuerzas vitales para el progreso, pero establezcamos un límite de forma colectiva. «We are in an urgent need of a global salary cap». Un impuesto confiscatorio. ¿En cuánto fijaría Céline el máximo?, pregunta Oprah. «Two or three billion is more than enough to recognize the involvment of hard working people and to offer them a gracious living», su monto habría que debatirlo, claro está, dejar que se expresen los diferentes partidos; la idea no es dejar a nadie en la calle, sino limitar los excesos. Céline confiesa haber participado activamente de las lógicas que ahora denuncia, pero ha sido tocada por una luz divina. Despierta de entre los sonámbulos. Por mucho que haya acabado siendo una de esas personas mimadas por la vida, proviene de un ambiente modesto. La CNN le propone un puesto de comentarista regular, cada vez que estalla un escándalo bursátil firma editoriales, Céline conoce íntimamente los engranajes de las altas finanzas, habla tomándose su tiempo, su cadencia rompe el ritmo habitual de las noticias en directo, expone de forma pedagógica cuestiones como la condonación de la deuda de los Estados o la multiplicación de los tipos impositivos; es escucharla y pensar «en qué mundo escandaloso vivimos», pero nadie sabe cómo cambiarlo.

Desde que tomó estas grandes decisiones está limpia, se baña en el mar y recupera una especie de higiene que le sienta bien. Hay hilos de Twitter en que circulan fotos de Céline en Italia, los medios saludan su arrojo y varios activistas que la odiaban a muerte vuelven a la casilla de salida y sacan brillo a placas con sus iniciales. En los últimos tiempos ha recibido un sinfín de propuestas, otro puesto más en tal o cual gran firma, de presentadora en una cadena de televisión francesa o americana, un cargo de prestigio como productora ejecutiva, embajadora, senadora... Céline nunca aceptará ninguna de esas ofertas, pero se toma su tiempo para pensárselo. Aunque tiene claro que las declinará todas, esas propuestas disipan su sensación de catástrofe. No quiere estropear el tiempo que tiene por delante con obligaciones exigentes, su principal error en el pasado fue querer complacer a todo el mundo, ahora ha adoptado el rol que se espera de una mujer honesta y comprometida, promoviendo una amabilidad suave e ineficaz en sus relaciones profesionales y en sus entrevistas, Céline lleva desde que era niña comportándose como si se estuviese haciendo cargo de unos compromisos contraídos en una vida anterior, no hay razón alguna para sentirse forzada a hacer el bien, a ser delicada, educada, a prestar servicio, en su vida presente todas esas obligaciones ya no rigen, parecen pertenecer a un mundo fundado en la bondad, el escrúpulo, el sacrificio, un mundo completamente diferente al nuestro. Aun así, hay algo que le sabe mal. Cuando aparece el *Libro negro de Silicon Valley*, ese tocho escrito por filósofos de Berkeley, de Stanford, el nombre de Cai aparece en los periódicos. Al verlo en la tele con ese aire elegante que tan bien le conoce, se siente atormentada por una especie de culpa desagradable. Cai sale de su retiro para dar una conferencia de prensa que Céline escucha en directo; saca a la luz otras pruebas internas que demuestran que ciertos subordinados han estado moviendo cielo y tierra para ocultarle a la dirección toda una serie de realidades absolutamente nefastas; reconoce las acusaciones, las empresas mineras deben modernizar sus estrategias de explotación, eso es precisamente lo que él ha intentado hacer a lo largo de su carrera, pero las cosas cambian lentamente, a menudo los accionistas se oponen a una transición responsable, que tiene un alto coste; ahora Cai puede permitirse hablar a título personal, los hechos que ese libro ha sacado a la luz le parecen desconsiderados e indignos, está cabreado, le sublevan, considera que hay que seguir investigando. En pocos días el caso cae en el olvido. Céline le llama por teléfono y Cai contesta. Se justifica ampliamente, le explica su punto de vista; Cai se muestra comprensivo, no manifiesta ninguna agresividad, sus respuestas al teléfono son suaves y frías; Céline no deja de hablar, de llenar el vacío. Cai understands Céline's decision, si todo el mundo tuviera su integridad los negocios se harían de una manera mucho más justa y ética, solo que a título personal admite que está desconcertado, he always considered Céline as a loyal friend, necesita tomar distancias hasta que la herida cierre. Dina puede hacer lo que le plazca, es libre de tomar sus propias decisiones, pero Cai tiene que lidiar con el shock y curar el dolor que ahora siente. Se despiden y cuelgan. Céline se pregunta qué más podría hacer, no encuentra nada. Le gustaría que Cai se arrepintiera, que volviese a ella llorando. Céline llama a Dina docenas de veces, no le descuelga el teléfono. Para justificar nuestras elecciones en la vida, nos mostramos tan hipócritas como aquellos y aquellas a quienes reprochamos constantemente que son unos hipócritas; no valemos más que esas personas que siempre nos resultan insoportables e innobles, absolutamente nada, Céline condena a Cai, pero en la misma situación habría tomado las mismas decisiones, exactamente las mismas.

Nathan ve por primera vez la sublime morada de Pacific Palisades. Pasadas las imponentes puertas vigiladas, el coche desciende por un acantilado que serpentea hasta un cabo rocoso bañado por las olas sobre el que asoma un entramado de prismas de cristal y hormigón blanco. En el umbral de la puerta vislumbra a una dama con un vestido blanco y el pelo flotando al viento, tiene la impresión de que, de un momento a otro, el mar agitado se la tragará. Hasta hace poco, Nathan creía que Céline y Pierre-Moïse habían roto para siempre, su relación se vio sacudida por el anuncio de Pierre-Moïse de que dejaba la dirección de Ateliers C/W. Cuando le dijo que el consejo de administración estaba preparando su despido se cabreó muchísimo, el mundillo de la arquitectura es uno de los más retrógrados, no está preparado para ver a un hombre negro al frente de una de las empresas más importantes del mundo, pensó. Había depositado en él todas sus esperanzas de continuidad, se lo había dado todo. Pierre-Moïse era su creación, su hijo simbólico; a él esas comparaciones no le gustaron y se peleó con su antigua asociada. Ella se enfadó por no haberle anticipado nada, recibió como todo el mundo el comunicado de prensa en el que Pierre-Moïse se distanciaba del comportamiento y las decisiones de la fundadora de Ateliers C/W. Nathan leyó los primeros borradores del documento con delectación, estaba orgulloso de su novio, a quien creía incapaz de semejante radicalidad, el texto podía interpretarse en su ambigüedad como la confirmación de algunos rumores que habían estado circulando sobre la gran dama de la arquitectura canadiense. Pierre-Moïse no recibió señales de vida de Céline durante varios meses, hasta que simplemente los invitó a pasar cuatro días en California por sus vacaciones. Enviaría su nuevo avión personal a buscarlos, ya les estaba preparando una habitación en la casa. Nathan desconfió de la invitación, «quién nos dice que no piensa envenenarnos mientras dormimos», a Pierre-Moïse no le hizo gracia. Antes de partir habló varias veces por teléfono con Céline. Conversaciones como antes. No detectó ningún rencor en su tono. «Ella es así. Cuando perdona, simplemente sigue adelante». Desde la última vez que discutieron, Céline no ha mencionado una sola vez el comunicado de prensa, ni siquiera su dimisión; aportó 500.000 dólares para la puesta en marcha de su nueva empresa sin siquiera adquirir acciones a cambio.

Céline los recibe con un extraño gritito y se abraza al cuello de Pierre-Moïse. No le suelta la mano durante toda la visita, destinada sobre todo a Nathan (Pierre-Moïse conoce bien la casa por haberla concebido en parte). Céline ha dispuesto que les preparen una gran habitación que se abre a un horizonte infinito. Una escalera imponente bordea el acantilado desde el patio hasta hundirse en el agua agitada. Se avecina una tormenta que llegará con fuertes vientos, se instalan en el salón de techos altísimos. A través de las grandes ventanas puede verse cómo se oscurecen las nubes y el cielo se carga de rayos azules y grisáceos, cómo se tuercen los árboles. Céline les habla con entusiasmo de sus recientes descubrimientos culturales, una joven cantante de R&B que les pone en su teléfono (Nathan le promete que le regalará un sistema de sonido Bluetooth, Céline no sabe de qué le habla). Acaso han leído a Proust, las novelas de Proust, es absolutamente necesario que lean a Proust, Céline les pasa una pila de libros. Hace poco que lo terminó, es la aventura de lectura más formidable de su vida, debería haberlo leído mucho antes, hay pasajes extraordinarios sobre la existencia, es un autor que sabe captar lo humano, la psicología de las personas, ¡hay páginas grandiosas sobre los gays! Céline le envió por mail un capítulo a Pierre-Moïse. En el contexto de la novela, puede que sea interesante, responde él con cortesía. El final les iba a gustar mucho, piensa Céline, las últimas páginas son sublimes, una gran reflexión sobre el arte, después de leer a Proust una ve la vida de una forma distinta, encuentra parecidos entre las personas que conoce y los personajes del libro, nuestros seres queridos se revelan de otro modo, sus contradicciones, sus bajezas, sus pequeñas cobardías te parecen bienaventuradas, preciosas. Descorcha un chablis y sirve tres copas, las hacen tintinear. Tras el primer sorbo, Nathan aprovecha el silencio para felicitarla por su actividad reciente. Le ha parecido valiente hablar como ha hecho ella para denunciar abusos y fraudes. Céline es muy inspiradora y Nathan en el fondo está de acuerdo con ella; genial, exclama Céline entre risas, porque ella no se cree nada de todo eso. Hace un año que descubrió que basta con decirles a los medios lo que quieren escuchar para que te inviten a todas las tribunas y te conviertan en una heroína. Céline ha sentido un cierto apetito por ese tipo de discurso, por su historia de deshonor y redención, ha aprovechado la oportunidad para aceptar el papel que le tenían preparado. «A ver, ahora en serio, ¿el fin de los milmillonarios? Es una broma, es tan tonto…». Nathan no sabe qué responder; Pierre-Moïse no la cree ni por un segundo, se está protegiendo, eso es todo. La observa hacer sus numeritos de magia y luego revelar sus trucos.

Si Proust se equivocó en algo, le parece a ella, es precisamente en ese sentido. Supo enfocar el pasado, pero con el futuro se equivocó. Tras todo el final de la *Recherche* planea la idea de una decrepitud, de un desvalimiento de los poderosos, la Primera Guerra Mundial habría inaugurado la lenta agonía de los aristócratas y de los burgueses que se creían aristócratas, Marcel se reencuentra con sus antiguos conocidos envejecidos, maltratados por la vida, han perdido su brillo de antaño, en sus rostros puede leerse la muerte, en aquella época todavía no se había inventado la cirugía estética, hoy el narrador se habría encontrado a la Guermantes llena de liftings, su piel lisa como la de una veinteañera, la Verdurin tendría nalgas brasileñas, Charlus sería adicto a las liposucciones, luciría orgullosamente abdominales de silicona e implantes pectorales, probablemente el narrador habría probado todos los tratamientos de alargamiento del pene, Céline se ríe, pero piensa en serio que Proust se equivocó al imaginar el declive de una clase social que es hoy más flamante que nunca. Los millonarios son hoy más numerosos, Céline ha visto cómo aumentaba su número de una forma impresionante, sobre todo en Montreal, la ciudad no ha dejado de generar fortunas, en sus inicios había muchos menos ricos, algunos ingleses en el centro de la ciudad o en la montaña, Céline estuvo a la vanguardia de la aparición de nuevas riquezas, sobre todo a partir de los años ochenta, la población empezó a aventurarse en el emprendimiento sin complejos, aparecieron nuevas caras, y su dinero no ha dejado de manejar el mundo. Céline forma parte de la población que se enriqueció en ese contexto favorable. Consiente en formar parte del grupo a condición de escupirles a la cara, no se adhiere a ninguna ideología, a ninguna comunidad. Su placer consiste en hacer que los demás se enfaden. Delante de Nathan y Pierre-Moïse, Céline finge que miente para divertirse, para vengarse de sus enemigos, la empresa en que anda embarcada es estrictamente personal, le encanta cabrear a aquellos y aquellas que la odian, su vicio, lo que ella llama su vicio, es lo único que le queda, y ella se aprovecha, lo expresa, lo refina. Se alimenta de ese odio. Hay conocidos que le envían mensajes estúpidos, que la acusan de traición, los poderosos son frágiles, a la mínima que se habla de ellos se sienten perseguidos. Ella les responde con mails descarados, citando una frase de Shakespeare: «Hell is empty and all the devils are here».

Pierre-Moïse le cuenta su último día en Ateliers C/W. En la gran puerta de la calle de Bellechasse había grupos de ciudadanas y ciudadanos reunidos para celebrar la partida de los empleados. Treinta minutos más tarde, la calle estaba desierta. Poco después de asumir sus funciones, el nuevo P.-D.G. contratado por el consejo de administración decidió trasladar la sede de Montreal a Nueva York; Montreal siempre ha sido la rama menos rentable, en la época de Céline solo la mantenían con vida por el apego que ella le tenía debido a razones personales y políticas, no había justificación comercial para la existencia de ese despacho, cuyas tareas podían redistribuirse a los equipos de Los Ángeles y París. Incluso teniendo en cuenta las generosas ventajas fiscales, para los Ateliers era más barato cerrar el despacho de Montreal. Ha dejado un gran vacío, le cuenta Pierre-Moïse, es como si la ciudad hubiera perdido un poco de su vitalidad, de su alma. En el barrio no hay tanta vida, la cafetería y el restaurantito de paninis han cerrado, el número 305 parece extinguido, todo lleno de carteles de «Se alquila». Es el mismo gran edificio que conocemos, pero irradia una cierta tristeza, el ladrillo es más gris, las ventanas están sucias, solo siguen encendidas las luces de seguridad. Han vendido las mesas de trabajo, los ordenadores, las sillas; la oficina de Nueva York podría haber aprovechado esas preciosas sillas de nogal negro concebidas por el equipo de diseño, pero la nueva gerencia nos pidió que sacásemos todo el provecho posible y para Nueva York prefirió comprar sillas baratas; te lo juro, parecen de IKEA. El equipo debía de estar furioso. Pierre-Moïse cree que la nueva dirección quería transmitir un mensaje: se acabaron los años de fastos del reinado de Céline Wachowski, las grandes fiestas en el tejado, los días en que la oficina estaba abierta a los niños y el payaso al que contrataban para hacer esculturas de globos rompía una maqueta que tenían lista para presentársela a un cliente, se acabaron las legendarias fiestas de Navidad, las noches en que el hall se transformaba en cine, en sala de espectáculos, en gran pista de baile con alcohol corriendo a raudales y Céline en su papel de diosa generosa, compartiendo chupitos con los tecnólogos, brindando con el equipo de mantenimiento, es el final de una época, concluye Pierre-Moïse con un nudo en la garganta. Los últimos días liquidamos todo el inventario, la gente del barrio salía de allí con viejas mesas de dibujo, bancos, ordenadores casi nuevos. Dicen que la ciudad se dispone a autorizar la transformación del Bellechasse 305 en apartamentos de lujo, añade Nathan. Pronto cubrirán el caparazón del edificio con enormes andamios, «lo dividirán de cualquier manera», piensa Pierre-Moïse. Céline no adivinaría nunca quién ha ganado el contrato. Cuando Nathan se lo dice, Pierre-Moïse se ríe exageradamente mirando hacia arriba. El clima en el ámbito de la arquitectura de Montreal es penoso. Todos conocemos a alguien que ha perdido su trabajo, un arquitecto que ha vuelto a la universidad, un tecnólogo que ha cambiado de rama. Las otras firmas no estaban preparadas para acoger en el mercado laboral semejante oleada de profesionales sobrecualificados, hay mucha gente que se reorienta, que se muda. Para abrir su empresa, Pierre-Moïse contrató a varios exempleados de los Ateliers, Gabriela incluida. Céline lo escucha con atención. Toma la palabra para decir que el cierre de Joe's Paninis la apena, con lo buenos que hacían ahí los sándwiches.

Pierre-Moïse les sirve otra copa de vino, le roba un cigarrillo a Céline y le pregunta por Dina. Durante el día, Céline casi nunca piensa en su amiga, su antigua amiga, Dina ya no le habla, está enfadada con ella, pero no han tenido la oportunidad de explicarse. Justo antes de dormirse Céline recae en dolorosas recapitulaciones, busca el origen de ese sufrimiento y siente de manera palpable la ausencia de Dina. Le responde que, en el fondo, a quien de verdad va a echar de menos es a Cai; le explica que siempre fue muy amiga de Dina, pero que con el tiempo la verdadera amistad se había desplazado hacia Cai, Dina es una mujer muy deprimida, eso se hace pesado, Céline a menudo se aburre con ella, no quiere ni imaginarse lo que debe ser para Cai día tras día... ¡Céline necesita un poco de alegría! Si pudiera volver atrás, testificaría de nuevo contra él, salvo que antes le avisaría. Lo que hace daño es el elemento sorpresa, afirma aguantándole la mirada a Pierre-Moïse. De todos modos, su testimonio no fue «contra» Cai, ella se refería al medio en el que él trabajaba, como Cai se había retirado, Céline pensó que la publicación de ese libro más bien banal no le iba a interesar, pero la noticia lo tomó por sorpresa y Céline se sintió culpable por no haberle advertido. Es una mujer distraída, a veces descuidada, ese defecto nunca lo ha sabido corregir, y Cai se sintió traicionado, eso a Céline la entristece. Espera que pronto puedan comer juntos, compartir recuerdos felices. Han vivido tantos momentos preciosos, divertidos, memorables. Hay algo que Céline nunca les ha contado. ¿Recuerda Pierre-Moïse el cumpleaños de Dina? Sí, por supuesto. Puede parecer una locura, pero aquella noche tuvo una especie de presentimiento de los desastres que se avecinaban, una visión. Acuérdate de que estábamos al principio de la polémica. Al final de la velada tuve una certeza profunda. Esa noche supe que la ruina es solo una etapa de una transformación más amplia. Céline tiene suficientes castillos para dejar algunos en manos de los bárbaros.

Le gustaría hacerles una pregunta a Nathan y a Pierre-Moïse. Quiere conocer su más sincera opinión, ellos se lo prometen. Céline se seca las manos en el vestido. Un hombre que ella conoce le ha hecho algo extremadamente cuestionable a una amiga, Céline no sabe qué pensar, se pregunta si el hombre es necesariamente una mala persona, si debe cortar lazos con él. Quiere saber si algún día su amiga podrá perdonarlo. Esa amiga –pongamos que se llama Kate (Nathan le pregunta si conoce a Cate Blanchett, Céline responde «sí» y continúa)– es una loca de la jardinería. Kate tiene un trabajo muy absorbente, con muchas responsabilidades, se pasa todo el tiempo libre cuidando de su jardín. Es su terapia, su meditación. Nada la enorgullece tanto como sus flores, las publica en Instagram y envía fotos a sus seres queridos; esta misma mañana le ha enviado otra foto a Céline. Sus parterres se encuentran entre los más exquisitos de la ciudad, albergan exigentes arbustos exóticos, plantas que en California normalmente no crecen. Para Kate cuidar de ellas es un auténtico desafío. A veces una flor rara, nunca vista, la recompensa por su trabajo. Este verano ha conseguido hacer florecer por primera vez la más caprichosa de todas las plantas de su jardín. Una mañana el arbusto ostentaba tres portentosas flores exóticas.

Entra en escena el hombre del que antes les hablaba, el marido de Kate. Hace unos años que se ha retirado y le parece que su esposa trabaja demasiado; nuestro hombre se siente herido y ha acabado desarrollando una especie de celos. Celos hacia las plantas de su esposa. Pierre-Moïse levanta una ceja. Es comprensible: Kate se pasa más tiempo en su jardín que con él («debería preguntarse por qué», piensa Nathan).

Para vengarse de su mujer, para castigarla, el hombre se levanta en plena noche, coge una botella de herbicida y la vierte en la tierra.

–¿El arbusto está muerto?

–Está muerto.

–Es terrible –se le escapa a Nathan.

Un momento de silencio. Pierre-Moïse encoge un poco la barbilla. Parece apurado. «Es un puto enfermo». Céline lo mira con una sonrisa forzada. Deberías decirle a tu amiga que tenga cuidado, ese tipo de comportamientos es propio de manipuladores, de hombres violentos, de pervertidos narcisistas… como los locos que acaban asesinando a su esposa. Nathan está de acuerdo, los hombres heterosexuales que no saben manejar sus emociones son peligrosos. No entiendo cómo puedes querer herir intencionadamente a la persona a la que amas. No la ama. No de verdad. La jardinería es la pasión de tu amiga. Negarle su felicidad es cruel.

–Entonces ¿os parece que debería cortar lazos con él, que es intrínsecamente malo?

Pierre-Moïse y Nathan asienten vigorosamente.

–Y si ahora os dijera que toda la historia es cierta, excepto por un detalle. El hombre en cuestión no es un hombre, sino un niño. Siete u ocho años. No el marido, sino el hijo de Kate. Él es quien tomó la botella de herbicida para matar el arbusto de su madre. ¿Qué le molestaba tanto?

Nathan responde de manera un poco seca, como si Pierre-Moïse hubiera demostrado una vergonzosa lentitud de espíritu: «Que su madre no se ocupa de él, algo así». Según él, eso lo cambia todo. En realidad es muy triste, desesperado. A los siete años no siempre dispones de las palabras que te permiten expresar tu dolor, tu rabia. Expresó sus emociones con un gesto teatral, el crío es shakespeariano. Pierre-Moïse opina que los niños son muy crueles. Carecen de moral, especialmente a esa edad. Si tienes eso en cuenta resulta entrañable, casi hermoso. Lo único que quería era pasar más tiempo con su madre, ganarse su atención, sentirse querido. Nathan no cree que tengan que ser siempre las mujeres las que se ocupen de los críos, pero un niño es egoísta; padece la felicidad de su madre porque se siente excluido. Kate trabaja mucho y él se dice «puede que no me quiera». Un padre no tiene por qué amar a su hijo, pero un hijo necesita sentirse amado. «Por qué tendría el niño que ser mesurado en la expresión de su sufrimiento», pregunta Pierre-Moïse. Solo tiene siete años. Más adelante, cuando se dé cuenta de lo que ha hecho, corre el riesgo de sentirse culpable, de creerse abominable, pero yo, si me pongo en el lugar de un niño de siete años, puedo entenderlo. A esas edades todo es fatal y dramático.

El vino se ha acabado, están demasiado cansados para abrir una segunda botella. Antes de irse a dormir, Céline los abraza. Es un largo abrazo. Esta noche no le costará encontrar el sueño. Mientras se pone el pijama piensa en la preciosa velada, luego en su madre, que no disfrutó de muchos placeres durante su vida demasiado breve. La camelia que blandía aquella gran rama se marchitó, la flor murió para siempre, envenenada por la raíz.

Ha llegado el momento de que Céline perdone a aquella niña. Durante mucho tiempo pensó que era culpable del asesinato, que era la asesina no solo de la flor sino también de la madre. Una niña empieza a vivir siendo culpable de un falso delito, falta primera que contiene todas las otras. Arrodillada en su habitación, antes de irse a dormir, Céline inicia un ritual, invoca a fuerzas superiores para exculpar a la criatura. Junto a la cama, delante de la ventana, mira fijamente la tormenta. Unos grandes tragaluces se abren al techo gris del cielo. Aberturas recortadas que vacían enormes depósitos desde el fondo. Caen unas repentinas ráfagas de agua negra. En el silencio de la habitación, al abrigo de los fuertes vientos, Céline empieza a cantar. Su voz es baja, su garganta vibra. La melodía le resulta familiar, lleva semanas dando vueltas en su cabeza, una música que habla de alegría. Céline agota su estribillo, luego vuelve a empezar desde el principio. Fuera, la lluvia cae con estilo. Su canto invoca a los ministros del Asesinato, el perdón tendrá la forma exacta del crimen del que ella se acusa. Las notas se elevan y en la habitación aparece toda una multitud. Once presencias erguidas y grises, sombras sin rostro, manifestaciones del juicio puro. En las mesitas de noche florecen camelias nuevas. La música empieza con algunos disgustos y acaba en un arrebato de perfumes. Las sombras grises olisquean el aire. Sus pulmones de magistrados se colman de olores embriagadores. Salen en busca de su voz olvidada, modulan notas antiguas. La armonía del ministerio se une al canto. El coro atrapa los tentáculos y los arranca del corazón de Céline. Ella se detiene, inspira con fuerza. La garra que lleva sesenta años atenazándola acaba de liberarla. Respira por primera vez. Los perfumes irritan sus pulmones. Se le hincha el pecho, una hiedra feroz arde en toda ella, flores que se marchitan. Raíces que se encogen. Céline sufre, pero el viento tóxico y las notas del coro la liberan. La vid agresiva se desprende, sus grandes lianas se secan. El viento barre ese polvo ceniciento. En el fondo de sí misma, bajo el compacto meollo de vegetación aparece una pequeña tumba cuadrada. Las paredes excavadas en el suelo están adornadas con motivos. En el fondo del agujero hay un esqueleto. Céline lo observa y luego la tumba vuelve a cerrarse. La orquesta nocturna gime su última nota. La melodía permanecerá mucho tiempo en sus venas. Los once ministros severos la dejan sola. Se disuelve su reunión.

La habitación está vacía. La cama está fría. Céline se desliza entre las sábanas. Fuera, la tormenta amaina. Por sus venas corren líquidos tóxicos, se envenena caminando descalza sobre barnices tóxicos, bebiendo aguas cloruradas, se fatiga construyendo y destruyendo, midiendo y perdiendo. Céline devuelve la música al silencio. En la pena y la miseria se redime. Recuerda entonces la verdad primaria. Que su alegría perdure.

AGRADECIMIENTOS

A Catherine Mavrikakis y Ginette Michaud, por su apoyo desde los primeros bocetos hasta el corte de cinta, pasando por numerosos e intensos picos de trabajo.

A Chloé Savoie-Bernard, por los estudios de viabilidad, las pruebas de carga y la ingeniosa iluminación.

A Elizabeth Critchley-Caron, Renée Daoust, Sonia Gagné, Richard Martel y Stefan P. Sauter, arquitectos, por las revisiones del proyecto, generosas y esenciales.

A Stefanie Clermont y Benjamin Prescott La Rue, por las visitas de obra.

A Gilles Dupuis, Jean-François Hamel y Marie-Pascale Huglo, por las consultas expertas.

A Olga Duhamel-Noyer, Annie Goulet y Pascale Matuszek, por la calidad de los renders.